U0934981

湯顯祖曲文鑒賞辭典

上海辞书出版社文学鉴赏辞典编纂中心编

上海辞书出版社

《汤显祖曲文鉴赏辞典》领衔撰稿

蒋星煜　吴新雷　李　晓

撰稿人（按姓氏笔画排列）

丁　波　孔燕妮　白云奇　刘竞飞　李　晓　陈文辉

吴新雷　罗忠族　骆玉明　姚品文　黄锦章　蒋星煜

责任编辑　刘小明

特约编辑　石晓玲

【前言】

【前言】

汤显祖(1550—1616)　明文学家。初字义少,改字义仍,号海若、若士、清远道人、茧翁。临川(今属江西)人。早所即有文名,曾拒绝首辅张居正延揽,而四次落第。万历十一年(1583)进士。历任南京太常寺博士、礼部主事。万历十九年因上疏弹劾大学士申时行,降职为广东徐闻典史。后改任浙江遂昌知县。又以不附权贵而被议免官,未再出仕。晚年欲隐居庐山,皈依佛教,未果。曾从泰州学派罗汝芳读书,后又受李贽和僧人达观的影响,并和早期东林党领袖顾宪成、高攀龙、邹元标及著名文人袁宏道、沈茂学、屠隆、徐渭、梅鼎祚等相友善。思想上崇尚真性情,反对假道学,文学上提倡重性灵,反对复古模拟。在戏曲创作上独树一帜,主张"言情",反对拘泥于格律。被称为"临川派",又称"玉茗堂派",与沈璟为代表的过于讲求声律的"吴江派"对立。其影响一直延续到清代。著有传奇《紫箫记》、《紫钗记》、《还魂记》(即《牡丹亭》)、《南柯记》、《邯郸记》五种,后四种合称《玉茗堂四梦》,或《临川四梦》。其中《牡丹亭》是中国戏曲史上杰出的爱情悲喜集,是《西厢记》之后的一部里程碑式的伟大剧作。剧作通过杜丽娘因情而死,由情而生的过程,揭露批判了封建礼教和程朱理学"存天理、去人欲"的残酷和虚伪,歌颂了杜丽娘和柳梦梅为追求自由爱情和个性解放的进步理想。诗文集有《红泉逸草》、《向棘邮草》、《玉茗堂集》。近人编有《汤显祖集》。生平事迹见《明史列传》卷八四、《明史》卷二三〇。

本书是本社中国文学名家鉴赏辞典系列之一。精选汤显祖代表作品52篇,其中曲18篇、诗24篇、词2篇、文8篇,另请当代研究专家为每篇作品撰写鉴赏文章。其中诠词释句,发明妙旨,有助于了解汤显祖名篇之堂奥,使读者尝鼎一脔,更好地领略汤显祖重性灵、反复古,瑰玮浪漫、情思飞扬的文学成就。另外，书末还附有《汤显祖生平与文学创作年表》，供读者参考。不当之处，尚祈指正。

上海辞书出版社文学鉴赏辞典编纂中心

2012.7

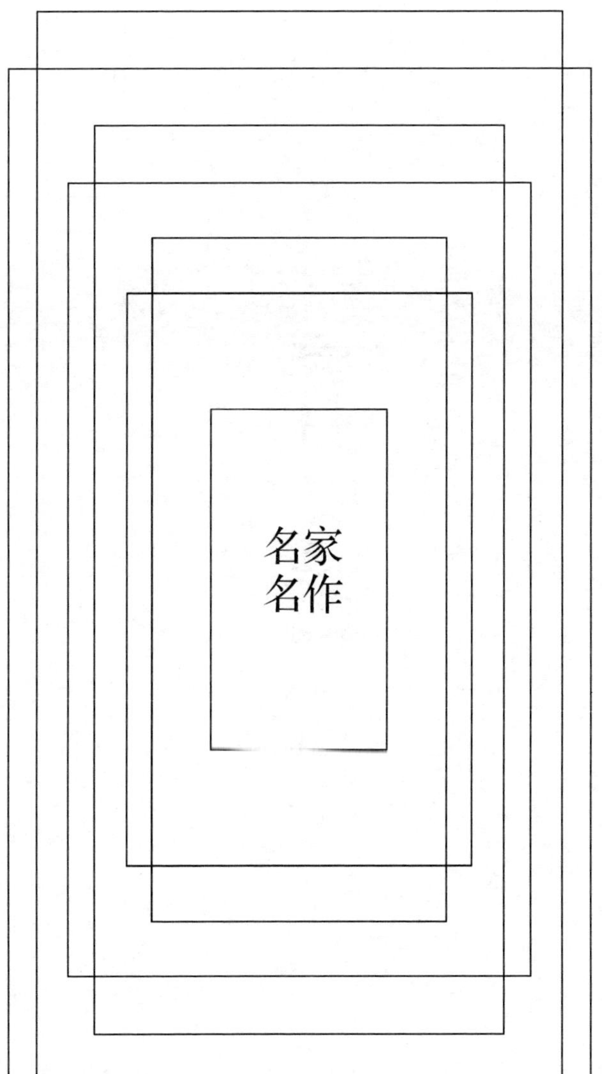

名家名作

蒋星煜 吴新雷 李 晓 等撰写

【目录】

曲

诗

【目录】

词

文

附录

蒋星煜 吴新雷 李 晓 等撰写

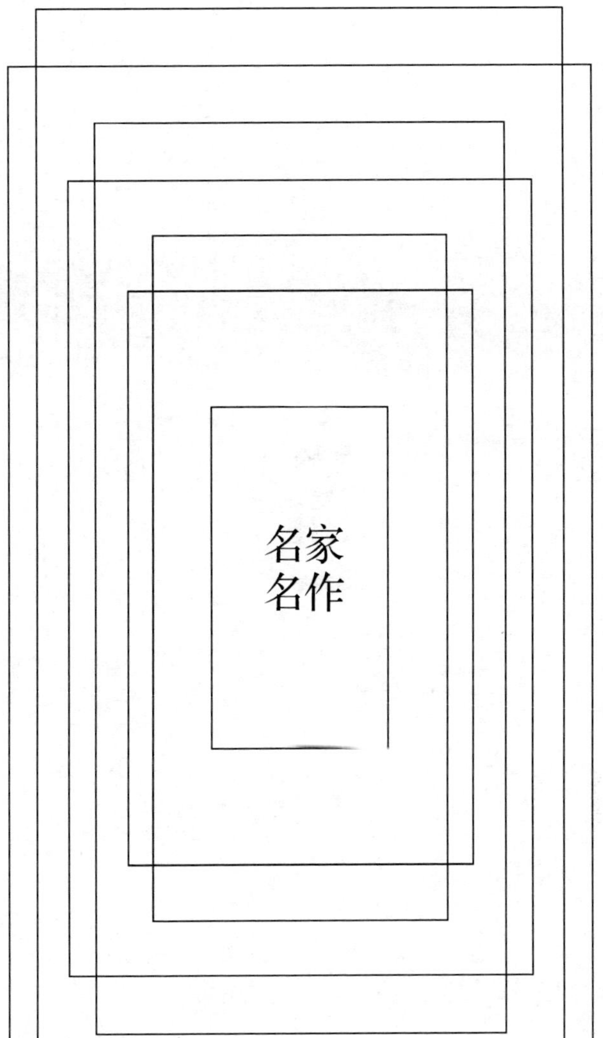

鉴
【曲】
赏

牡丹亭

第七出 闺塾

(末上)吟余改抹前春句,饭后寻思午晌茶。蚁上案头沿砚水,蜂穿窗眼咂瓶花。我陈最良杜衙设帐,杜小姐家传《毛诗》。极承老夫人管待。今日早膳已过,我且把毛注潜玩一遍。(念介)"关关雎鸠,在河之洲。窈窕淑女,君子好逑。"好者,好也;逑者,求也。(看介)这早晚了,还不见女学生进馆。却也娇养的凶。待我敲三声云板。(敲云板介)春香,请小姐解书。

【绕池游】(旦引贴捧书上)素妆才罢,缓步书堂下。对净儿明窗潇洒。(贴)《昔时贤文》,把人禁杀,恁时节则好教鹦哥唤茶。

(见介)(旦)先生万福。(贴)先生少怪。(末)凡为女子,鸡初鸣,咸盥漱栉笄,问安于父母[①]。日出之后,各供其事。如今女学生以读书为事,须要早起。(旦)以后不敢了。(贴)知道了。今夜不睡,三更时分,请先生上书。(末)昨日上的《毛诗》,可温习?(旦)温习了。则待讲解。(末)你念来。(旦念书介)关关雎鸠,在河之洲。窈窕淑女,君子好逑。(末)听讲。"关关雎鸠",雎鸠是个鸟;"关关",鸟声也。(贴)怎样声儿?(末作鸠声)(贴学鸠声诨介)(末)此鸟性喜幽静,在河之洲。(贴)是了,不是昨日是前日,不是今年是去年,俺衙内关着个斑鸠儿,被小姐放去,一去去在何知州家。(末)胡说,这是兴。(贴)兴个甚的那?(末)兴者,起也。起那下头窈窕淑女,是幽闲女子,有那等君子好好的来求他[②]。(贴)为甚好好的求他?(末)多嘴哩!(旦)师父,依注解书,学生自会。但把《诗经》大意,敷演一番。

【掉角儿】(末)论《六经》《诗经》最葩[③],闺门内许多风雅。有指证姜嫄产哇[④],不嫉妒后妃贤达[⑤]。更有那咏鸡鸣,伤燕羽,泣江皋,思汉广,洗净铅华[⑥]。有风有化,宜室宜家。(旦)这经文偌多?(末)《诗》三百,一言以蔽之,没多些,只无邪两字[⑦],付与儿家。

书讲了。春香取文房四宝来模字。(贴下取上)纸、墨、笔、砚在此。(末)这甚么墨?(旦)丫头错拿了,这是螺子黛,画眉的。(末)这甚么笔?(旦作笑介)这便是画眉细笔。(末)俺从不曾见。拿去,拿去!这是甚么纸?(旦)薛涛笺。(末)拿去,拿去。只拿那蔡伦造的来。这是甚么砚?是一个是两个?(旦)鸳鸯砚。(末)许多眼?(旦)泪眼[⑧]。(末)哭什么子?一发换了来。(贴背介)好个标老儿!待换去。(下换上)这可好?(末看介)着。(旦)学生自会临书,春香还劳把笔。(末)看你临。(旦写字介)(末看惊介)我从不曾见这样好字!这甚么格?(旦)是卫夫人传下美女簪花之格[⑨]。(贴)待俺写个奴婢学夫人。(旦)还早哩!(贴)先生,学生领出恭牌。(下)(旦)敢问师母尊年？（末）目下平头六十。（旦）学生待绣对鞋儿上寿，请个样儿。（末）生受了。依《孟子》上样儿，做个"不知足而为屦"罢了[10]。（旦）还不见春香来。（末）要唤他么？（末叫三度介）（贴上）害淋的！（旦作恼介）劣丫头那里来？（贴笑介）溺尿去来。原来有座大花园，花明柳绿，好耍子哩！（末）哎也，不攻书，花园去，待俺取荆条来。（贴）荆条做甚么？

【前腔】女郎行，那里应文科判衙？止不过识字儿书涂嫩鸦。（起介）（末）古人读书，有囊萤的，趁月亮的[11]。（贴）待映月耀蟾蜍眼花，待囊萤把虫蚁儿活支煞。（末）悬梁、刺股呢？（贴）比似你悬了梁，损头发，刺了股，添疤痆，有甚光华！（内叫卖花介）（贴）小姐，你听一声声卖花，把读书声差。（末）又引逗小姐哩！待俺当真打一下！（末做打介）（贴闪介）你待打打这哇哇，桃李门墙，险把负荆人唬煞[12]。

（贴抢荆条投地介）（旦）死丫头，唐突了师父，快跪下！（贴跪介）（旦）师父看他初犯，容学生责认一遭儿。

【前腔】手不许把秋千索拿，脚不许把花园路踏。（贴）则瞧罢。（旦）还嘴，这招风嘴把香头来绰疤，招花眼把绣针儿签瞎。（贴）瞎了中甚用？（旦）则要你守砚台，跟书案，伴"诗云"，陪"子曰"，没的争差。（贴）争差些罢。（旦捋贴发介）则问你几丝儿头发，几条背花？敢也怕些些夫人堂上那些家法。

（贴）再不敢了。（旦）可知道？（末）也罢，松这一遭儿。起来。（贴起介）

【尾声】（末）女弟子则争个不求闻达，和男学生一般儿教法。

你们工课完了，方可回衙。咱和公相陪话去。(合)怎辜负的这一弄明窗新绛纱。

(末下)(贴作背后指末骂介)村老牛，痴老狗，一些趣也不知。(旦作扯介)死丫头，一日为师，终身为父，他打不的你？俺且问你那花园在那里？(贴做不说)(旦做笑问介)(贴指介)兀那不是！(旦)可有什么景致？(贴)景致么，有亭台六七座，秋千一两架。绕的流觞曲水，面着太湖山石。名花异草，委实华丽。(旦)原来有这等一个所在，且回衙去。

(旦)也曾飞絮谢家庭，(贴)欲化西园蝶未成。

(旦)无限春愁莫相问，(合)绿阴终借暂时行。

〔注〕 ①“凡为女子”四句：见《礼记·内则》。封建时代做女子的生活守则。 ②求他：原诗“好逑”为好的配偶之意，此用以讥讽陈最良望文生义。③“论六经”句：六经，指《易》、《诗》、《书》、《礼》、《乐》、《春秋》等六部儒家经典。最葩，最有文采。唐韩愈《进学解》云：“《诗》正而葩。”后因称《诗经》为《葩经》。 ④姜嫄产哇：传说帝喾妃子姜嫄在天帝的大脚趾印上踏了一脚，因而受孕，生下后稷，为周之始祖。见《诗经·大雅·生民》。哇，通娃。⑤“不嫉妒”句：诗序谓《诗经》中的《樛木》、《螽斯》等篇是表现后妃不嫉妒的美德。 ⑥“更有那”五句：谓《诗经》中的《鸡鸣》、《燕燕》、《汉广》等篇情感真挚，语言朴素，没有脂粉气。 ⑦“诗三百”四句：《论语·为政》：“《诗》三百，一言以蔽之，曰：‘思无邪。’”《诗经》实有三百零五篇，常只举其整数。⑧泪眼：石砚上天然的纹理圆晕如眼，纹理模糊者则称泪眼。 ⑨美女簪花之格：一种娟秀工整的书体。 ⑩不知足而为屦：见《孟子·告子》，此用以表现陈最良的迂腐。 ⑪趁月亮的：南齐江泌家贫无灯油，晚上借月光读书。见《南齐书》本传。 ⑫负荆人：自知有错的人。战国时赵国武将廉颇恃功侮辱文臣蔺相如，后自知有错，便负着荆条向蔺相如请罪。见《史

【鉴赏】

记·廉颇蔺相如列传》。

《牡丹亭》是明神宗万历二十六年(1598)戏曲大家汤显祖创作的,内容写杜丽娘追求恋爱自由,婚姻自主,表现了为情而死、为情而生的反封建主题。全剧共五十五出,又名《还魂记》,通行的有明末《六十种曲》本和当代各种校注本。剧情是南安太守杜宝只生一女,取名丽娘,年方二八,塾师陈最良开讲《诗经·关雎》,却惹动了丽娘的情思。伴读的丫头春香十分调皮,搅乱了家塾,还引动丽娘到后花园去游玩。在大好春光的感召下,丽娘忽做一梦,梦见一个书生手拿柳枝,抱她到牡丹亭畔共成云雨之欢,丽娘醒来后,若有所失。次日再去园中寻找梦境,相思成病。有一天照镜自怜,叫春香拿来素绢、丹青,画下了自己的形象,并题诗于上。中秋之夜,丽娘遽逝,死前嘱咐春香把自己的画像藏于园中太湖石底,又请母亲把她葬在牡丹亭边的梅树下。丽娘死后,魂游冥府,经阎王殿中胡判官审理,在花神鼎力护持下,让她归去还魂。而广州府秀才柳春卿,因梦到一家花园,有一女郎立在梅树下,说与他有姻缘之分,醒后即改名为柳梦梅。当时南宋的都城在临安,柳梦梅赴京赶考,路过南安(今江西大庾),寄宿杜府梅花观中,游园时在太湖石边拾到了丽娘的画卷,便取回书房焚香拜祝。恰逢丽娘魂游归来,乃于梦中与情人欢会,并说出真情,求柳梦梅三天内挖坟开棺,终得回生复活。当时杜宝已升任淮扬安抚使,陈最良以为柳梦梅是盗墓贼,便赶到扬州去告发。而柳梦梅带了杜丽娘到临安应试,考中状元。杜宝因招讨叛贼立了军功,回京升为宰相,不肯认盗墓贼为女婿。后经皇上裁决,释除误会,全家大团圆。

《闺塾》的昆剧舞台演唱本称为《学堂》,系将第九出《肃苑》中春香唱的【一江风】移来作为上场曲,增强了喜剧气氛,所以又俗称《春香闹学》。这是一出很有特色的戏。主要情节是敷演封建家庭的闺训很严,父母用封建礼教拘管着丽娘,特地请来一个年已六旬的腐儒陈最良教她读《诗经》,却不料反而引发了她的青春意识的觉醒。

由于家庭的严格管束,丽娘不仅没有任何与异性青年接触的机会,即使白天打个瞌睡,衣裙上绣了成双的花鸟,都会受到父母的训斥,死水般的寂寞生活,精神上的空虚贫乏,使她强烈不满,并激起她对自由幸福的向往与追求。她的朦胧的爱情觉醒,无从得之于现实生活中异性的吸引,而是从读《诗经》第一首诗《关雎》篇开始的:"关关雎鸠,在河之洲。窈窕淑女,君子好逑。"文学作品中的意境与情感在她面前展示了一幅新的天地,她对《诗经》中爱情诗篇作了与陈最良为代表的正统道学家们完全不同的体会和解释。《闺塾》一出正是对此作了很好的表现。在《闺塾》中,作者用老塾师的迂腐守旧衬写春香的活泼和丽娘内心对自由的渴望。

杜丽娘的伴读小丫环春香是一个童心未泯、活泼好动的小丫环,虽然在生理和心理上尚未萌发对青春的眷恋、情爱的追求,也不能领悟爱情诗篇中的思想感情,及对真正爱情描写产生共鸣,但是对于封建家庭令人窒息的沉闷同样感到压抑,所以她一上场便发出"《昔时贤文》,把人禁杀"的控诉。加之年龄幼小,社会地位低下,使得她更容易表露自己的情绪和感受。老塾师陈最良虽然是封建道学正统的化身,是一个否定形象,但是由于他自身的性格迂腐,地位也仅仅是一个寄身于豪门的穷秀才,使得他不具备反面角色的破坏力和狠毒性,只是显得无知和可笑。于是,一个是一腔春情深埋于心底的小姐,一个是天真烂漫的小丫环,一个是迂腐可笑的家庭教师。人物性格矛盾造成的戏剧冲突,使情节充满了喜剧色彩,舞台表演生动有趣。特别是在课堂上,迂腐的老教师和天真浪漫的小丫环展开了一连串的戏剧冲突,使得这出戏格外地热闹:当老塾师教导说"女学生以读书为事,须要早起",春香立即答道"今夜不睡,三更时分,请先生上书"。老塾师说"古人读书,有囊萤的,趁月亮的",有"悬梁、刺股"的,春香马上反驳:"待映月耀蟾蜍眼花,待囊萤把虫蚁儿活支煞”,“悬了梁,损头发,刺了股,添疤痆,有甚光华”。弄得老塾师理屈辞穷,只得以荆条责打相威胁。其间,丽娘虽然表面上附和着老师对春香的训诫,实际上对春香的话颇有同感,春香课间逃学出游,发现了一处不为人知的后花园,便引出了后来“游园惊梦”的情节。在这出戏中,小丫环春香伶牙俐齿,天真可爱,形象鲜明,使春香成为这出戏实际上的主角。所以,在昆剧折子戏风行的年代,这出戏往往单独演出,并被演员和观众们习惯地叫做《春香闹学》。

（吴新雷　丁　波）

第十出　惊　梦

【绕池游】（旦上）梦回莺啭,乱煞年光遍。人立小庭深院。（贴）炷尽沉烟,抛残绣线,恁今春关情似去年?

〔乌夜啼〕（旦）晓来望断梅关,宿妆残。（贴）你侧着宜春髻子恰凭阑[①]。（旦）剪不断,理还乱,闷无端。（贴）已分付催花莺燕借春看。（旦）春香,可曾叫人扫除花径?（贴）分付了。（旦）取镜台衣服来。（贴取镜台衣服上）云髻罢梳还对镜,罗衣欲换更添香[②]。镜台衣服在此。

【步步娇】（旦）袅晴丝吹来闲庭院[③],摇漾春如线。停半晌整花钿。没揣菱花[④],偷人半面,迤逗的彩云偏[⑤]。（行介）步香闺怎便把全身现。

（贴）今日穿插的好。

【醉扶归】（旦）你道翠生生出落的裙衫儿茜,艳晶晶花簪八宝填,可知我常一生儿爱好是天然。恰三春好处无人见。不提防沉鱼落雁鸟惊喧，则怕的羞花闭月花愁颤。

(贴)早茶时了，请行。(行介)你看：画廊金粉半零星，池馆苍苔一片青。踏草怕泥新绣袜，惜花疼煞小金铃[⑥]。

(旦)不到园林，怎知春色如许！

【皂罗袍】原来姹紫嫣红开遍，似这般都付与断井颓垣。良辰美景奈何天，赏心乐事谁家院？恁般景致，我老爷和奶奶再不提起。(合)朝飞暮卷，云霞翠轩。雨丝风片，烟波画船。锦屏人忒看的这韶光贱。

(贴)是花都放了，那牡丹还早。

【好姐姐】(旦)遍青山啼红了杜鹃[⑦]，荼蘼外烟丝醉软。春香呵，牡丹虽好，他春归怎占的先！(贴)成对儿莺燕呵，(合)闲凝眄，生生燕语明如翦，呖呖莺歌溜的圆。

(旦)去罢。(贴)这园子委是观之不足也。(旦)提他怎的？(行介)

【隔尾】观之不足由他缱[⑧]，便赏遍了十二亭台是枉然，到不如兴尽回家闲过遣。

(作到介)(贴)开我西阁门，展我东阁床。瓶插映山紫，炉添沉水香[⑨]。小姐，你歇息片时，俺瞧老夫人去也。(下)

(旦叹介)默地游春转，小试宜春面。春呵，得和你两留连，春去如何遣？咳，恁般天气，好困人也。春香那里？(作左右瞧介)(又低首沉吟介)天呵，春色恼人，信有之乎！常观诗词乐府，古之女子，因春感情，遇秋成恨，诚不谬矣！吾今年已二八，未逢折桂之夫；忽慕春情，怎得蟾宫之客？昔日韩夫人得遇于郎，张生偶逢崔氏，曾有《题红记》、《崔徽传》二书[10]。此佳人才子,前以密约偷期,后皆得成秦晋。(长叹介)吾生于宦族,长在名门。年已及笄[11],不得早成佳配,诚为虚度青春,光阴如过隙耳!(泪介)可惜妾身颜色如花,岂料命如一叶乎?

【山坡羊】没乱里春情难遣,蓦地里怀人幽怨。则为俺生小婵娟,拣名门一例一例里神仙眷。甚良缘,把青春抛的远。俺的睡情谁见?则索因循腼腆。想幽梦谁边,和春光暗流转?迁延,这衷怀那处言?淹煎,泼残生除问天!

身子困乏了,且自隐几而眠。(睡介)(梦生介)(生持柳枝上)莺逢日暖歌声滑,人过风情笑口开。一径落花随水入,今朝阮肇到天台[12]。小生顺路儿跟着杜小姐回来,怎生不见?(回看介)呀,小姐,小姐。(旦作惊起介)(相见介)(生)小生那一处不寻访小姐来,却在这里。(旦作斜视不语介)(生)恰好花园内,折取垂柳半枝。姐姐,你既淹通书史,可作诗以赏此柳枝乎?(旦作惊喜欲言又止介)(背云)这生素昧平生,何因到此?(生笑介)小姐,咱爱杀你哩!

【山桃红】则为你如花美眷,似水流年,是答儿闲寻遍。在幽闺自怜。小姐,和你那答儿讲话去。(旦作含笑不行)(生作牵衣介)(旦低问介)那边去?(生)转过这芍药阑前,紧靠着湖山石边。(旦低问)秀才,去怎的?(生低答)和你把领扣松,衣带宽,袖梢儿揾着牙儿苫也,则待你忍耐温存一晌眠。(旦作羞)(生前抱)(旦推介)(合)是那处曾相见,相看俨然,早难道这好处相逢无一言?(生强抱旦下)

(末扮花神束发冠红衣插花上)催花御史惜花天,检点春工又一年。蘸客伤心红雨下,勾人悬梦彩云边。吾乃掌管南安府后花园花神是也。因杜知府小姐丽娘,与柳梦梅秀才,后日有姻缘之分。杜小姐游春感伤,致使柳秀才入梦。咱花神专掌惜玉怜香,竟来保护他,要他云雨十分欢幸也。

【鲍老催】(末)单则是混阳蒸变,看他似虫儿般蠢动把风情扇。一般儿娇凝翠绽魂儿颤。这是景上缘,想内成,因中见。呀,淫邪展污了花台殿。咱待拈片落花儿惊醒他。(向鬼门丢花介)他梦酣春透了怎留连?拈花闪碎的红如片。

秀才才到的半梦儿,梦毕之时,好送杜小姐仍归香阁。吾神去也。(下)

【山桃花】(生、旦携手上)(生)这一霎天留人便,草藉花眠。小姐可好?(旦低头介)(生)则把云鬟点,红松翠偏。小姐休忘了呵,见了你紧相偎,慢厮连,恨不得肉儿般团成片也,逗的个日下胭脂雨上鲜。(旦)秀才,你可去呵?(合)是那处曾相见,相看俨然,早难道这好处相逢无一言?

(生)姐姐,你身子乏了,将息,将息。(送旦依前作睡介)(轻拍旦介)姐姐,俺去了。(作回顾介)姐姐,你可十分将息,我再来瞧你那。行来春色三分雨,睡去巫山一片云。(下)(旦作惊醒低叫介)秀才,秀才,你去了也?(又作痴睡介)(老旦上)夫婿坐黄堂,娇娃立绣窗。怪他裙衩上,花鸟绣双双。孩儿,孩儿,你为甚瞌睡在此?(旦作醒)(叫秀才介)咳也!(老旦)孩儿怎的来?(旦作惊起介)奶

【原文】

奶到此！(老旦)我儿，何不做些针指，或观玩书史，舒展情怀？因何昼寝于此？(旦)孩儿适花园中闲玩，忽值春暄恼人，故此回房。无可消遣，不觉困倦少息。有失迎接，望母亲恕儿之罪。(老旦)孩儿，这后花园中冷静，少去闲行。(旦)领母亲严命。(老旦)孩儿，学堂看书去。(旦)先生不在，且自消停。(老旦叹介)女孩儿长成，自有许多情态，且自由他。正是：宛转随儿女，辛勤做老娘。(下)(旦长叹介)(看老旦下介)哎也，天那，今日杜丽娘有些侥幸也！偶到后花园中，百花开遍，睹景伤情。没兴而回，昼眠香阁。忽见一生，年可弱冠[13]，丰姿俊妍。于园中折得柳丝一枝，笑对奴家说："姐姐既淹通书史，何不将柳枝题赏一篇？"那时待要应他一声，心中自忖，素昧平生，不知名姓，何得轻与交言。正如此想间，只见那生向前说了几句伤心话儿，将奴搂抱去牡丹亭畔、芍药阑边，共成云雨之欢。两情和合，真个是千般爱惜，万种温存。欢毕之时，又送我睡眠，几声"将息"。正待自送那生出门，忽值母亲来到，唤醒将来。我一身冷汗，乃是南柯一梦。忙身参礼母亲，又被母亲絮了许多闲话。奴家口虽无言答应，心内思想梦中之事，何曾放怀？行坐不宁，自觉如有所失。娘呵，你教我学堂看书去，知他看那一种书消闷也。(作掩泪介)

【绵搭絮】雨香云片，才到梦儿边。无奈高堂，唤醒纱窗睡不便。泼新鲜，冷汗粘煎，闪的俺心悠步亸[14]，意软鬟偏。不争多费尽神情，坐起谁忺[15]？则待去眠。

(贴上)晚妆销粉印,春润费香篝[16]。小姐,薰了被窝睡罢。

【尾声】(旦)困春心游赏倦,也不索香薰绣被眠。天呵,有心情那梦儿还去不远。

春望逍遥出画堂,间梅遮柳不胜芳。

可知刘阮逢人处?回首东风一断肠。

〔注〕 ①宜春髻子:旧俗立春日,妇女剪彩绸作燕子状,戴在发髻上,上写"宜春"二字。见南朝梁宗懔《荆楚岁时记》。 ②"云髻"二句:见唐薛逢《官词》诗。 ③袅晴丝:昆虫吐出的丝缕在空飘荡。 ④菱花:镜子。 ⑤迤(yǐ)逗:逗引。 ⑥"惜花"句:唐明皇之兄宁王爱花,春天时用红丝绳将金铃系在花枝上,有鸟雀飞来,便牵动金铃惊散鸟雀。见《开元天宝遗事》。 ⑦啼红了杜鹃:传说杜鹃鸟为古蜀帝杜宇之魂所化,悲啼不止,口中流血,滴在花瓣上,花红似血,是为杜鹃花。 ⑧缱(qiǎn):留恋。 ⑨沉水香:即沉香,一种香木,心材为著名熏香料。此指用沉香制作的香。 ⑩"曾有"句:《题红记》,传奇名,明王骥德作,写于祐与韩翠苹红叶题诗,终成夫妻之事。《崔徽传》,似为《莺莺传》之误。 ⑪及笄(jī):古时女子十五岁以笄束发,标志已成年,可论婚嫁。笄,簪子。 ⑫阮肇:传说东汉时阮肇与刘晨至天台山采药遇二仙女,结缘半年始归,至家则子孙已历七代。 ⑬弱冠:古时男子二十岁行冠礼,头上戴冠,标志已成年。 ⑭亸(duǒ):歪斜。 ⑮忺(xiān):适意。 ⑯香篝:即熏笼,用以熏香或烘衣。

这是《牡丹亭》中最脍炙人口的一出戏。昆剧演出本将此出分为二折,自【绕池游】至【隔尾】称为《游园》,自【山坡羊】以下称为《惊梦》。在《诗经·关雎》洲渚之兴的启迪下,杜丽娘和春香瞒着父母到后花园游玩,花园内生机勃勃的自然美景和新鲜活泼的感受,同她枯寂的闺房生活形成鲜明的对照,使她的心灵受到强烈的震动,自然春光触发了她的情怀,唤醒了她的青春意识。但她也同时悟到,良辰美景虚设,赏心乐事难逢,春光易逝,

【鉴赏】

红颜易老，心中十分惆怅。回房之后，在怅惘郁闷的心境中，她不禁慨叹“年已及笄，不得早成佳配，诚为虚度青春”。在勃勃春光和古代爱情诗篇的激发下，她终于产生了挣脱封建礼教束缚、争取爱情自由的强烈要求。于是在梦中与青年书生相亲相爱。

《牡丹亭》突出的艺术成就之一是绘景抒情，妙合无间；心理描摹，惟妙惟肖。在《游园惊梦》中，这一艺术特点得到了最完美的体现。前半出游园的情节，主要表现的是杜丽娘在美好的春光里感叹闺阁生活的愁苦，表达对美好生活的向往。作者紧紧扣住大自然美好春光对丽娘心灵的启示和情感的震撼来细致入微地刻画她的形象，特别是【步步娇】、【醉扶归】、【皂罗袍】三支曲子，在写景的同时把丽娘的情怀烘托了出来，在情景的自然融合中表现了人物的性格特征。作者还特别注意寓情于景，并随景致的变换刻画人物的心理变化。如【步步娇】曲子，描写丽娘决心违反家规偷偷去游园，但封建礼教的淫威与长期深处闺房的习惯，又使她心存顾虑：“停半晌整花钿”，“步香闺怎便把全身现。”这便含蓄细致地表现了她内心的矛盾。“没揣菱花，偷人半面，迤逗的彩云偏”，也把一个刚萌生出摇漾情愫的深闺少女，顾影自怜而又娇羞难胜的心理和天真烂漫情态刻画无遗。又如“袅晴丝吹来闲庭院，摇漾春如线”，借“晴”字与情的谐音双关，以春景喻春情，既是绘景又是抒情；深院难得一见的袅袅晴丝，与丽娘心中产生的一丝丝春情，都在摇漾飘荡，既显出她内心的寂寞，又表达出她心灵深处对自由与爱情的朦胧渴望。而《惊梦》【山坡羊】则以自然含蓄相间的语言，把丽娘难以压抑的热情和梦想，以及深感自己十分孤独的幽怨心情，都以诗的气氛很细致地渲染出来了。【山桃红】以下写出梦中情人欢会，花神用落花惊醒幽梦，作者采用了浪漫主义的象征手法，色彩浓丽，气氛热烈。总之，《惊梦》一出将丽娘这个在封建礼教长期压抑下逐步觉醒的怀春少女的特殊心态及细微的心理变化揭示了出来，使人物形象有血有肉，活灵活现。

《牡丹亭》的语言也自具特色。汤显祖既注意保持元杂剧语言富有“本色”的优良传统，又注意发挥自己在满怀激情创作时的“灵气”，将自然真切的语言与个别字句的精工琢磨融合起来，即所谓“掇拾本色，参错丽语，境来神往，巧凑妙合”（王骥德《曲律》）。语言既自然真切，又婉丽精工，曲词往往形成诗的意境，具有极强的感染力，很适合作者以奔放的热情，去描绘人物细腻复杂的感情。【皂罗袍】中“良辰美景奈何天，赏心乐事谁家院”，是古今评论家所公认的名句，“良辰美景”、“赏心乐事”不过是两个成语，“奈何天”、“谁家院”更不是什么艰深险奥的词句，然而，这四组词语一经组合，便将杜丽娘既惊诧于春光的无限美丽，又感叹春光易逝，惋惜春光被辜负的百感交集的复杂心理，准确完满地表现出来。而【山桃红】一曲虽是柳梦梅所唱，但仍是杜丽娘梦中所生，因此，仍是杜丽娘自己的情感和语言，“则为你如花美眷，似水流年”一句，“如花美眷”是用他人的眼光审视赞叹自己的美丽，“似水流年”一变而为对生命之花绚丽而短暂的花期和时光流转的慨叹。确有“不思而至”的灵动，又妙合杜丽娘梦中的情思跳跃、超越常情的思维特点。无怪乎曹雪芹在《红楼梦》第二十三回中写林黛玉听了【皂罗袍】“不觉点头自叹，心下自思：‘原来戏上也有好文章，可惜世人只知看戏，未必能领略其中的趣味。’”当听到【山桃红】“则为你如花美眷，似水流年”时，林妹妹竟“仔细忖度，不觉心痛神驰，眼中落泪”。

另外《惊梦》的舞台表演艺术也堪称典范，经过历代昆曲艺术家的不断加工和提炼，以《惊梦》为代表的说唱、表演、音乐、舞蹈相结合的综合艺术，充分体现了昆曲艺术典雅、端丽的艺术特征，是昆曲乃至中国戏曲表演艺术的最高成就。“这是一种经过高度提炼的美的精华。千锤百炼的唱腔设计，一举手一投足的舞蹈化的程式动作，雕塑性的亮相，象征性、示意性的环境布置，异常简洁明了的情节交代，高度选择的戏剧冲突（经常是能激起巨大心理反响的伦理冲突），使内容和形式交融无间，而特别突出了积淀了内容要求的形式美。这已不是简单的均衡对称、变化统一的外在形式美，而是在其中与内容意义交织在一起。”（李泽厚《美的历程》）正是由于《惊梦》所取得的巨大艺术成就，使其能保持长久的艺术生命力，至今仍是舞台上盛传不衰的常演曲目，历代戏曲表演艺术家都将其作为提高自己表演艺术的必习剧目。京昆艺术大师梅兰芳和俞振飞合作，曾于 1960 年将《惊梦》摄制为舞台艺术片《游园惊梦》，为后人留下了宝贵的艺术珍品。

（吴新雷　丁　波）

第十二出　寻　梦

【夜游宫】（贴上）腻脸朝云罢盥，倒犀簪斜插双鬟。侍香闺起早，睡意阑珊。衣桁前[1]，妆阁畔，画屏间。

伏侍千金小姐，丫鬟一位春香。请过猫儿师父，不许老鼠放光。侥幸《毛诗》感动，小姐吉日时良。拖带春香遣闷，后花园里游芳。谁知小姐瞌睡，恰遇着夫人问当，絮了小姐一会，要与春香一场。春香无言知罪，以后劝止娘行。夫人还是不放，少不得发咒禁当。（内介）春香姐，发个甚咒来？（贴）敢再跟娘胡撞，教春香即世里不见儿郎。虽然一时抵对，乌鸦管的凤凰？一夜小姐忺躁，起来促水朝妆。由他自言自语，日高花影纱窗。（内介）快请小姐早膳。（贴）报道官厨饭熟，且去传递茶汤。（下）

【月儿高】（旦上）几曲屏山展，残眉黛深浅。为甚衾儿里不住的柔肠转？这憔悴非关爱月眠迟倦，可为惜花，朝起庭院？

忽忽花间起梦情，女儿心性未分明。无眠一夜灯明灭，分煞梅香唤不醒[2]。昨日偶尔春游，何人见梦。绸缪顾盼，如遇平生。独坐思量，情殊怅怳。真个可怜人也！（闷介）（贴捧茶食上）香饭盛来鹦鹉粒，清茶擎出鹧鸪斑[3]。小姐早膳哩！（旦）咱有甚心情也。

【前腔】梳洗了才匀面，照台儿未收展。睡起无滋味，茶饭怎生咽？（贴）夫人分付，早饭要早。（旦）你猛说夫人，则待把饥人劝。你说为人在世，怎生叫做吃饭？（贴）一日三餐。（旦）咳，甚瓯儿气力与擎拳，生生的了前件[4]。

你自拿去吃便了。（贴）受用余杯冷炙，胜如剩粉残膏。（下）（旦）春香已去。天呵，昨日所梦，池亭俨然。只图旧梦重来，其奈新愁一段。寻思展转，竟夜无眠。咱待乘此空闲，背却春香，悄向花园寻看。（悲介）哎也，似咱这般，正是：梦无彩凤双飞翼，心有灵犀一点通。（行介）一径行来，喜的园门洞开，守花的都不在。则这残红满地呵，

【懒画眉】最撩人春色是今年。少甚么低就高来粉画垣，元来春心无处不飞悬。（绊介）哎，睡荼蘼抓住裙衩线，恰便是花似人心好处牵。

这一湾流水呵，

【前腔】为甚呵玉真重溯武陵源？也则为水点花飞在眼前。是天公不费买花钱，则咱人心上有啼红怨。咳，辜负了春三二月天。

（贴上）吃饭去，不见了小姐，则得一径寻来。呀，小姐，你在这里。

【不是路】何意婵娟，小立在垂垂花树边。才朝膳，个人无伴

【原文】

怎游园？（旦）画廊前，深深蓦见衔泥燕，随步名园是偶然。（贴）娘回转，幽闺窣地教人见，那些儿闲串？那些儿闲串？

【前腔】（旦作恼介）哇！偶尔来前，道的咱偷闲学少年。（贴）咳，不偷闲，偷淡。（旦）欺奴善，把护春台都猜做谎桃源[⑤]。（贴）敢胡言，这是夫人命，道春多刺绣宜添线，润逼炉香好腻笺。（旦）还说甚来？（贴）这荒园堑，怕花妖木客寻常见。去小庭深院，去小庭深院。

（旦）知道了。你好生答应夫人去，俺随后便来。（贴）闲花傍砌如依主，娇鸟嫌笼会骂人。（下）（旦）丫头去了，正好寻梦哩。

【忒忒令】那一答可是湖山石边，这一答似牡丹亭畔。嵌雕阑芍药芽儿浅，一丝丝垂杨线，一丢丢榆荚钱。线儿春甚金钱吊转。

呀，昨日那书生将柳枝要我题咏，强我欢会之时，好不话长！

【嘉庆子】是谁家少俊来近远？敢迤逗这香闺去沁园[⑥]。话到其间腼腆。他捏这眼奈烦也天，咱嘬这口待酬言[⑦]。

【尹令】那书生可意呵，咱不是前生爱眷，又素乏平生半面。则道来生出现，乍便今生梦见。生就个书生，恰恰生生抱咱去眠[⑧]。

那些好不动人春意也！

【品令】他倚太湖石，立着咱玉婵娟。待把俺玉山推倒，便日暖玉生烟。捱过雕阑，转过秋千，揞着裙花展[⑨]。敢席着地，怕天瞧见。好一会分明，美满幽香不可言。

梦到正好时节，甚花片儿吊下来也。

【豆叶黄】他兴心儿紧咽咽，呜着咱香肩[10]。俺可也慢掂掂做意儿周旋。等闲间把一个照人儿昏善[11]，那般形现，那般软绵。忑一片撒花心的红影儿吊将来半天，敢是咱梦魂儿厮缠？

咳，寻来寻去，都不见了。牡丹亭，芍药阑，怎生这般凄凉冷落，杳无人迹？好不伤心也！（泪介）

【玉交枝】是这等荒凉地面，没多半亭台靠边，好是咱眯瞇色眼寻难见。明放着白日青天，猛教人抓不到魂梦前。霎时间有如活现，打方旋再得俄延。呀，是这答儿压黄金钏匾。

要再见那书生呵，

【月上海棠】怎赚骗？依稀想像人儿见。那来时荏苒，去也迁延。非远，那雨迹云踪才一转，敢依花傍柳还重现。昨日今朝，眼下心前，阳台一座登时变。

再消停一番。（望介）呀，无人之处，忽然大梅树一株，梅子磊磊可爱。

【二犯幺令】偏则他暗香清远，伞儿般盖的周全。他趁这，他趁这春三月红绽雨肥天[12]，叶儿青，偏迸着苦仁儿里撒圆[13]。爱杀这昼阴便，再得到罗浮梦边[14]。

罢了，这梅树依依可人，我杜丽娘若死后，得葬于此，幸矣。

【江儿水】偶然间心似缱，梅树边。这般花花草草由人恋，生生死死随人愿，便酸酸楚楚无人怨。待打并香魂一片，阴雨梅天，守的个梅根相见。（倦坐介）

（贴上）佳人拾翠春亭远，侍女添香午院清。咳，小姐走乏了，梅树下眠。

【原文】

【川拨棹】你游花院，怎靠着梅树偃？（旦）一时间望眼连天，一时间望眼连天，忽忽地伤心自怜。（泣介）（合）知怎生情怅然？知怎生泪暗悬？

（贴）小姐甚意儿？

【前腔】（旦）春归人面，整相看无一言，我待要折的那柳枝儿问天，我待要折的那柳枝儿问天，我如今悔不与题笺。（贴）这一句猜头儿是怎言⑮？（合前）

（贴）去罢。（旦作行又住介）

【前腔】为我慢归休，缓留连。（内鸟啼介）听，听这不如归春暮天，难道我再到这亭园，难道我再到这亭园，则挣的个长眠和短眠⑯。（合前）

（贴）到了，和小姐瞧奶奶去。（旦）罢了。

【意不尽】软咍咍刚扶到画阑偏，报堂上夫人稳便。咱杜丽娘呵，不少得楼上花枝也则是照独眠。

（旦）武陵何处访仙郎？（贴）只怪游人思易忘。

（旦）从此时时春梦里，（贴）一生遗恨系心肠。

〔注〕①衣桁（héng）：衣架。　②分：同忿。忿恨。　③鹧鸪斑：一种香料。　④"甚瓯儿"二句：意谓哪里有气力举起手来拿碗，干脆就算吃过了。⑤护春台：指花园。　⑥"敢迤逗"句：香闺，香闺小姐。沁园，东汉明帝女儿沁水公主的园林，此泛指花园。　⑦嗽（xīn）：开。　⑧恰恰生生：羞怯怯地。　⑨掯（kèn）：勒住。　⑩"他兴心儿"二句：兴心儿，尽意。紧咽咽，即紧。呜，吻。　⑪"等闲"句：顿时把一个清醒的人弄得昏昏沉沉。　⑫红绽雨肥天：梅子成熟季节。　⑬"偏进"句：偏在伤心人前长出圆满的果实。梅子圆，核仁苦，"仁"与"人"谐音。　⑭罗浮梦：隋代赵师雄在罗浮山遇一美女，至酒家共饮，醉后入睡。醒后见自己独睡于大梅树下。见唐柳宗元

《龙城录》。 ⑮猜头儿:谜语。 ⑯"难道"二句:难道我只有在梦中和死后才能再到这亭园。

这出戏是杜丽娘对前场梦中与柳梦梅幽会的追忆。丽娘梦醒之后,又执著地追寻梦中情人,孤身一人来到花园,按照景点,寻觅梦痕。

梦而可寻,可以设想,这个寻梦的人,是在什么样一种热情和撩乱的心境中了。在日常生活中,白日做梦已属不伦,白日寻梦更觉荒唐可笑。然而在杜丽娘身上却表现得合情合理。作者为人物的行动找到了真实的思想感情作依据,不能不使人相信她应该这样,而且一定会这样。在作者笔下,杜丽娘的伤感不是消极颓废的,而是反映热情和理想的镜子,是衡量对不合理生活反抗的标尺。"她越是沉醉于理想之中,便愈伤感于生活的黯淡和命运的坎坷;愈伤感于生活的黯淡和命运的坎坷,她越是沉醉于理想的追求,这种强烈的愿望和意志使人坚信,在那种社会里她不能不死,同时,又使人相信她虽死而不会泯灭,死可以复生。"(张庚、郭汉城《中国戏曲通史》)其中【懒画眉】一曲:"最撩人春色是今年。少甚么低就高来粉画垣,元来春心无处不飞悬。睡荼蘼抓住裙衩线,恰便是花似人心好处牵。"写出了春心如春色,春花似人心,春色即是春心,春心还是春色。正是所谓"有我之境,以我观物,故物皆著我之色彩","一切景语,皆情语也"(王国维《人间词话》)。这是对春色的赞美,更是对春情的赞颂。在缠绵情思的激荡之下,杜丽娘唱出了【江儿水】"这般花花草草由人恋,生生死死随人愿,便酸酸楚楚无人怨"的强烈心声,热切盼望得到爱情和婚姻的幸福。呼唤如此强烈,情感如此奔放,情节如此离奇,这一切所汇成的思想情感巨浪,浩浩荡荡,无可阻挡,演述了一部大喜大悲的人生传奇,开出了一朵艳光四射、骀荡淫夷的浪漫之花,在冲破了封建礼教对人性束缚的同时,也冲破了千百年来中国古典文化“乐而不淫，哀而不伤”的理性主义传统。

这出戏的整套曲子宛转缠绵，身段动作十分细腻优美，是昆曲闺门旦的重要剧目。

（吴新雷　丁　波）

第十四出　写　真

【破齐阵】（旦上）径曲梦回人杳，闺深佩冷魂销。似雾濛花，如云漏月，一点幽情动早。（贴上）怕待寻芳迷翠蝶，倦起临妆听伯劳。春归红袖招。

〔醉桃源〕（旦）不经人事意相关，牡丹亭梦残。（贴）断肠春色在眉弯，倩谁临远山[①]？　（旦）排恨叠，怯衣单，花枝红泪弹。（合）蜀妆晴雨画来难[②]，高唐云影间。　（贴）小姐，你自花园游后，寝食悠悠，敢为春伤，顿成消瘦？春香愚不谏贤，那花园以后再不可行走了。（旦）你怎知就里？这是：春梦暗随三月景，晓寒瘦减一分花。

【刷子序犯】（旦低唱）春归恁寒峭。都来几日，意懒心乔[③]，竟妆成熏香独坐无聊。逍遥，怎刬尽助愁芳草？甚法儿点活心苗！真情强笑为谁娇？泪花儿打迸著梦魂飘。

【朱奴儿犯】（贴）小姐，你热性儿怎不冰着，冷泪儿几曾干燥？这两度春游忒分晓，是禁不的燕抄莺闹[④]。你自窨约[⑤]，敢夫人见焦？再愁烦，十分容貌怕不上九分瞧。

（旦作惊介）咳！听春香言话，俺丽娘瘦到九分九了。俺且镜前一照，委是如何？（照悲介）哎也，俺往日艳冶轻盈，奈何一瘦至此！若不趁此时自行描画，流在人间，一旦无常，谁知西蜀杜丽娘有如此之美貌乎！春香，取素绢、丹青，看我描画。（贴下取绢笔上）三分春色描来易，一段伤心画出难。绢幅、丹青，俱已齐备。（旦泣介）杜丽娘二八春容，怎生便是杜丽娘自手生描也呵！

【普天乐】这些时把少年人如花貌，不多时憔悴了。不因他福分难销，可甚的红颜易老？论人间绝色偏不少，等把风光丢抹早[⑥]。打灭起离魂舍欲火三焦[⑦]，摆列著昭容阁文房四宝[⑧]，待画出西子湖眉月双高[⑨]。（照镜叹介）

【雁过声】轻绡，把镜儿擘掠[⑩]，笔花尖淡扫轻描。影儿呵和你细评度[⑪]，你腮斗儿恁喜谑，则待注樱桃染柳条，渲云鬟烟霭飘萧。眉梢青未了，个中人全在秋波妙，可可的淡春山钿翠小。

【倾杯序】（贴）宜笑，淡东风立细腰，又似被春愁搅。（旦）谢半点江山，三分门户，一种人才，小小行乐，撚青梅闲厮调。倚湖山梦晓，对垂杨风袅。忑苗条，斜添他几叶翠芭蕉。

春香，憕起来[⑫]，可厮像也？

【玉芙蓉】（贴）丹青女易描，真色人难学。似空花水月，影儿相照。（旦喜介）画的来可爱人也！咳，情知画到中间好，再有似生成别样娇。（贴）只少个姐夫在身傍。若是姻缘早，把风流婿招，少甚么美夫妻图画在碧云高。

（旦）春香，咱不瞒你，花园游玩之时，咱也有个人儿。（贴惊介）小姐，怎的有这等方便呵？（旦）梦哩。

【山桃犯】有一个曾同笑，待想象生描著，再消详邈入其中妙，则女孩家怕漏泄风情稿[⑬]。这春容呵，似孤秋片月离云峤，甚蟾宫贵客傍的云霄?

春香,记起来了。那梦里书生,曾折柳一枝赠我。此莫非他日所适之夫姓柳乎?故有此警报耳[14]。偶成一诗,暗藏春色,题于帧首之上何如?(贴)却好。(旦题吟介)近睹分明似俨然,远观自在若飞仙。他年得傍蟾宫客,不在梅边在柳边。(放笔叹介)春香,也有古今美女,早嫁了丈夫相爱,替他描模画样;也有美人自家写照,寄与情人。似我杜丽娘寄谁呵?

【尾犯序】心喜转心焦。喜的明妆俨雅,仙珮飘飖。则怕呵,把俺年深色浅,当了个金屋藏娇。虚劳,寄春容教谁泪落?做真真无人唤叫[15]。(泪介)堪愁夭,精神出现留与后人标。

春香,悄悄唤那花郎分付他。(贴叫介)(丑花郎上)秦宫一生花里活,崔徽不似卷中人[16]。小姐有何分付?(旦)这一幅行乐图,向行家裱去。叫人家收拾好些。

【鲍老催】这本色人儿妙,助美的谁家裱?要练花绡帘儿莹[17],边阑小,教他有人问著休胡嘌[18]。日炙风吹悬衬的好,怕好物不坚牢。把咱巧丹青休涴了。

(丑)小姐,裱完了,安奉在那里?

【尾声】(旦)尽香闺赏玩无人到,(贴)这形模则合挂巫山庙。(合)又怕为雨为云飞去了。

(贴)眼前珠翠与心违,(旦)却向花前痛哭归。

(贴)好写妖娆与教看,(旦)令人评泊画杨妃[19]。

〔注〕 ①临远山:指画眉。 ②蜀妆:指巫山神女的仪容。 ③“都来”二

句:都来,算来。心乔,心情不好。 ④抄:即吵。 ⑤窨约:思忖。 ⑥"等把"句:都早将美貌衰残了。 ⑦"打灭起"句:消除肉身的欲念。 ⑧昭容阁:内宫。 ⑨西子湖眉月:美女之眉。以西湖比喻美女。 ⑩擘(bò)掠:揩拭。 ⑪评度(duó):评论。 ⑫帧:同帧,展开画幅。 ⑬"待想象"三句:意谓本想回忆他的样子,再慢慢地将他描在画中,但又怕泄漏了自己的心思。邈,同描。 ⑭警报:预兆。 ⑮"做真真"句:唐代赵颜得一美人图,画工称画中美人名真真,呼其名百日便会应声,再以百家彩灰酒灌她,就会活了。赵颜照着做了,女子果然活过来,两人结为夫妻。见唐杜荀鹤《松窗杂记》。 ⑯"崔徽"句:唐代妓女崔徽与书生裴敬中相爱,别后崔徽托人带给裴敬中一幅自己的肖像,并说:"崔徽一旦不及卷中人,徽且为郎死矣。"见唐元稹《崔徽歌并序》。 ⑰"要练"句:要用经过漂白的花绡裱画,画幅上方空白处要光洁。 ⑱胡嘌(piāo):胡说。 ⑲评泊:评说。

寻梦之后,丽娘便郁闷成病,花容憔悴,为了永远保持自己的美丽形象,便为自己生描肖像。与《惊梦》中寓人物形象描写于对春景的刻画中不同,这出戏通过大段的唱念,正面表现了杜丽娘娇好的容貌。当春香赞叹画稿精妙,同时又对"少个姐夫在身傍"表示遗憾时,杜丽娘无法按捺内心的激动,兴奋地对春香说:"咱不瞒你,花园游玩之时,咱也有个人儿。"一种抑制不住的春情溢于言表。对自己容貌的赞美,是一种对生命和青春的自觉,正如她在《惊梦》、《寻梦》中对美丽春光的赞美一样,如春天一样美丽的花季少女,如春天一般明媚的春情,这样美好的事物,谁能舍得伤害,谁又能忍心将其毁灭呢?这出戏一方面表达了剧中人对自己美貌和生命的留恋,同时,又从杜丽娘在肖像画上所留的题辞中表明了她对美梦重圆的强烈期待和坚定信心。

这出戏的曲词创作大量采用了象征和比喻的手法,很有特点。如【破齐阵】"似雾濛花,如云漏月",是象征青春的觉醒虽然被封建礼教笼罩压制着，但像云破月来一样，仍透出了一线希望。又如【雁过声】“轻绡，把镜儿擘掠，笔花尖淡扫轻描（喻指画像时勾轮廓）。影儿呵和你细评度，你腮斗儿恁喜谑（喻指勾脸颊），则待注樱桃（点唇）染柳条（画眉），渲云鬟烟霭飘萧（画鬓发）。眉梢青未了，个中人全在秋波妙，可可的淡春山（眉如春山）钿翠小。”再如【倾杯序】“宜笑，淡东风立细腰，又似被春愁搅。谢半点江山，三分门户，一种人才，小小行乐（喻指画像），撚青梅闲厮调。倚湖山梦晓，对垂杨风袅。忒苗条，斜添他几叶翠芭蕉。”曲词平实如话，几近白描，紧扣人物动作和剧情表演，凸现了杜丽娘自画春容的创作过程，也再次体现了剧中人物杜丽娘和剧作者本人“一生儿爱好（爱美）是天然”的美学追求。

（吴新雷　丁　波）

第二十出　闹　殇

【金珑璁】（贴上）连宵风雨重，多娇多病愁中。仙少效，药无功。

颦有为颦，笑有为笑[①]。不颦不笑，哀哉年少。春香侍奉小姐，伤春病到深秋。今夕中秋佳节，风雨萧条，小姐病转沉吟，待我扶他消遣。正是：从来雨打中秋月，更值风摇长命灯。（下）

【鹊桥仙】（贴扶病旦上）拜月堂空，行云径拥。骨冷怕成秋梦。世间何物似情浓？整一片断魂心痛。

（旦）枕函敲破漏声残，似醉如呆死不难。一段暗香迷夜雨，十分清瘦怯秋寒。春香，病境沉沉，不知今夕何夕？（贴）八月半了。（旦）哎也，是中秋佳节哩！老爷，奶奶，都为我愁烦，不曾玩赏了？（贴）这都不在话下了。（旦）听见陈师父替我推命，要过中秋。看看病势转沉，今宵欠好。你为我开轩一望，月色如何？（贴开窗）（旦望介）

【集贤宾】（旦）海天悠问冰蟾何处涌？玉杵秋空，凭谁窃药把嫦娥奉？甚西风吹梦无踪，人去难逢，须不是神挑鬼弄。在眉峰，心坎里别是一般疼痛。（旦闷介）

【前腔】（贴）甚春归无端厮和哄，雾和烟两不玲珑[②]。算来人命关天重，会消详直恁匆匆[③]。为着谁侬，俏样子等闲抛送？待我谎他。姐姐，月上了。月轮空，敢蘸破你一床幽梦。

（旦望叹介）轮时盼节想中秋，人到中秋不自由。奴命不中孤月照，残生今夜雨中休。

【前腔】你便好中秋月儿谁受用？翦西风泪雨梧桐。楞生瘦骨加沉重，趱程期是那天外哀鸿。草际寒蛩，撒剌剌纸条窗缝。（旦惊作昏介）冷松松，软兀剌四梢难动[④]。

（贴惊介）小姐冷厥了！夫人有请。（老旦上）百岁少忧夫主贵，一生多病女儿娇。我的儿，病体怎生了？（贴）奶奶，欠好，欠好。（老旦）可怎了？

【前腔】不堤防你后花园闲梦铳，不分明再不惺忪，睡临侵打不起头梢重。（泣介）恨不呵早早乘龙，夜夜孤鸿，活害杀俺翠娟娟雏凤。一场空，是这答里把娘儿命送。

【啭林莺】（旦醒介）甚飞丝缱的阳神动，弄悠扬风马叮咚[⑤]。（泣介）娘，儿拜谢你了。（拜跌介）从小来觑的千金重，不孝女孝顺无终。娘呵，此乃天之数也。当今生花开一红，愿来生把萱椿再奉。（众泣介）（合）恨西风，一霎无端碎绿摧红。

【原文】

【前腔】(老旦)并无儿荡得个娇香种,绕娘前笑眼欢容。但成人索把俺高堂送。恨天涯老运孤穷。儿呵,暂时间月直年空[6],好将息你这心烦意冗。(合前)

(旦)娘,你女儿不幸,作何处置?(老旦)奔你回去也,儿!

【玉莺儿】(旦泣介)旅榇梦魂中,盼家山千万重。(老旦)便远也去。(旦)是不是,听女孩儿一言。这后园中一株梅树,儿心所爱。但葬我梅树之下可矣。(老旦)这是怎的来?(旦)做不的病婵娟桂窟里长生,则分的粉骷髅向梅花古洞。(老旦泣介)看他强扶头泪濛,冷淋心汗倾,不如我先他一命无常用。(合)恨苍穹,妒花风雨,偏在月明中。

(老旦)还去与爹讲,广做道场也。儿,银蟾谩捣君臣药,

纸马重烧子母钱。(下)(旦)春香,咱可有回生之日否?

【前腔】(叹介)你生小事依从,我情中你意中。春香,你小心奉事老爷奶奶。(贴)这是当的了。(旦)春香,我记起一事来。我那春容,题诗在上,外观不雅。葬我之后,盛着紫檀匣儿,藏在太湖石底。(贴)这是主何意儿?(旦)有心灵翰墨春容,傥直那人知重[7]。(贴)姐姐宽心。你如今不幸,孤坟独影。肯将息起来,禀过老爷,但是姓梅姓柳秀才,招选一个,同生同死,可不美哉!(旦)怕等不得了。哎哟,哎哟!(贴)这病根儿怎攻?心上医怎逢?(旦)春香,我亡后,你常向灵位前叫唤我一声儿。(贴悲介)他一星星说向咱伤情重。(合前)(旦昏介)

(贴)不好了,不好了,老爷奶奶快来!

【忆莺儿】（外、老旦上）鼓三冬，愁万重，冷雨幽窗灯不红。听侍儿传言女病凶。（贴泣介）我的小姐，小姐！（外、老旦同泣介）我的儿呵，你舍的命终，抛的我途穷，当初只望把爹娘送。（合）恨匆匆，萍踪浪影，风剪了玉芙蓉。（旦作醒介）

（外）快甦醒！儿，爹在此。（旦作看外介）哎哟，爹爹扶我中堂去罢。（外）扶你也，儿。（扶介）

【尾声】（旦）怕树头树底不到的五更风[8]，和俺小坟边立断肠碑一统。爹，今夜是中秋？（外）是中秋也，儿。（旦）禁了这一夜雨，（叹介）怎能勾月落重生灯再红。（并下）

（贴哭上）我的小姐，我的小姐！天有不测之风云，人有无常之祸福。我小姐一病伤春死了也。痛杀了我家老爷、我家奶奶。列位看官们，怎了也！待我哭他一会。

【红衲袄】小姐，再不叫咱把领头香心字烧，再不叫咱把剔花灯红泪缴[9]，再不叫咱拈花侧眼调歌鸟，再不叫咱转镜移肩和你点绛桃[10]。想着你夜深深放剪刀，晓清清临画稿。提起那春容，被老爷看见了，怕奶奶伤情，分付殉了葬罢。俺想小姐临终之言，依旧向湖山石儿靠也，怕等得个拾翠人来把画粉销[11]。

老姑姑，你也来了。（净上）你哭得好，我也来帮你。

【前腔】春香姐，再不教你暖朱唇学弄箫，（贴）为此。（净）再不和你荡湘裙闲斗草。（贴）便是。（净）小姐不在，春香姐也松泛多少。（贴）怎见得？（净）再不要你冷温存热絮叨，再不要你夜眠迟朝起的早。（贴）这也惯了。（净）还有省气的所在。鸡眼睛不用你做嘴儿挑，马子儿不用你随鼻儿倒。（贴

【原文】

啐介)(净)还一件,小姐青春有了,没时间做出些儿也,那老夫人呵,少不的把你后花园打折腰。

(贴)休胡说!老夫人来也。(老旦上)(哭介)我的亲儿!

【前腔】每日绕娘身有百十遭,并不见你向人前轻一笑。他背熟的班姬《四诫》从头学,不要得孟母三迁把气淘。也愁他软苗条忒恁娇,谁料他病淹煎真不好!(哭介)从今后谁把亲娘叫也,一寸肝肠做了百寸焦。(老旦闷倒)

(贴惊叫介)老爷,痛杀了奶奶也!快来,快来!(外哭上)我的儿也,呀,原来夫人闷倒在此。

【前腔】夫人,不是你坐孤辰把子宿嚣[12],则是我坐公堂冤业报。较不似老仓公多女好。撞不著赛卢医他一病跻[13]。天,天,似俺头白中年呵,便做了大家缘何处消[14]?见放著小门楣生折倒。夫人,你且自保重。便做你寸肠千断了也,则怕女儿呵,他望帝魂归不可招。

(丑扮院公上)人间旧恨惊鸦去,天上新恩喜鹊来。禀老爷:朝报高升。(外看报介)吏部一本,奉圣旨:金寇南窥,南安知府杜宝,可升安抚使,镇守淮扬。即日起程,不得违误。钦此。(叹介)夫人,朝旨催人北往,女丧不便西归。院子,请陈斋长讲话。(丑)老相公有请。(末上)彭殇真一壑,吊贺每同堂。(见介)(外)陈先生,小女长谢你了。(末哭介)正是。苦伤小姐仙逝,陈最良四顾无门;所喜老公相乔迁,陈最良一发失所。(众哭介)(外)陈先生有事商量。学生奉旨,不得久停。因小女遗言,就葬后园梅树之下,又恐不便后宫居住,已分付割取后园,起座梅花庵观,安置小女神位。就着这石道姑焚修看守。那道姑可承应的来?(净跪介)老道婆添香换水。但往来看顾,还得一人。(老旦)就烦陈斋长为便。(末)老夫人有命,情愿效劳。(老旦)老爷,须置些祭田才好。(外)有漏泽院二顷虚田[15],拨资香火。(末)这漏泽院田,就漏在生员身上。(净)咱号道姑,堪收稻谷。你是陈绝粮,漏不到你。(末)秀才口吃十一方,你是姑姑,我是孤老[16],偏不该我收粮?(外)不消争,陈先生收给。陈先生,我在此数年,优待学校。(末)都知道。便是老公相高升,旧规有诸生遗爱记、生祠碑文,到京伴礼送人为妙。(净)陈绝粮,遗爱记是老爷遗下与令爱作表记么?(末)是老公相政迹歌谣,甚么令爱!(净)怎么叫做生祠?(末)大祠宇塑老爷像供养,门上写着"杜公之祠"。(净)这等不如就塑小姐在傍,我普同供养。(外恼介)胡说!但是旧规,我通不用了。

【意不尽】陈先生,老道姑,咱女坟儿三尺暮云高,老夫妻一言相靠。不敢望时时看守,则清明寒食一碗饭儿浇。

(外)魂归冥漠魄归泉,(老)使汝悠悠十八年。

(末)一叫一回肠一断,(合)如今重说恨绵绵。

〔注〕 ①"鞶有"二句:见《韩非子·内储说》。意谓当忧则忧,当喜则喜。 ②"甚春归"二句:意谓暮春的景色真不好,无故地哄弄人。厮和哄,相调弄。雾、烟,指暮春的景色。 ③"会消详"句:意谓原以为慢慢会好的,谁知突然病得这样重。 ④四梢:四肢。 ⑤风马:即挂在屋檐下的铁马,风吹则叮当作声。 ⑥月值年空:犹月值年灾。迷信谓命中某年某月会

有灾祸临身，过了此时，便无灾祸。 ⑦傥直：倘然遇到。 ⑧“怕树头”句：本指满树的花朵不待五更风吹就已落尽，喻指等不到五更便会死去。⑨红泪缴：红泪，红烛的蜡液。缴，揩拭。 ⑩点绛桃：点红唇。 ⑪拾翠人：此指拾画人。 ⑫“不是你”句：迷信谓命中注定无子女。 ⑬“撞不著”句：没有遇到良医而死去。卢医，即扁鹊。跻(jué)，鞋，借指乘跻(道家一种飞行之术)，也可代指成仙，此喻死去。 ⑭家缘：家财。 ⑮漏泽院：宋代官府设置的埋葬地。 ⑯孤老：与“谷稻”音近。

【鉴赏】

杜丽娘在梦境中获得的幸福在现实世界中却是无法得到的，她终于在对爱情的热切渴望的执著追求中含恨而逝。《闹殇》这出戏在昆剧舞台上称为《离魂》。

《牡丹亭》又一突出的艺术成就是它巧妙迭出的新奇构想。全剧无论是情节的处理，人物形象的刻画，意境的熔铸，理想的寄托，都体现着这一特色，“情不知所起，一往而深，生可以死，死可以生”(汤显祖《牡丹亭·题词》)，这是浪漫主义的幻想的虚构，但却是在明代社会现实生活基础上的虚构，因为杜丽娘追求与向往的爱情，是当时广大青年女性所共有的。她的美满幽香的梦自然是虚幻的，但是幻因情生，梦幻凝结着对爱情的渴求所产生的激情，梦幻也正是“情”的投影。丽娘死于对爱情的渴望，在封建礼教统治下，她想找到自己的幸福是不可能的。这种描写表明了作者对社会现实的认识和态度都是清醒的，但是，作者并不满足于揭露封建统治的残酷，他还提出了美好的理想。丽娘因情而生，正强烈地反映了当时被剥夺了爱的权利的广大青年妇女的内心要求和顽强的斗争意志。因此，《牡丹亭》的浪漫主义，并非脱离社会现实的纯粹幻想，而是有着坚实丰厚的生活基础的。所谓“真情”是人们在政治、经济、文化和思想情感领域力图摆脱封建专制主义统治的合理要求。只是

【鉴赏】

作者把当时的时代性渗透到奇异的情节和生动的人物形象中，把他所要揭露与歌颂的东西都托之于梦境，托之于鬼魂，用象征的、夸张的、幻想的形式表达了他揭露现实并企图改变现实的愿望，确立了广大青年对幸福生活与美好理想的憧憬必将战胜灭绝才情的黑暗势力的坚定信念。因此在总的情感基调上昂扬着一种冲破一切黑暗的令人振奋的情绪，给人以鼓舞的力量，因此，即使是在充满悲剧色彩的《闹殇》中，也表现出对“月落重生灯再红”的期待和信念。

与《惊梦》、《寻梦》、《拾画》、《玩真》等出戏的艺术特点相一致，《离魂》与其说是戏曲，不如说是“诗曲”，虽然这出戏是情节转换的一个重点，但是戏剧情节性的成分还是被压缩至最小范围，重点表现的还是人物的心理和情感，当它被作为折子戏演出时，这种特征表现得更为明显：“世间何物似情浓，整一片断魂心痛”(【鹊桥仙】)，“甚西风吹梦无踪，人去难逢，须不是神挑鬼弄”(【集贤宾】)。杜丽娘临终时对生命的呼唤“怎能够月落重生灯再红”，一切都一再呈现出对一个新的生命和新的时代的期盼和憧憬。《惊梦》、《寻梦》、《写真》和《闹殇》等出，通过音乐、舞蹈、唱腔、表演，把诗歌的抒情特性、绘画流畅的线条和雕塑富有张力的造型，融汇发展到了一个空前绝后、尽善尽美的艺术境界。你无法分辨哪些是内容，哪些是形式，哪些是抒情，哪些是绘景，她所展现的一切，就是流动、变化、令你叹为观止的美。正因为她是如此的完美，才使得她具有不可抗拒的艺术感染力，以至于若干年后，扬州女子乔小青读罢《牡丹亭》后，竟发出了“若都许死后自寻佳偶，又岂惜留薄命活作羁囚”的感叹(吴炳《疗妒羹·题曲》)！

(吴新雷　丁　波)

【原文】

第二十三出　冥　判

【北点绛唇】（净扮判官、丑扮鬼持笔簿上）十地宣差[1]，一天封拜。阎浮界[2]，阳世栽埋，又把俺这里门程迈。

自家十地阎罗王殿下一个胡判官是也。原有十位殿下，因阳世赵大郎家[3]，和金达子争占江山[4]，损折众生，十停去了一停，因此玉皇上帝，照见人民稀少，钦奉裁减事例。九州九个殿下，单减了俺十殿下之位，印无归着。玉帝可怜见下官正直聪明，着权管十地狱印信。今日走马到任，鬼卒夜叉，两傍刀剑，非同容易也。（丑捧笔介）新官到任，都要这笔判刑名押花字。请新官喝采他一番。（净看笔介）鬼使，捧了这笔，好不干系也！

【混江龙】这笔架在那落迦山外[5]，肉莲花高耸案前排[6]。捧的是功曹令史，识字当该。（丑）笔管儿？（净）笔管儿是手想骨脚想骨竹筒般锉的圆滴溜[7]，（丑）笔毫？（净）笔毫呵是牛头须夜叉头铁丝儿揉定赤支毸[8]。（丑）判爷上的选了[9]。（净）这笔头公是遮须国选的人才[10]。（丑）有甚名号？（净）这管城子在夜郎城受了封拜[11]。（丑）判爷兴哩。（净作笑舞介）啸一声支兀另汉钟馗其冠不正[12]，舞一回疏喇沙斗河魁近墨者黑[13]。（丑）喜哩？（净）喜时节涂河桥题笔儿耍去[14]，（丑）闷呵？（净）闷时节鬼门关投笔归来。（丑）判爷可上榜来？（净）俺也曾考神祇，朔望旦名题天榜。（丑）可会书来？（净）摄星辰井鬼宿[15]，俺可也文会书斋。（丑）判爷高才。（净）做弗迭鬼仙才，白玉楼摩空作赋；陪得过风月主，芙蓉城遇晚书怀[16]。便写不尽四大洲转轮日月[17]，也差的着五瘟使号令风雷。（丑）判爷见有地分？（净）有地分，则合北斗司阎浮殿立俺边傍；没衙门，却怎生东岳观城隍庙也塑人左侧。（丑）让谁？（净）便百里城高捧手[18]，让大菩萨好相庄严乘坐位。（丑）恼谁？（净）怎三尺土低分气，对小鬼卒清奇古怪立基阶。（丑）纱帽古气些。（净）但站脚，一管笔一本簿尘泥轩冕。（丑）笔干了。（净）要润笔，十锭金十贯钞纸陌钱财。（丑）点鬼簿在此。（净）则见没掂三展花分鱼尾册[19]，无赏一挂日子虎头牌[20]。真乃是鬼董狐落了款，《春秋传》某年某月某日下崩薨葬卒大注脚[21]。假如他支祈兽上了样，把禹王鼎各山各水各路上魍魉魑魅细分腮[22]。（丑）待俺磨墨。（净）看他子时砚，忔忔察察乌龙蘸眼显精神[23]，（丑）鸡唱了。（净）听丁字牌[24]，冬冬登登金鸡翦梦追魂魄。（丑）禀爷点卷。（净）但点上格子眼，串出四万八千三界有漏人名[25]，乌星炮粲[26]；怎按下笔尖头，插入一百四十二重无间地狱，铁树花开[27]。（丑）大押花。（净）哎也，押花字，止不过发落簿锉烧舂磨一灵儿。（丑）少一个请字。（净）登请书，左则是那虚无堂瘫痨蛊膈四正客。（丑）吊起称竿来。（众卒应介）（净）发称竿看业重身轻，衡石程书秦狱吏[28]，（内叫饶也、苦也介）（丑）隔壁九殿下拷鬼。（净）肉鼓吹听神啼鬼哭，毛钳刀笔汉乔才。这时节呵，你便是没关节包待制人厌其笑[29]，（内哭介）恁风景，谁听的无棺椁颜修文子哭之哀[30]！（丑）判爷害怕哩！（净恼介）哎，《楼炭经》是俺六科五判[31]，刀花树是俺九棘三槐[32]。

【原文】

脸娄搜风髯赳赳[33]，眉剔竖电目崖崖。少不得中书鬼考，录事神差。比着阳世那金州判银府判铜司判铁院判白虎临官[34]，一样价打贴刑名催伍作[35]；实则俺阴府里注湿生牒化生准胎生照卵生青蝇报赦[36]，十分的磊齐功德转三阶。威凛凛人间掌命，颤巍巍天上消灾。

叫掌案的，这簿上开除都也明白[37]。还有几宗人犯，应该发落了？（贴扮吏上）人间勾令史，地下列功曹。禀爷：因缺了殿下，地狱空虚三年。则有枉死城中轻罪男子四名，赵大、钱十五、孙心、李猴儿；女囚一名，杜丽娘，未经发落。（净）先取男犯四名。（生、末、外、老旦四犯丑押上）（丑）男犯带到。（净点名介）赵大有何罪业，脱在枉死城？（生）鬼犯没甚罪，生前喜歌唱。（净）一边去。叫钱十五。（末）鬼犯无罪，则是做了一个小小房儿，沉香泥壁。（净）一边去，叫孙心。（老旦）鬼犯些小年纪，好使些花粉钱。（净）叫李猴儿。（外）鬼犯是有些罪，好男风。（丑）是真。便在地狱里，还勾上这小孙儿。（净恼介）谁叫你插嘴！起去伺候。（做写簿介）叫鬼犯听发落。（四犯同跪介）（净）俺初权印，且不用刑。赦你们卵生去罢。（外）鬼犯们禀问恩爷：这个卵是甚么卵？若是回回卵，又生在边方去了。（净）哇！还想人身？向蛋壳里做去。（四犯泣介）哎！被人宰了。（净）也罢，不教阳间宰吃你。赵大喜歌唱，贬做黄莺儿。（生）好了，做莺莺小姐去。（净）钱十五住香泥房子。也罢，准你去燕窠里受用，做个小小燕儿。（末）恰好做飞燕娘娘哩。（净）

孙心使花粉钱,做个蝴蝶儿。(外)鬼犯便和孙心同做蝴蝶去。(净)你是那好男风的李猴,着你做蜜蜂儿去,屁窟里长拖一个针。(外)哎哟,叫俺钉谁去?(净)四位虫儿听分付:

【油葫芦】蝴蝶呵,你粉版花衣胜剪裁。蜂儿呵,你忒利害,甜口儿咋着细腰捱[38]。燕儿呵,斩香泥弄影钩帘内[39]。莺儿呵,溜笙歌警梦纱窗外。恰好个花间四友无拘碍。则阳世里孩子们轻薄,怕弹珠儿打的呆,扇梢儿扑的坏。不枉了你宜题入画高人爱,则教你翅挪儿展将春色闹场来。

(外)俺做蜂儿的不来,再来钉肿你个判官脑。(净)讨打!(外)可怜见小性命。(净)罢了。顺风儿放去,快走快走。(噗气介[40])(四人做各色飞下)(净做向鬼门嘘气吷声介[41])(丑带旦上)天台有路难逢俺,地狱无情欲恨谁?女鬼见。(净抬头背介)这女鬼倒有几分颜色。

【天下乐】猛见了荡地惊天女俊才,哈也么哈,来俺里来。(旦叫苦介)(净)血盆中叫苦观自在[42]。(丑耳语介)判爷权收做个后房夫人。(净)哇!有天条,擅用囚妇者斩,则你那小鬼头胡乱筛,俺判官头何处买?(旦叫哎介)(净回身)是不曾见他粉油头忒弄色。

叫那女鬼上来。

【那吒令】瞧了你润风风粉腮,到花台酒台?溜些些短钗,过歌台舞台?笑微微美怀,住秦台楚台?因甚的病患来?是谁家嫡支派?这颜色不像似在泉台。

(旦)女因不曾过人家,也不曾饮酒,是这般颜色。则为

【原文】

在南安府后花园梅树之下，梦见一秀才，折柳一枝，要奴题咏。留连宛转，甚是多情。梦醒来沉吟，题诗一首：他年若傍蟾宫客，不是梅边是柳边。为此感伤，坏了一命。（净）谎也，岂有一梦而亡之理？

【鹊踏枝】一溜溜女婴孩，梦儿里能宁奈！谁曾挂圆梦招牌，谁和你拆字道白？哈也么哈，那秀才何在？梦魂中曾见谁来？

（旦）不曾见谁，则见花朵儿闪下来，好一惊。（净）唤取南安府后花园花神勘问。（丑叫介）（末扮花神上）红雨数番春落魄，《山香》一曲女消魂[43]。老判大人请了。（举手介）（净）花神，这女鬼说是后花园一梦，为花飞惊闪而亡。可是？（末）是也。他与秀才梦的缠绵，偶尔落花惊醒，这女子慕色而亡。（净）敢便是你花神假充秀才，误人家女子？（末）你说俺着甚迷他来？（净）你说俺阴司里不知道呵。

【后庭花滚】但寻常春自在，恁司花忒弄乖。眨眼儿偷元气艳楼台，克性子费春工淹酒债。恰好九分态，你要做十分颜色。数着你那胡弄的花色儿来。（末）便数来：碧桃花。（净）他惹天台。（末）红梨花。（净）扇妖怪。（末）金钱花。（净）下的财。（末）绣球花。（净）结得彩。（末）芍药花。（净）心事谐。（末）木笔花。（净）写明白。（末）水菱花。（净）宜镜台。（末）玉簪花。（净）堪插戴。（末）蔷薇花。（净）露渲腮。（末）腊梅花。（净）春点额[44]。（末）翦春花。（净）罗袂裁。（末）水仙花。（净）把绫袜踹。（末）灯笼花。（净）红影筛。

(末)酴醾花。(净)春醉态。(末)金盏花。(净)做合卺杯。(末)锦带花。(净)做裙褶带。(末)合欢花。(净)头懒抬。(末)杨柳花。(净)腰恁摆。(末)凌霄花。(净)阳壮的哈。(末)辣椒花。(净)把阴热窄。(末)含笑花。(净)情要来。(末)红葵花。(净)日得他爱。(末)女萝花。(净)缠的歪。(末)紫薇花。(净)痒的怪。(末)宜男花。(净)人美怀。(末)丁香花。(净)结半躧。(末)豆蔻花。(净)含着胎。(末)奶子花。(净)摸着奶。(末)栀子花。(净)知趣乖。(末)柰子花。(净)恣情奈。(末)枳壳花。(净)好处揩。(末)海棠花。(净)春困怠。(末)孩儿花。(净)呆笑孩。(末)姊妹花。(净)偏妒色。(末)水红花。(净)了不开。(末)瑞香花。(净)谁要采。(末)旱莲花。(净)怜再来。(末)石榴花。(净)可留得在?几桩儿你自猜。哎,把天公无计策。你道为甚么流动了女裙钗?刬地里牡丹亭又把他杜鹃花魂魄洒。

(末)这花色花样,都是天公定下来的。小神不过遵奉钦差,岂有故意勾人之理?且看多少女色,那有玩花而亡?

(净)你说自来女色,没有玩花而亡。数你听着。

【寄生草】花把青春卖,花生锦绣灾。有一个夜舒莲扯不住留仙带[45],一个海棠丝剪不断香囊怪[46],一个瑞香风赶不上非烟在[47]。你道花容那个玩花亡?可不道你这花神罪业随花败。

(末)花神知罪,今后再不开花了。(净)花神,俺这里已发落过花间四友,付你收管。这女囚慕色而亡,也贬在燕莺队里去罢。(末)禀老判:此女犯乃梦中之罪,如晓风残月。且他父亲为官清正,单生一女,可以耽饶。(净)父亲是何人?(旦)父亲杜宝知府,今升淮扬总制之职。(净)千金小姐哩。也罢,杜老先生分上,当奏过天庭,再行议处。(旦)就烦恩官替女犯查查,怎生有此伤感之事?(净)这事情注在断肠簿上。(旦)劳再查女犯的丈夫,还是姓柳姓梅?(净)取婚姻簿查来。(作背查介)是有个柳梦梅,乃新科状元也。妻杜丽娘,前系幽欢,后成明配,相会在红梅观中。不可泄漏。(回介)有此人,和你姻缘之分。我今放你出了枉死城,随风游戏,跟寻此人。(末)杜小姐,拜了老判。(旦叩头介)拜谢恩官,重生父母。则俺那爹娘在扬州,可能彀一见?(净)使得。

【幺篇】他阳禄还长在,阴司数未该。禁烟花一种春无赖,近柳梅一处情无外。望椿萱一带天无碍。则这水玻璃堆起望乡台,可哨见纸铜钱夜市扬州界?

花神,可引他望乡台随意观玩。(旦随末登台,望扬州哭介)那是扬州,俺爹爹奶奶呵,待飞将去。(末扯住介)还不是你去的时节。(净)下来听分付:功曹给一纸游魂路引去,花神休坏了他的肉身也。(旦)谢恩官。

【赚尾】(净)欲火近干柴,且留的青山在,不可被雨打风吹日晒。则许你傍月依星将天地拜,一任你魂魄来回。脱了狱省的勾牌,接着活免的投胎。那花间四友你差排,叫莺窥燕猜,倩蜂媒蝶采,敢守的那破棺星圆梦那人来。(净下)

(末)小姐,回后花园去来。

(末)醉斜乌帽发如丝,(旦)尽日灵风不满旗。
(净)年年检点人间事,(合)为待萧何作判司。

〔注〕 ①十地:阴司十殿阎罗,此指第十殿转轮王,主管鬼魂投胎转世事。见《玉历至宝钞》。 ②阎浮界:世界。 ③赵大郎:指宋太祖赵匡胤。④金达子:对金人的蔑称。 ⑤落迦山:地狱。 ⑥肉莲花:人肉做成的莲花形笔架。 ⑦"笔管儿"句:指手管骨,脚管骨。 ⑧赤支毸:红色的须发。 ⑨上的选:笔上标明选毫的是谁。旧毛笔管上常印有选毫人或笔庄之名。 ⑩遮须国:传说三国魏曹植死后做了遮须国王。见宋曾慥《类说》。 ⑪管城子:指毛笔。出自唐韩愈《毛颖传》。夜郎:古国名,此指阴间。 ⑫"啸一声"句:支兀另,叫声。钟馗,传说本为唐代落第秀才,死后成为捉鬼之神。其容貌丑陋,衣冠不整。 ⑬"疏喇沙"句:疏喇沙,舞蹈声。河魁,凶神。 ⑭㮈河桥:同奈河桥。佛教传说地狱中有奈河,上有桥名奈河桥,桥甚险仄,恶人魂过常坠入河里,为恶虫所食。 ⑮井鬼宿:二星宿名,皆为二十八星宿之一。 ⑯"做弗迭"四句:做弗迭,比不上。鬼仙才,传说唐代诗人李贺临死时,见一绯衣人带信给他,说天帝造了一座白玉楼,请他去写文章。见唐李商隐《李长吉小传》。陪得过,比得上。传说宋代文人石曼卿死后为芙蓉城主。见《六一诗话》。 ⑰四大洲:犹全世界。⑱百里城:管辖百里县城的县官,此指判官。 ⑲"则见"句:草率地翻开了点鬼簿。 ⑳"无赏"句:差一个无常(赏)拿着勾魂牌,按点鬼簿开列的名字、时日一一去勾拿。 ㉑"《春秋传》"句:仿《春秋传》的体例,按年月日注明应该死亡的人。古称天子死曰崩,二品以上死曰薨,五品以上称卒。㉒"假如"二句:意谓录鬼簿详细记录了各种人的善恶功过,就像禹王鼎上的各种图像。 ㉓乌龙蘸眼:乌龙,指墨。蘸眼,犹耀眼。 ㉔丁字牌:指丁字形的勾魂牌。 ㉕"但点"二句:意谓用笔在名字上点一下,每个人再投胎到世间,就有各不相同的命运。有漏,指有罪过的人。 ㉖乌星炮粲:爆竹绽放,碎屑如星,喻数量之多。 ㉗"怎按"三句:意谓不把鬼打入地狱,这是极少有的。无间地狱,即阿鼻地狱,罪人堕入其中,永远受苦,没有间断。㉘"衡石"句:形容办案之多之快。相传秦始皇每日称取一石(一百二十斤)竹简(公文),日夜审阅处理。见《史记·秦始皇本纪》。 ㉙"你便是"句:

意谓即使是铁面无私的包公,难得一笑,也令人讨厌。 ㉚"谁听"句:意谓地狱内已不堪听到哭声。颜修文,传说孔子的得意弟子颜回死后做了地下修文郎的官。子哭之哀,指孔子为颜回之死而哀哭。 ㉛"楼炭经"二句:意谓按《楼炭经》所列,将犯鬼判处投胎为不同的飞禽走兽。六科,汉代审理疑案的六条法令。五判,指笞、杖、徒、流、死等五刑。 ㉜"刀花树"句:意谓刀山地狱是我进行审判之处。 ㉝娄搜:满脸胡须。 ㉞白虎临官:凶神白虎当值。 ㉟"一样价"句:打贴刑名,量刑,判刑。伍作,即忤作,验尸、伤的差役。 ㊱青蝇报赦:传说前秦苻坚在起草赦书时,一只大苍蝇绕着笔尖飞。赦书还未公布,这只苍蝇化为黑衣人,已将消息传出去了。见《晋书·苻坚传》。 ㊲开除:开列。 ㊳咋:咂。 ㊴斩:沾。 ㊵噗气:嘘气。 ㊶呋声:噘起嘴吹。 ㊷"血盆"句:血盆,地狱。观自在,即观世音菩萨。 ㊸山香:乐曲名。神话传说西王母宴请群仙,舞者舞《山香》,曲未终,花纷纷落下。见宋苏轼《仇池笔记》。 ㊹春点额:南朝宋武帝女寿阳公主卧于含章殿檐下,梅花落其额上,拂之不去,后人多效之,称梅花妆。见《太平御览》引《宋书》。 ㊺"有一个"句:夜舒莲,东汉灵帝建裸游馆,馆里有流香渠,渠中有荷花晚上开放,白天闭合。见宋曾慥《类说》。留仙带,汉成帝宠后赵飞燕身甚轻,一次起舞时,值风起,飘飘欲飞去,左右扯住她的裙子,才将她留下。裙上扯出了皱纹,人称之为留仙裙。见《汉书·外戚传》。 ㊻"一个海棠丝"句:唐明皇曾将杨贵妃的醉态比作海棠春睡。安史之乱时,杨贵妃缢死马嵬坡。乱平后改葬,墓中只有一个锦香囊。见《杨太真外传》。 ㊼"一个瑞香风"句:唐皇甫枚传奇《非烟传》写武公业之妾步非烟与书生赵象私下相爱,赵象赠诗曰:"瑞香风引思深夜,知是蕊宫仙驭来。"后事泄,非烟被武公业打死。

【鉴赏】

丽娘真情不泯,死后在情思的激荡下,她的鬼魂不仅在幽冥间继续追寻自己的爱情,而且偏要复活而实现自己的愿望,并一往情深地坚守与柳梦梅的姻缘。她的真情感动了天地,在花神的帮助下,杜丽娘魂出地府,追寻柳梦梅去了,所以这出戏在昆剧演出时称为《花判》。

【鉴赏】

《牡丹亭》之所以动人心魄，不仅是由于它进步的新奇故事，也是由于它的新鲜奇特的艺术手法，巧妙的艺术构思与强烈的感情深深打动了读者和观众的心灵。在《牡丹亭》问世之前，一般描写忠贞不渝的爱情故事，往往写到主人公殉情而死为止，但《牡丹亭》却不如此，汤显祖赋予丽娘的真情超越了生死的力量。这是《牡丹亭》情节结构的神来之笔，出生入死，碧落黄泉，作品展现给人们一个最广泛的、超越现实的创作空间。作者的艺术胆识和丰富想象，给作品带来了瑰丽奇幻的异彩。

《牡丹亭》的情节安排与人物形象的塑造大量采用了对比衬托的手法。比如，全剧的艺术结构是把梦中的境界、冥间的境界与阳世的境界对比着描写，例如：丽娘在梦中能得到爱情与幸福，醒后却遭到母亲的责骂；她死后鬼魂尚能自由地寻觅自己的情人，而生前却不能随意游园，不能在人前轻易言笑，当然更没有行动的自由。作者在终场《圆驾》中曾描写丽娘初上金銮殿时的感受："似这般狰狞汉，叫喳喳。在阎浮殿见了些青面獠牙，也不似今番怕。"这样的描写，不仅是对皇上的大不敬，简直就是对以封建帝王为代表的封建制度和反动势力的大胆控诉。在人物形象方面，杜丽娘、柳梦梅、春香、花神与杜宝、陈最良、胡判官也形成鲜明的对比。特别是《冥判》中的花神与胡判官，冲突集中，对比鲜明，首先是在情节安排上，更多的是在人物形象上，给人留下了深刻的印象。花神是"情"的化身，他不仅给大地带来春光，而且给人间带来爱情和幸福，是以杜丽娘为代表的爱情理想的保护者、支持者，是一个不受"理"的约束的异端神，是明代现实生活中那些为时代的真理而献身的"异端邪说"者的艺术投影。胡判官则是一个同异端对立的正统形象，这位判官以"正直聪明"自命，而且恪守"天条"。因此，他完全不理解杜丽娘的爱情理想，听了杜丽娘的因情成梦，因梦而逝的申诉，竟然批驳说："谎也！岂有一梦而亡之理?"并污蔑花神"假充秀才，误人家女子"。在以维护封建秩序为最终任务的统治阶层中，胡判官之类以公正廉明自居，而实际上像胡判官一样糊涂断案的官吏又何止是少数。汤显祖用浪漫的精神和手法，以花神和胡判官的对立，体现了观念形态中“情”与“理”的对立。这又与现实世界中杜丽娘、柳梦梅、春香同杜宝、老夫人、陈最良的对立互相呼应，互相生发，共同完成了为真情而讴歌的重大主题。

《冥判》曲词也有特色，但与《惊梦》、《玩真》等出相比，确有“浪使才情，往往逸出绳墨之外”（吴梅《霜崖曲话》）的现象，例如本出中【混江龙】一曲，长达七百多字，不免有雕琢、文饰、艰涩之处，并且有不合曲谱传统格律的地方。不过，换一个角度来看，这种曲词恰好符合胡判官自以为是，颟顸僵腐的人物个性；至于不合格律，又体现了汤显祖“独抒性灵，不拘格套”，敢于进行艺术创新的一贯的创作风格。

（吴新雷　丁　波）

第二十四出　拾　画

【金珑璁】（生上）惊春谁似我？客途中都不问其他。风吹绽蒲桃褐[①]，雨淋殷杏子罗[②]。今日晴和，晒衾单兀自有残云涴[③]。

脉脉梨花春院香，一年愁事费商量。不知柳思能多少[④]？打叠腰肢斗沈郎[⑤]。小生卧病梅花观中，喜得陈友知医，调理痊可。则这几日间春怀郁闷，何处忘忧？早是老姑姑到也。

【一落索】（净上）无奈女冠何，识的书生破。知他何处梦儿多？每日价欠伸千个。

秀才安稳！（生）日来病患较些，闷坐不过。偌大梅花观，少甚园亭消遣。（净）此后有花园一座，虽然亭榭荒芜，颇有闲花点缀。则留散闷，不许伤心。（生）怎的得伤心也？

(净作叹介)是这般说。你自去游便了。从西廊转画墙而去,百步之外,便是篱门。三里之遥,都为池馆。你尽情玩赏,竟日消停,不索老身陪去也。名园随客到,幽恨少人知。(下)(生)既有后花园,就此迤逦而去。(行介)这是西廊下了。(行介)好个葱翠的篱门,倒了半架。(叹介)(集唐)凭阑仍是玉阑干(王初),四面墙垣不忍看(张隐)。想得当时好风月(韦庄),万条烟罩一时干[6](李山甫)。(到介)呀,偌大一个园子也!

【好事近】则见风月暗消磨,画墙西正南侧左。(跌介)苍苔滑擦,倚逗着断垣低垛,因何,蝴蝶门儿落合[7]?原来以前游客颇盛,题名在竹林之上。客来过,年月偏多,刻画尽琅玕千个。咳,早则是寒花绕砌,荒草成窠。

怪哉,一个梅花观,女冠之流,怎起的这座大园子?好疑惑也!便是这湾流水呵。

【锦缠道】门儿锁,放着这武陵源一座,恁好处教颓堕。断烟中见水阁摧残,画船抛躲,冷秋千尚挂下裙拖。又不是曾经兵火,似这般狼藉呵,敢断肠人远,伤心事多?待不关情么,恰湖山石畔留着你打磨陀。

好一座山子哩!(窥介)呀,就里一个小匣儿。待把左侧一峰靠着,看是何物?(作石倒介)呀,是个檀香匣儿。(开匣看画介)呀,一幅观世音喜相。善哉,善哉!待小生捧到书馆,顶礼供养,强如埋在此中。

【千秋岁】(捧匣回介)小嵯峨[8],压的旃檀合[9],便做了好相观音俏楼阁。片石峰前,那片石峰前,多则是飞来石三生因果[10]。

请将去炉烟上过[11]，头纳地，添灯火，照的他慈悲我。俺这里尽情供养，他于意云何？

(到介)到了观中，且安置阁儿上，择日展礼。(净上)柳相公多早了。

【尾声】(生)姑姑，一生为客恨情多，过冷澹园林日午矬[12]。老姑姑，你道不许伤心，你为俺再寻一个定不伤心何处可？

(生)僻居虽爱近林泉，(净)早是伤春梦雨天。

(生)何处貌将归画府？(合)三峰花半碧堂悬。

第二十六出　玩　真

(生上)芭蕉叶上雨难留，芍药梢头风欲收。画意无明偏着眼，春光有路暗抬头。小生客中孤闷，闲游后园。湖山之下，拾得一轴小画，似是观音大士，宝匣庄严。风雨淹旬，未能展视。且喜今日晴和，瞻礼一会。(开匣展画介)

【黄莺儿】秋影挂银河，展天身自在波[13]。诸般好相能停妥[14]。他真身在补陀[15]，咱海南人遇他。(想介)甚威光不上莲花座？再延俄，怎湘裙直下一对小凌波[16]？

是观音，怎一对小脚儿？待俺端详一会。

【二郎神慢】些儿个，画图中影儿则度[17]。着了，敢谁书馆中吊下幅小嫦娥，画的这俜停倭妥[18]。是嫦娥，一发该顶戴了。问嫦娥折桂人有我？可是嫦娥，怎影儿外没半朵祥云托？树皴儿又不似桂丛花琐。不是观音，又不是嫦娥，人间那得有此？

成惊愕，似曾相识，向俺心头摸。

待俺瞧，是画工临的，还是美人自手描的？

【莺啼序】问丹青何处娇娥？片月影光生豪末[19]。似恁般一个人儿，早见了百花低躲。总天然意态难模，谁近得把春云淡破？想来画工怎能到此，多敢他自己能描会脱。

且住，细观他帧首之上，小字数行。（看介）呀，原来绝句一首。（念介）"近睹分明似俨然，远观自在若飞仙。他年得傍蟾宫客，不在梅边在柳边。"呀，此乃人间女子行乐图也！何言"不在梅边在柳边"？奇哉怪事哩！

【集贤宾】望关山梅岭天一抹，怎知俺柳梦梅过？得傍蟾宫知怎么？待喜呵端详停和[20]，俺姓名儿直么费嫦娥定夺？打摩诃[21]，敢则是梦魂中真个。

好不回盼小生。

【黄莺儿】空影落纤娥，动春蕉，散绮罗。春心只在眉间锁，春山翠拖，春烟淡和。相看四目谁轻可？恁横波，来回顾影，不住的眼儿睃。

却怎半枝青梅在手，活似提掇小生一般？

【莺啼序】他青梅在手诗细哦，逗春心一点蹉跎。小生待画饼充饥，小姐似望梅止渴。小姐，小姐，未曾开半点幺荷[22]，含笑处朱唇淡抹，晕情多。如愁欲语，只少口气儿呵。

小娘子画似崔徽，诗如苏蕙[23]，行书逼真卫夫人。小子虽则典雅，怎到得这小娘子！蓦地相逢，不免步韵一首。（题介）丹青妙处却天然，不是天仙即地仙。欲傍蟾宫人近远，恰些春在柳梅边。

【原文】

【簇御林】他能绰斡[24]，会写作，秀入江山人唱和。待小生很很叫他几声：美人，美人！姐姐，姐姐！向真真啼血你知么？叫的你喷嚏似天花唾[25]。动凌波，盈盈欲下，不见影儿那。

咳，俺孤单在此，少不得将小娘子画像早晚玩之、拜之、叫之、赞之。

【尾声】拾的个人儿先庆贺，敢柳和梅有些瓜葛？小姐，小姐，则被你有影无形看杀我。

不须一向恨丹青，堪把长悬在户庭。

惆怅题诗柳中隐，添成春醉转难醒。

〔注〕 ①蒲桃褐：印有葡萄花样的粗布衣服。 ②殷杏子罗：浅红色的绸衣。 ③残云涴：雨水淋湿的痕迹。 ④柳思：犹春思。 ⑤"打叠"句：意谓身体瘦弱可与南朝梁沈约相比。沈约与人书，曾叹自己"革带常应移孔"。 ⑥万条：指繁多的柳枝。 ⑦"蝴蝶门"句：蝴蝶门，蝴蝶形的双扇门。落合，关闩。 ⑧小嵯峨：指险峻的假山。 ⑨旃檀合：旃檀木做的盒子。 ⑩飞来石：杭州灵隐寺有飞来峰，此指假山。 ⑪"请将"句：将画像请进屋内焚香供奉。 ⑫矬(cuō)：谓日斜。 ⑬自在：即观自在，观世音菩萨。 ⑭诸般好相：佛家指应身佛肉身上有三十二种妙相，见《大智度论》。 ⑮补陀：即普陀，佛家谓观音菩萨的圣地。 ⑯小凌波：女子的小脚。 ⑰度：猜度。 ⑱倭妥：同婑媠，雍容美好。 ⑲豪末：指笔尖。 ⑳停和：一会儿。 ㉑打摩诃：即打磨陀。思量。 ㉒幺荷：本指莲心，此借指嘴唇。 ㉓苏蕙：前秦窦滔妻，曾织锦为回文诗寄滔。 ㉔绰斡：此指绘画。 ㉕"叫的你"句：《诗经·邶风·终风》有"愿言则嚏"之句，谓想人就打喷嚏，此用该典。

这两出戏在昆曲折子戏演出中往往合为一折，名为《拾画叫画》，所以这里连在一起赏析。剧情是：丽娘死后第三年，她的梦中情人柳梦梅上京

赴试，路过南安，暂住由杜府后花园改建、供奉丽娘神位的梅花观中。有一天，柳梦梅在花园内散步，拾得丽娘生前亲描的真容，回屋后仔细端详，体味丽娘的题辞含义，最后认定画中人正是自己的恋人，于是便生出一段痴心，想通过自己对画中人天天礼敬、呼唤，使她灵魂感应，能够活现在自己的面前。戏中将柳梦梅因画生情，因情生痴，一往情深的心理和情感变化的轨迹交待得十分清楚。起初，柳梦梅病后游园，对着已经颓败的园林美景，顿生"风月暗消磨"，"断肠人远，伤心事多"(【锦缠道】)的感慨，这种情感与杜丽娘慨叹"原来姹紫嫣红开遍，似这般都付与断井颓垣"是完全一致的，柳梦梅之所以能够成为杜丽娘的梦中情人，正是由于他们在思想感情方面是灵犀相通的，这是他们坚实的爱情基础。不仅如此，柳梦梅在感情专一深挚方面也是和杜丽娘一致的。柳梦梅拾得画像时起初并不知晓是杜丽娘的春容，还以为是观音像、嫦娥图，仔细看来却不是。看罢题辞，一边叹赏画者艺术才华，一边心下若有所感，再看画中人似与自己在梦中见过一般，梦中情、画中影相互印证，越发坚定了自己的判断，甚至，画中人手里提着的半枝青梅，在柳梦梅看来也是"活似提掇小生一般"。最后，决定要每天对着画像礼拜、呼叫、赞美，要叫得画中人"喷嚏似天花唾。动凌波，盈盈欲下"。这种源自内心的爱慕，与杜丽娘的表现如出一辙，同样超越了现实和虚幻、生与死的界限。"人间自是有情痴"，情到深处自然痴，正是这样的深挚的情感，才能配得上同样痴情的杜丽娘，才能有力量感动天地，死可以生。"情必近于痴而始真"，柳梦梅的形象较好地体现了中国古典美学这一命题，他是中国古典文学作品中又一鲜明的"情痴"形象，他上承《西厢记》中的张君瑞，下启《红楼梦》中的贾宝玉。从产生于明代的柳梦梅这一文学形象中，我们依稀可见元杂剧《西厢记》中被爱情"风魔了"的张解元。而《玩真》中柳梦梅见画中人产生出来的仿佛梦中见过的感觉，在后来的清代小说《红楼梦》第五回中，林黛玉、贾宝玉初次见面时又得到重现。

【鉴赏】

如果说《惊梦》、《寻梦》等出戏的曲词一如女主人公的形象特征，以清丽精工见长，则《玩真》的曲词较好地继承了元杂剧语言自然真切的特点。如【黄莺儿】中“恁横波，来回顾影，不住的眼儿睃”，【啼莺序】中“如愁欲语，只少口气儿呵”，【簇御林】中“动凌波，盈盈欲下，不见影儿那（挪）”。这种真切质朴的曲词完美地体现了人物真挚纯厚的性格和情感。而如“空影落纤娥，动春蕉，散绮罗”，“相看四目谁轻可”，则又偏重于炼字，从“落”、“散”、“可”等字中体现诗的意境。这正如汤显祖自己所说的那样：“文章之妙，不在步趋形似之间。自然灵气恍惚而来，不思而至。怪怪奇奇，莫可名状，非物寻常得以合之。”（《合奇序》）

舞台演出时《拾画》与《玩真》多同时连演，演员表演极为细腻，昆曲表演大师俞振飞曾说：“（演出时）必须揣摹神情，曲曲传出方为合格。”（《振飞曲谱》）

（吴新雷　丁　波）

邯郸记

第三出　度　世

(扮吕仙褡裢葫芦枕上)[集唐]蓬岛何曾见一人,披星戴月斩麒麟。无缘邀得乘风去,回向瀛洲看日轮[①]。自家吕岩,字洞宾,京兆人也[②],忝中文科进士[③]。素性饮酒任侠,曾于咸阳市上,酒中杀人,因而亡命。久之贫落,道遇正阳子钟离权先生,能使飞升黄白之术[④],见贫道行旅消乏,将石子半斤,点成黄金一十八两,分付贫道仔细收用。贫道心中有疑,叩了一头,禀问师父:师父,此乃点石为金,后来仍变为石乎?师父说:五百年后,仍化为石。贫道立取黄金抛散,虽然一时济我缓急,可惜误了五百年后遇金人。师父哑然大笑:吕岩,吕岩,一点好心,可登仙界。遂将六一飞升之术[⑤],心心密证,口口相传。行之三十余年,忝登了上八洞神仙之位。只因前生道缘深重,此生功行缠绵。性颇混尘,心存度世。近奉东华帝旨[⑥],新修一座蓬莱山门,门外蟠桃一株,三百年其花才放,时有皓劫刚风[⑦],等闲吹落花片,塞碍天门。先是贫道度了一位何仙姑,来此逐日扫花。近奉东华帝旨,何姑证入仙班,因此张果老仙尊又着贫道驾云腾雾,于赤县神州再觅一人,来供扫花之役。道犹未了,何姑笑舞而来也。(何仙姑持帚上)好风吹起落花也!

【原文】

【赏花时】翠凤毛翎札帚叉，闲踏天门扫落花。你看风起玉尘砂，猛可的那一层云下[8]，抵多少门外即天涯[9]。

（见介）洞宾先生何往？（吕）恭喜你领了东华帝旨，证了仙班。果老仙翁诚恐你高班已上，扫花无人，着我再往尘寰，度取一位，敢支分杀人也[10]。（何）洞宾先生大功行了。只此去未知何处度人？蟠桃宴可赶的上也？

【么】你休再剑斩黄龙一线差，再休向东老贫穷卖酒家，你与俺高眼向云霞。洞宾呵，你得了人早些儿回话，迟呵，错教人留恨碧桃花。（下）

（吕）仙姑别去，不免将此磁枕褡裢驾云而去也。枕是头边枕，磁为心上慈。（下）（丑上）我这南湖秋水夜无烟，奈可乘流直上天[11]。且就洞庭赊月色，将船买酒白云边。（内笑介）小二哥发誓不赊，又赊了。（丑）赊的赊一月，买的买一船。小子在这岳阳楼前开张个大酒店[12]，因这洞庭湖水多，酒都扯淡了，这几日赊也没人来。好笑，好笑。（内叫介）小二哥，那不是两个赊的来了。（丑）请进，请进。（扮二客上）一生湖海客，半醉洞庭秋。小二哥，买酒。（丑应介）（客看壶介）酒壶上怎生写着洞庭二字？（丑）盛水哩。（客笑介）也罢，拚我们海量，吞你几个洞庭湖。（丑）二位较量饮。（一客）小子鄱阳湖生意，饮八百杯罢。（一客）小子庐江客，饮三百杯。（丑）这等，消我酒不去。八百鄱阳三百焦[13]，到不得我这把壶一个腰。（客）好大壶嘴哩。（做饮唱随意介）（丑）又一个带牛鼻子的来了[14]。

【中吕粉蝶儿】（吕上）秋色萧疏，下的来几重云树，卷沧桑半叶浅蓬壶。践朝霞，乘暮霭，一步捱一步。刚则背上葫芦，这淡黄生可人衣服[15]。

【醉春风】则为俺无挂碍的热心肠，引下些有商量来的清肺腑。这些时蹬着眼下山头，把世界几点儿来数数。这底是三楚三齐，那底是三秦三晋，更有找不着的三吴三蜀[16]。

说话中间，前面洞庭湖了，好一座岳阳楼也！

【红绣鞋】趁江乡落霞孤鹜，弄潇湘云影苍梧[17]。残暮雨，响菰蒲。晴岚山市语，烟水捕鱼图。把世人心闲看取。

边旁放着一座大酒店，店主有么？（丑应介）请进，请进。（作送酒介）

【迎仙客】（吕）俺曾把黄鹤楼铁笛吹[18]，又到这岳阳楼将村酒沽。好景，好景，前面汉阳江，上面潇湘苍梧，下面湖北江东。请了。（丑）请什么子？（吕）来稽首，是有礼数的洞庭君主。（丑）鬼话。（内雁叫介）（吕）听平沙落雁呼，远水孤帆出。这其中正洞庭归客伤心处，赶不上斜阳渡。

（吕作醉介）酒是神仙造，神仙吃，你这一班儿也知道吃什么酒？（二客恼介）哎也，哎也，可不道一品官，二品客，到不高如你？我穿的细软罗缎，吃的细料茶食，用的细丝锞锭。似你这般，不看你吃的，看你穿的哩，希泥希烂的。醒眼看醉汉，你醉汉不堪扶。（吕笑介）

【石榴花】俺也不和他评高下说精粗，道俺个醉汉不堪扶，偏你那看醉人的醒眼不模糊。则怕你村沙势比俺更俗[19]，横死眼比俺更毒。（二客云）野狐骚道，出口伤人。还不去，还不去扯

【原文】

破他衣服！(吕)为什么扯断丝带，抓破衣服，骂俺作顽涎骚道野狐徒？

(客)好笑，好笑，便那葫芦中，那讨些子药物？都是烧酒气。

【斗鹌鹑】(吕)你笑他盛酒的葫芦，须有些不着紧的信物。硬擎着你七尺之躯，俺老先生看汝。(客)看什么子？无过是酒色财气，人之本等哩。(吕)你说是人之本等，则见使酒的烂了胁肚，(客)气呢？(吕)使气的腆破胸脯，(客)财呢？(吕)急财的守着家兄[20]，(客)色呢？(吕)急色的守着院主[21]。

【上小楼】(吕)这四般儿非亲者故，四般儿为人造畜。(客)难道。人有了君臣，才是富贵；有儿女家小，才快活；都是酒色财气上来的，怎生住的手？(吕)你道是对面君臣，一胞儿女，帖肉妻夫。则那一口气不遂了心，来从何处来？去从何处去？俺替你愁，俺替你想，敢四般儿那时才住。

(客)一会子先生一些阴阳昼夜不知。(吕笑介)你可知么？

【么】问你个如何是毕月乌？(客)月黑了就是。(吕)如何是房日兔[22]？(客想介)醉了房儿里吐去。(吕)你道如何是三更之午？十月之余？一刻之初[23]？(客)听他什么？只噇酒[24]。(吕笑介)问着呵，则是一班儿嘴秃速[25]。难道偏则我，出家人有五行攒聚[26]。

(众瞧介)包儿里是个磁瓦枕，打碎他的！(吕)怎碎的他呵？(客)是什么生料，碎不的他？

【白鹤子】(吕)是黄婆土筑了基，放在偃月炉。封固的是七般泥，用坎离为药物[27]。

（客）怎生下火？

【么】（吕）扇风囊随鼓铸，磁汞料写流珠[28]。烧的那粉红丹色样殊[29]，全不见枕根头一线儿丝痕路。（客笑介）枕儿两头大窟弄，先生害头风出气的？

【么】（吕）这是按八风开地户，凭二曜透天枢[30]。（客）到空空的亮。（吕）有甚的空笼样枕江山，早则是连环套通心腑。

列位都来盹上一会么？（客）寡汉睡的。（吕笑介）到不寡哩。

【么】半凹儿承姹女[31]，并枕的好妻夫。（客）有甚好处？（吕）好消息在其中，但枕着都有个回心处。

（客）难道有这话？我们再也不信。（吕）此处无缘，列位看官们请了。

【快活三】不是俺袖青蛇胆气粗[32]，则是俺凭长啸海天孤。则俺朗吟飞过洞庭湖，度的是有缘人人何处？（下）

（众笑介）那先生被我们啰唣的去了，我们也去罢。相逢不饮空归去，洞口桃花也笑人。（众下）（吕上）好笑，好笑，一个大岳阳楼，无人可度，只索望西北方迤逦而去[33]。

【鲍老儿[34]】这是你自来的辛苦，一口气许了师父。少不得逢人问渡，遇主寻涂。是不是口邋着道词，一路的做鬼妆狐[35]。

呀一道清气，贯于燕之南、赵之北。不免捩转云头，顺风而去。

【满庭芳】非关俺妄言祸福，怎头直上非烟非雾，脚踏下非楚非吴，眼抹里这非赤也非乌[36]？莫不是青牛气函关直竖？莫不是蜃楼气东海横铺[37]？没罗镜分金指度，打向假随方认取[38]。

【原文】

呀,却原来是近清河[39],邯郸全赵那边隅。

仔细看来,是邯郸地方,此中怎得有神仙气候也?

【耍孩儿】《史记》上单注着会歌舞邯郸女[40],俺则道几千年出不的个蔺相如[41]。却怎生祥云气罩定不寻俗,满尘埃他别样通疏?知他芦花明月人何处?流水高山客有无?俺到那有权术,偷鞭影看他驴橛,下探竿识得龙鱼。

【尾声】欠一个蓬莱洞扫花人,走一片邯郸城寻地主。但是有缘人,俺尽把神仙许。则这热心儿,普天下遇着他都姓吕。

日月秘灵洞,云霞辞世人。

为结同心侣,逍遥下碧空。

〔注〕 ①集唐:集句体诗的一种,即集合唐人诗句组织为一首新诗,一般为绝句体。 ②京兆:即今西安。 ③忝(tiǎn):谦词,惭愧的意思。 ④黄白之术:即道教炼丹术,药金为黄、药银为白,故称黄白之术。 ⑤六一:道教用语,炼丹时须用"六一泥"封鼎盖,其泥用东海左顾牡蛎、戎盐、黄丹、滑石、赤石脂、蚓蝼黄土等六物合一,故称。关于"六一",各家说法不一,大体相同。 ⑥东华帝:即东华帝君,亦称东王公或东木公,古神话中掌管男仙之神。 ⑦皓:当作浩。 ⑧猛可的:犹谓忽然之间。 ⑨抵多少:犹谓好比是。 ⑩支分杀:犹谓太折腾。 ⑪奈可:犹谓怎能。 ⑫岳阳楼:即湖南古岳州(今岳阳市)西门城楼,因宋范仲淹《岳阳楼记》而著名。 ⑬焦:安徽中部的巢湖又称焦湖,简称"焦"。 ⑭牛鼻子:形容道士梳的高髻,古戏曲小说多用作道士的戏称。 ⑮生可人:犹谓硬教人满意。 ⑯"这底是"三句:这底是犹言这是,那底是犹言那是。三楚,泛指湖南、湖北;三齐,泛指山东东部;三秦,泛指陕西一带;三晋,泛指山西,河北南、中部,河南中、北部一带;三吴,泛指苏州等长江下游地区;三蜀,泛指成都四川地区一带。 ⑰"趁江乡"二句:落霞孤鹜,语出唐王勃《滕王阁序》"落霞与孤鹜齐飞,秋水共长天一色"。潇,指湘江支流潇水;湘,指湘江,流入洞庭湖。 ⑱黄鹤楼:在今湖北武汉蛇山黄鹄矶上,为古代名楼。 ⑲村沙势:犹谓呆头呆

脑。 ⑳家兄：指钱。 ㉑院主：指坐院的倡家。 ㉒“问你个”二句：道教用语，毕月乌，指月食；房日兔，指日食。 ㉓“你道”三句：道教修炼内丹术用语，三更为子时，三更之午，犹谓“子午”，此时元气阴阳配合；十月之余，犹谓“十月胎圆”之后，炼气化神已过“十月关”，可望炼就；一刻之初，犹谓“一刻之机”，即炼内丹就在这最后一刻功夫，功到丹成。 ㉔噇(chuáng)酒：即无节制过度饮酒。 ㉕嘴秃速：犹谓撅着嘴不说话。 ㉖五行攒聚：道教内丹术认为，肾属水，心属火，脾属土，肝属木，肺属金，此五行在一身，上聚于脑，谓五气朝元，而成丹道。 ㉗“是黄婆”四句：道教内丹术用语，此处是借用外丹术语来解释内丹术。黄婆土，亦名黄媒，能沟通阴阳，专气存神；偃月炉，又名神室、黄房，异名众多，指以身心为炼内丹的鼎炉；七般泥，即六一泥；坎离，为炼丹药物，内丹术指先天祖气，心之元神为坎，肾之元气为离，坎离交合，神气相补，为内丹原理。 ㉘磁汞料写流珠：汞，水银异名，亦称太阳流珠。指磁枕是由汞料烧炼成的。 ㉙粉红丹色样殊：炼丹需用朱砂、铅、硫黄等药物；朱砂，即丹砂，为红色硫化汞。 ㉚“这是按”二句：道教内丹术用语，八风，即八方来风，炼内丹需以心意应八风，可承可御；地户，指尾闾，即身之下丹田处。二曜，即日、月，日、月之明谓之光；天枢，内丹术天枢、化枢、道枢之一，以天枢求人天合一，可望丹成。 ㉛姹女：即少女。 ㉜袖青蛇：即“袖里青蛇”，出自吕岩诗。吕岩为剑仙，青蛇指剑。 ㉝迤逦(yǐ lǐ)：指一路曲折而行。 ㉞鲍老儿：曲牌名，此为【十二月】之误。 ㉟“是不是”二句：邋(lā)，指不停地念诵。做鬼妆狐，犹谓妆乔。 ㊱“怎头直”三句：非烟非雾，语出《史记·天官书》，虽蒙而不明，犹谓喜气。非楚非吴，即谓非楚、吴南方之地。非赤也非乌，即谓非赤乌也；赤乌，指南方之日光。 ㊲“莫不是”二句：青牛气，指仙气；函关，即函谷关。传说老子骑青牛过函谷关，应守关令尹请，作《道德经》，出关而去，莫知所终。蜃楼气，指海上仙气。 ㊳“没罗镜”二句：罗镜，道教法器；分金指度，犹谓点金引度，如钟离权度吕洞宾事。打向假，犹谓假作真，真作假。 ㊴清河：指河北省清河县或清河一带。 ㊵邯郸女：即吕不韦已怀孕的姬妾。据《史记·吕不韦传》，吕献怀孕的姬妾给子楚，生子政。后子楚为秦庄襄王，吕为相，封文信侯。后政为秦王，尊吕为相国，称仲父。 ㊶蔺相如：即战国时赵国的大臣，因完璧归赵不辱使命，又渑池会上使赵王免受秦王羞辱，功拜上卿。

【鉴赏】

汤显祖《邯郸梦记题词》，自谓《邯郸记》大致推衍“焦湖祝枕事”为之；又在《虞初志评语》中评《枕中记》时说，“举世方熟，邯郸一梦，予故演付伶人以歌舞之”。《邯郸记》事更近唐沈既济《枕中记》，而《枕中记》又从“焦湖祝枕事”而来（刘义庆《幽明录》题为《杨林》）。从本事原型考之，二者都对《邯郸记》有影响。《邯郸记》三十出，基于现实生活生发情节，剧情更为丰富。写吕洞宾在邯郸旅舍，以磁枕使卢生入睡。卢生梦与高门女结婚，行贿中式，出将入相，荣华已极。后因官场倾轧，历尽宦海风波，得封国公，一门富贵。又因登高位后，奢侈荒淫，终染病而亡。卢生梦醒，旅舍黄粱未熟，经吕洞宾点醒，顿悟人生如梦，一切皆空，乃从吕洞宾学道成仙。

《邯郸记》的结构有其特殊性，梦前二出半，梦后一出半；梦中写无限波澜，以情节描写寄寓着题旨。而梦前则引发题旨，梦后则直抒题旨。《度世》一出，即借吕洞宾出场紧扣住全记的题旨来展开戏情，一为剧中主角卢生入梦作铺垫，一为引发全记题旨，所以，可以把此出戏看作全记的“戏眼”。写吕洞宾近奉东华帝旨，何仙姑证入仙班，张果老仙翁又着他下凡再度一人，以供天庭扫花之役。吕洞宾来到岳阳楼，乘酒醉与客人调侃，批判了人间的“酒色财气”，又去邯郸道上度脱卢生。此出戏的矛盾是神仙与凡人的矛盾，矛盾的焦点则是对“酒色财气”的看法，十分理性的内容，却被表现得色彩斑斓、诙谐有趣，在昆剧舞台上演为《扫花》、《三醉》，前为歌舞，后为喜剧，深受昆剧观众的喜爱。

这出戏分两部分，第一部分在天庭，写吕洞宾辞别何仙姑。吕洞宾上场后的一段自述身世交代了度世之心及奉旨度人的原委。吕洞宾心存一点好心，被钟离权指石点金度脱，吕洞宾又度来一位何仙姑逐日扫花，因何仙姑证入仙班，他又得奉旨去度一人来供扫花之役。去何处，度何人，虽未可知，然已能照应前出、后出，引出去度邯郸道上的卢生的情节。作者写吕洞宾的度世之心，也隐晦地表现了作者写《邯郸记》的度世之心。此记中的主角卢生第二出已出场，是个“情痴”，第四出始入梦，所谓“痴”，是一心要“建功树名，出将入相，列鼎而食，选声而听，使宗族茂盛而家用肥饶”，此心不死，也度脱不得，所以有此邯郸一梦，断他的痴心俗念，方能度脱。吕洞宾的定场白并非闲话。何仙姑于“风吹落花”中出场即起歌舞，使舞台演出多一层色彩，以蟠桃宴设下伏笔，也与最后一出《合仙》照应。昆曲演出时，将后面【粉蝶儿】、【醉春风】提前，男女各二曲，令舞蹈更增气氛。

第二部分在岳阳楼，写吕洞宾醉戏人间酒客。先由丑扮店小二与二酒客打诨制造喜剧气氛，后是吕洞宾潇洒出场，与二酒客戏耍，引入此出戏的正题。在汤显祖的作品中，曾多次批判“酒色财气”，在此记中以卢生的梦中遭际为典型，批判更为深刻。吕洞宾在岳阳楼与二酒客论辩，虽点到为止，然已起到引发题旨的作用。酒客认为“酒色财气，人之本等”，“怎生住的手”，作者借吕洞宾之口说道：“使酒的烂了胁肚，使气的腆破胸脯，急财的守着家兄，急色的守着院主。”嘲笑了沾染“酒色财气”之人的丑态，进而批判了它的危害，说“四般儿非亲者故，四般儿为人造畜”，“敢四般儿那时才住”。剧中的卢生一心想着功名富贵、宗族茂盛，在作者看来，这也是“酒色财气”在作祟，此念不去，也是度不得之人。作者藉“焦湖祝枕”之事，联系现实人世的“酒色财气”，写《邯郸》一梦，为的是度人先度心。梦即梦，梦亦非梦，存于人世者，乃作者的一番苦心。虽《邯郸记》中多道家出世思想，然无损于批判现实的积极意义。此出戏中，也用多了道教用语，造成不少语言上的障碍，读者可利用注释了解一些，不用穷研；但作者说的都是炼内丹术的道教一派，炼内丹即炼身心，与作者度人先度心的思想是一致的，仅此而已。吕洞宾为道教神仙，其人其事其诗及《枕中记》均被收入《道藏》，用此本事写传奇，免不了带有浓厚的仙道色彩。过去曾因此贬低《邯郸记》

【鉴赏】

批判现实的积极意义，那是不公正的；就思想和艺术的水平来说，应该是《牡丹亭》第一，《邯郸记》第二，《牡丹亭》是神来之笔，《邯郸记》是痛思之作，都无愧为闪耀着民主思想的优秀作品。

古人说《邯郸记》"针线最密"，主要是指情节结构上处处有照应，所以这出戏也突出了磁枕，这是度人的媒介。这磁枕"两头大窟弄"，"好消息在其中，但枕着都有个回心处"，就与后一出卢生入梦照应，也与全记照应。卢生在梦中出将入相，富贵至极，封妻荫子，到头来梦醒见黄粱未熟，乃有一悟，随吕洞宾学道而去。这就是"有个回心处"。吕洞宾携磁枕度的是有缘人，此处无人可度，便往邯郸道上而去。情节便与下一出邯郸旅舍遇卢生联接起来了。这出戏，虽无卢生出场，实际上却为卢生入梦作了大铺垫，是《邯郸记》真正的开场戏。

这出戏用的是北曲套，曲调清新飘逸，与吕洞宾的神仙身份相合，很有特色，故长久流传曲坛，演唱不衰。其中的【红绣鞋】一曲，还是昆曲大师俞振飞六岁时的启蒙曲。曲词多道教用语，也与吕洞宾回道人相合，其中一些描写景物的曲词写得绝妙，如"猛可的那一层云下，抵多少门外即天涯"，"践朝霞，乘暮霭，一步捱一步"，"把世界几点儿来数数"，"趁江乡落霞孤鹜，弄潇湘云影苍梧"，"归客伤心处，赶不上斜阳渡"，等等，很有元曲风格。明王骥德《曲律》评《邯郸记》曲词说："又视元人别一蹊径，技出天纵，匪由人造。"汤显祖学元曲，浸润已深，至晚期写北曲酷似元人，尤擅借景抒情，情语、景语融汇在一起，即使写南曲也显现着北曲风格，能畅而不涩，意境独到。

（李　晓）

第二十出　死　窜

(堂候官上[1])铁券山河国,金牌将相家[2]。自家定西侯卢老爷府中堂候官便是。我家老爷掌管天下兵马数年,同平章军国事,文武百官,皆出其门。圣恩加礼,一日之内,三次接见。看看日势向午,将次朝回,不免伺候。早则夫人到来也。(旦引老旦、贴上)奴家崔氏是也。俺公相领谢天恩,位兼将相。钦赐府第一区,朱门画戟,紫阁雕檐。皆因边功重大,以致朝礼尊隆。休说公相,便是为妻子的,说来惊天动地。奴家是一品夫人;养下孩儿,但是长的,都与了恩荫,真是罕稀也。(内作瓦裂声介)(旦惊介)老嬷嬷,甚么响?(老旦看介)是堂檐之上,一片鸳鸯瓦,碎下来了。(旦惊介)呀,鸳鸯瓦为何而碎?(贴望介)哎哟,一个金弹儿抛打乌鸦,因而碎瓦。(旦叹介)圣人云:乌鸦知风,虫蚁知雨。皮肉跳而横事来,裙带解而喜信至。鸳鸯者,夫妇之情也;乌鸦者,晦黑之声也;落弹者,失圆之象也;碎瓦者,分飞之意也。天呵,眼下莫非有十分惊报乎?

【赏花时】 俺这里户倚三星展碧纱[3],见了些坐拥三台立正衙[4]。树色绕檐牙,谁近的鸳鸯翠瓦,金弹打流鸦?(内响道介)

(旦)公相朝回,看酒伺候。(生引队子上)下官卢生,在圣人跟前平章了几桩机务,吃了堂饭,回府去也。

【幺】 俺这里路转东华倚翠华[5],佩玉鸣金宰相家。新筑旧堤沙,难同戏耍,春色御沟花。(见介)

(旦)公相朝回,奴家开了皇封御酒,与相公把一杯。(生)

【原文】

生受了。(内奏乐介)俺先与夫人对饮数杯,要连声叫干,不干者多饮一杯。(旦)奉令了。(生饮介)夫荣妻贵酒,干。(旦看介)公相干了,到奴家唤:夫贵妻荣酒,干。(生笑介)夫人欠干。(旦笑饮介)这杯到干了,正是小槽酒滴珍珠红。(生笑介)夫人,你的槽儿也不小了。(内鼓介)报,报,听说人马枪刀,打东华门出,未知何故也?(生)由他,俺与夫人唱干饮酒。(旦饮介)妻贵夫荣酒,干。(生)夫人倒在上面了。这杯干的紧,待我唤:妻贵夫荣酒,干。(旦)公相有点了。(生)夫人,这是酒泻金茎露涓滴。(旦笑介)相公,你的茎长是涓的。(生笑介)(内鼓介)(堂候官上介)报,报,外面人马自东华门出来,填街塞巷,好不喧闹也。(生)且由他,俺与夫人叫第三干。(儿子走上哭介)老爷,老夫人,人马枪刀,济济排排,将近府门来也。(生惊起介)

【北醉花阴】这些时直宿朝房梦喧杂,整日假红围翠匝。铃阁远静无哗[6],是潭潭相府人家,敢边厢大行踏?(听介)(内呼喝叫拿拿介)(生)不住的,叫拿拿。敢是地方走了贼,反了狱?既不呵,怎的响刀枪人哄马?(众扮官校持枪索上)(叫众军围住介)(贴、老旦惊走)

(生恼介)谁敢无礼!

【南画眉序】(众)圣旨着擒拿,(生)是驾上差来的,请了。(众)奏发中书到门下。(生慌介)门下为谁?(众)竟收拿公相,此外无他。(生怕介)原来是差拿本爵,所犯何罪?(众)中书丞相奏老爷罪重哩,这犯由不比常科[7],干系着重情军法。

(生)有何负国？而至于斯。(官)下官不知，有驾票在此[8]，跪听宣读。(生旦跪)(官念介)奉圣旨：前节度使卢生，交通番将，图谋不轨。即刻拿赴云阳市[9]，明正典刑，不许违误。钦此！(生、旦叩头起哭天介)波查，祸起天来大，怎泣奏当今鸾驾[10]？

(生)这事情怎的起呵？

【北喜迁莺】走的来风驰雷发，半空中没个根芽。待我面奏诉冤。(众)闭上朝门了。(生)争也么差[11]，着俺当朝拦驾，你省可的慢打商量咱到晚衙[12]。(众)有旨不容退衙。(生哭介)夫人，夫人，吾家本山东，有良田数顷，足以御寒馁，何苦求禄，而今及此？思复衣短裘，乘青驹，行邯郸道中，不可得矣。取佩刀来，颠不喇自裁刭[13]。(生作刎)(旦救介)(众)圣旨不准自裁，要明正典刑哩。(生)是了，是了，大臣生也明白，死也明白。夫人，牵这些业畜，午门前叫冤，俺市曹去也。迟和疾刚刀一下，便违圣旨，除死无加。(下)

(高力士上)吾为高力士，谁救老尚书？今日为斩功臣，闭了正殿，看有甚么官员奏事来。(旦同儿上)相公市曹去了，俺牵儿子午门叫冤去。十步当一步，前面正阳门了。(叫介)万岁爷爷，冤苦哪！(高)万岁爷为斩功臣，掩了正殿，谁敢啰唣！(旦)奴家是卢生之妻，诰封一品夫人崔氏，领这一班儿子，来此叫冤呵。(高背叹介)满朝文武，要他妻儿叫冤，可怜人也。(回介)卢夫人么，有何冤枉？就此铺宣。(旦叩头介)万岁，万岁，臣妾崔氏伸冤。

【南画眉序】宿世旧冤家，当把卢生活坑煞。有甚驾前所犯？

吃几个金瓜。把通番罪名暗加，谋叛事关天当耍。(合)波查，祸起天来大，怎泣奏当今鸾驾。

(高哭介)可怜，可怜，你在此候旨，俺为你奏去。(旦)在此搦土为香[14]，祷告天地。(拜介)崔氏在此叫冤，天天，拨转圣人龙威，超拔儿夫狗命呵。这许多时，还未见传旨。(高同裴光庭上)圣旨到：既卢生有冤，着裴光庭领赦，往云阳市免其一死。远窜广南崖州鬼门关安置[15]，即刻起程。谢恩！(高哭介)可怜，可怜，唳鹤无情听，啼乌有赦来。(下)(内鼓介)(众绑押生囚服裹头上)

【北出队子】(生)排列着飞天罗刹，(扮刽子尖刀向前叩头介)(生)甚么人？(刽)是伏事老爷的刽子手。(生怕介)吓煞俺也，看了他捧刀尖势不佳。(刽)有个一字旗儿，禀老爷插上。(生看介)是个甚么字？(众)是个"斩"字。(生)恭谢天恩了。卢生只道是千刀万剐，却只赐一个"斩"字儿，领戴，领戴。(下锣下鼓插旗介)(生)蓬席之下，酒筵为何而设？(众)光禄寺摆有御赐囚筵[16]，一样插花茶饭。(生)是了，这旗呵，当了引魂幡，帽插宫花。锣鼓呵，他当了引路笙歌赴晚衙。这席面呵，当了个施艳口[17]的功臣筵上鲊[18]。

(众)趁早受用些，是时候了。(生)朝家茶饭，罪臣也吃勾了。则黄泉无酒店，沽酒向谁人？罪臣跪领圣恩一杯酒。(跪饮介)怎咽下也！

【么】暂时间酒淋喉下，还望你祭功臣浇奠茶。(众)相公领了寿酒行罢。(生叩头介)罪臣谢酒了。(众)咦，看的人一边些，误了时候。(生绑行介)一任他前遮后拥闹哜喳，挤的俺前合后偃走

踢踏,难道他有甚么劫场的人也则看着耍。(众叫锣鼓介)

(生问介)前面幡竿何处?(众)西角头了。

【南滴溜子】幡竿下,幡竿下,立标为罚。是云阳市,云阳市,风流洒角[19]。(众)休说老爷一位,少甚么朝宰功臣这答,套头儿不称孤便道寡。用些胶水摩发,滞了俺一手吹毛,到头也没发[20]。(生恼介)(挣断绑索介)

【北刮地风】呀,讨不的怒发冲冠两鬓花。(刽做摩生颈介)老爷颈子嫩,不受苦。(生)咳,把似你试刀痕俺颈玉无瑕,云阳市好一抹凌烟画[21]。(众)老爷也曾杀人来?(生)哎也,俺曾施军令斩首如麻,领头军该到咱。(众)这是落魂桥了。(生)几年间回首京华,到了这落魂桥下。(内吹喇叭介)(刽子摇旗介)时候了,请老爷生天。(生笑介)则你这狠夜叉也闲吊牙[22],刀过处生天直下。哎也,央及你断头话须详察,一时刻莫得要争差。把俺虎头燕颔高提下,怕血淋浸展污了俺袍花。

(众)老爷跪下。(生跪受绑)(刽磨刀介)(内风起介)(刽)好风也,刮的这黄沙。哎哟,老爷的颈子在那里?(摩介)有了,老爷挺着。(生低头)(刽子轮刀介)(内急叫介)圣旨到,留人!留人!(裴领旨同旦急上)

【南双声子】天恩大,天恩大,鸣冤鼓由人打。皇宣下,皇宣下,云阳市告了假。省刑罚,省刑罚。耽惊吓,耽惊吓。一刻丝儿,故人刀下。

圣旨到:卢生罪当万死,朕体上天好生之德,量免一刀,谪去广南鬼门关安置,不许顷刻停留。谢恩!(放绑介)(生倒地叩头万岁介)生受圣人大恩了。来者是谁?(裴)是小弟裴光庭。(生)贤弟,贤弟,俺的头可有也?(裴)待我瞧瞧了。(拍介)老兄好一个寿星头。

【北四门子】(生)猛魂灵寄在刀头下,荷,荷,荷,还把俺崄头颀手自抹[23]。裴年兄,俺闲口相问:奏本秉笔者宇文公,也要萧年兄肯画知。(叹介)要题知"斩"字下连名,他相伴着中书怎押花?(裴)敢萧年兄也不知。(生)难道,难道,则怕老萧何,也放的下这淮阴胯[24]?(风起叹介)看了些法场上的沙,血场上的花,可怜煞将军战马。

(裴)老兄与嫂嫂在此叙别,小弟回圣上话去。小心烟瘴地,回头雨露天[25]。请了。(下)(旦哭介)怎生来话儿都说不出来?奴家有一壶酒,一来和你压惊,二来饯行。(生)卑人见过那些御囚茶饭,早醉饱也。(旦)儿子都在午门叩头去了,等他来瞧一瞧去。(生)由他,由他,他来徒乱人意。夫人,不要他来相见罢了。(旦哭介)俺的天呵,也把一杯酒,略尽妻了之情。

【南鲍老催】唏唏吓吓,(酒杯惊跌介)(旦哎哟介)战兢兢把不住台盘滑。扑生生遍体上寒毛乍[26],吸厮厮也,哭的声干哑。(内鼓介)(内)卢爷,快行,快行。有旨着五城催促[27],不可久停。(末小旦扮儿子哭上)我的爹呵!(旦)这都是你儿子,怎下的去也!(生)是你妇人家,不知朝廷说我图谋不轨,如今安置我在鬼门关外。罪配之人,限时限刻。天呵,人非土木,谁忍骨肉生离?则怕累了贤妻,害了这几个业种,到为不便。(儿扯要同去介)(生)去不得也,儿。(同哭介)眼中儿女空钩搭[28],脚头夫妇难安劄[29],同死去做一榻。(旦闷倒)(生扯介)

【北水仙子】呀，呀，呀，哭坏了他。扯，扯，扯，扯起他且休把望夫山立着化[30]。（众儿哭介）（生）苦，苦，苦，苦的这男女煎喳[31]。痛，痛，痛，痛的俺肝肠激刮。我，我，我，瘴江边死没了渣。你，你，你，做夫人权守着生寡。（旦）你再瞧瞧儿子么。（生）罢，罢，罢，儿女场中替不的咱。好，好，好，这三言半语告了君王假。我去，请了。（旦哭介）相公那里去？（生）去，去，去，去那无雁处海天涯。（虚下）

（旦哭介）儿子回去罢。难道为妻子的，不送上他一程？

【南双斗鸡[32]】君恩免杀，奴心似剐。没个人儿和他，和他把包袱打。大臣身价，说的来长业煞[33]。

（生上见介）夫人，你怎生又赶上来？（旦）为你没个伴当，放心不下。我袖了半截银锞子，你路上顾觅。（生）罪人谁敢相近？我独自觅食而行。你还拿这半截锞子回去，买柴籴米，休的苦了儿女呵。

【北尾】罪人家顾不出个人儿罢？我还怕的有别样施行咱。夫人，夫人，你则索小心儿守着我万里生还也朝上马。

十大功劳误宰臣，鬼门关外一孤身。

流泪眼观流泪眼，断肠人送断肠人。

〔注〕 ①堂候官：即公卿家的亲随小吏。 ②“铁券”二句：铁券，即丹书铁券；金牌，即势剑金牌。此二物为帝王赐给功臣世代保持优遇及免罪等特权的证件。始于汉高祖。 ③三星：指福、禄、寿三星。 ④三台：唐中央机关的合称，尚书省为中台，中书省为西台，门下省为东台。 ⑤东华：指东京洛阳宫东门。翠华：帝王仪仗中一种用翠羽装饰的旗。 ⑥铃阁：将帅及州郡长官办事的所在。 ⑦犯由，即罪状；常科，平常事犯。 ⑧驾票：

即“票拟”，始于明代，亦称“条旨”或“调旨”、“票旨”。内阁接奏章后用小票写所拟批答，再由皇帝朱批，但朱批常由司礼太监代写。　⑨云阳市：云阳，秦时始置的县名（今陕西淳化西北）；市，市口。后世常用以称行刑的地方。　⑩“波查”三句：波查，犹谓苦难、灾祸。此三句应属旦唱，“波查”上应补“（旦）”字。　⑪争也么差：争差，犹谓差错；也么，语助词，为曲牌字格规定。　⑫省可的：犹谓休得要。　⑬颠不喇：犹谓风流。　⑭搦（nuò）：捏。　⑮广南：宋置路名，辖境相当于今广西、广东雷州半岛和海南岛；崖州，州名，唐时治所在金城（今琼山县东南）；鬼门关，古关名，今广西北流、玉林两县之间，后泛指僻远险阻之地。　⑯光禄寺：主官内事务机构，南北朝后主要掌管宫内膳食。　⑰施艳口：“艳”为“焰”之误，焰口，为佛教名词。古印度传说中有一种饿鬼，因身形焦枯，口内燃火，咽细如针而得名。密宗有对“焰口”饿鬼施食的经咒仪轨，称放焰口，即施焰口。后流行为对亡者追荐的佛事。　⑱鲊：经加工过的鱼类食品，如腌鱼、糟鱼之类。　⑲洒角：犹言“洒家”，同咱家。　⑳到头也没发：“发”为“法”之误。　㉑凌烟画：即凌烟阁，唐太宗时图画开国功臣二十四人于此，以示不忘旧臣。　㉒夜叉：为梵文音译，传说为吃人的恶鬼。闲吊牙：犹谓闲扯淡。　㉓崄：同“险”。　㉔“则怕”二句：萧何，汉初大臣，曾荐韩信为大将，后又助汉高祖杀韩信。淮阴胯，用韩信事，韩信未发达时曾受淮阴屠市少年侮辱，逼其钻胯。后世以称忍小辱而成大器者。　㉕“小心”二句：烟瘴，即瘴气，烟瘴地，指西南边远的地方；雨露，喻指皇帝恩泽。此二句隐喻卢生小心保全自己，来日皇帝开恩，终能回京。　㉖扑生生：犹谓一下子。　㉗五城：据《明史·职官志》，指东西南北中五城兵马指挥，其职掌巡捕盗贼，疏理街道沟渠及囚犯、火禁之事，每隔数日巡城治安，故又称巡城御史。　㉘钩搭：指儿女亲情关系。　㉙安劄：犹言安身。　㉚望夫山：妇人伫望远行之夫，盼其归来，久而化为山石。各地传说中数见。　㉛煎喳：犹谓煎聒，喧扰，哭闹。　㉜南双斗鸡：为【南斗双鸡】之误，曲牌名。　㉝长业煞：业，孽也；长业煞，犹言太作孽。

这出戏写卢生在梦中的一次大事变。卢生入试登第后，自恃为天子门

生,得罪了权臣宇文融,宇文融怀恨在心,伺机谋害卢生。不想,卢生建了河功、边功,竟位列宰相,皇帝宠幸有加,令宇文融更加嫉恨。宇文融打探得卢生在边关时,曾有开了番将雁足传书后即刻收兵,不行追赶之事,便以通番卖国的罪名诬陷卢生,卢生遂遭杀身之祸。这出戏写的就是卢生被绑赴法场前后的情节。

此出剧情跌宕起伏,由欢乐写到悲苦,情节紧凑,情绪激荡,为《邯郸记》最精彩的一出戏。昆曲演为《云阳法场》,为老生表演艺术的重头戏,是《邯郸记》流传下来的主要折子戏。

这出戏可分三部分,第一部分写卢生夫妇欢宴到突然宣旨降罪止。按编剧法,这部分是先欢后悲、先扬后抑的写法的开端,由堂候官和崔氏先后宣扬卢老爷的显赫声势。卢生已掌管天下兵马,同平章军国事,文武百官,皆出其门;圣恩加礼,一日面君三次。钦赐宰相府第,朱门画戟,紫阁雕檐。卢生的权势、富贵已达极点,怎会祸从天降?作者用极为简捷的手法,突写堂檐之上一片鸳鸯瓦碎,原来是一个金弹射乌鸦,击碎此瓦。鸳鸯,夫妇之情;乌鸦,晦黑之声;落弹,失圆之象;碎瓦,分飞之意。这里,已预现祸兆。这时,卢生出场,再一次显示出宰相家的声势。然而,尽管卢生夫妇宴饮自乐,这“碎瓦”的悬念始终在产生作用,在场面上形成一种外松内紧的气氛。这里必须指出的是,夫妇行酒令实为冗笔,且太庸俗,昆曲实演时尽删去了。

待得卢生知道有旨拿他时,一应了“碎瓦”之兆,二则场上气氛即转入紧张之中。卢生当然不知原委,摆出平常架子,先是恼怒,后是反问:“有何负国?”但听得有“驾票”,圣旨宣读后,心中便明白八分了。这是诬陷。驾票拿人,是明代魏党的发明,在明代叫“票拟”,魏党专权,常不通过皇帝,由司礼太监票拟,即可迫害反对派。作者写卢生事,虽在唐代,但是梦境无所不可,写入明代“驾票”,也有批判意味。“交通番将,图谋不轨”,全是不实

【鉴赏】

之词，卢生知道自己被人陷害了，并且确信是宇文融害他。卢生要上殿面君诉冤，朝门闭了；要退衙与妻子商量，圣旨不容。在这种大难临头、不由分说的情况下，卢生的情绪由激烈转到颓丧，不禁哭道："吾家本山东，有良田数顷，足以御寒馁，何苦求禄，而今及此?"卢生似有悔意，但这仅是情境中语，透露了点消息。这是作者写给读者看的，在本剧中凡能触及题旨本意的地方，作者从不放过，以醒耳目。这时说卢生有悔意，还不到时候。卢生失望之极，便欲自裁，情绪又激动起来。面对圣旨所宣"明正典刑"，卢生方始有点冷静，说道："大臣生也明白，死也明白。"要妻子去午门叫冤，而自己"迟和疾刚刀一下，便违圣旨，除死无加"，拚命赴大难去了。作者写卢生奉旨降罪的这一段情节，以急剧的节奏写出卢生复杂的情感波澜；情境决定了不容拖沓，而把卢生复杂的内心世界的展示放到下一段中去。

第二部分写卢生被绑赴法场到被赦死罪止。这部分是本出的重头，正面描写卢生在生死之际的情感，同时也分另一线写其妻崔氏鸣冤。这两情节始分后合，作者借中间的时空尽情发泄愤恨的心情，批判的锋芒直指皇帝，在《临川四梦》中，是情绪最高涨的地方。人们已经能预测到崔氏鸣冤可望成功，但作者抓住这小关目，让高力士感叹"满朝文武，要他妻儿叫冤，可怜人也"，原想看看有什么官员前来代鸣不平，结果还是卢生妻小，这就借侧笔点出了宦海的险恶。这一小关目，也与本出开头"文武百官，皆出其门"照应，也与前一出萧尚书画押藏"不"字照应，也与本出赦罪时裴年兄说"敢萧年兄也不知"照应。从剧本看，倒是高力士有点同情心，也许他对皇帝说了什么，圣旨免卢生一死，远窜广南崖州鬼门关安置。以裴光庭传旨按下此情节，笔锋就转到卢生这边来了。

作者写卢生第二次出场，其形势与第一次出场反差极大。卢生身穿囚服，被捆绑着押上，他的心理状态是极为复杂的，在昆曲表演时，由于双手被绑，主要靠要水发和步法，在锣鼓段中有一套繁复的表演，使舞台气氛突然变得紧张起来。卢生的情绪极度恐惧,眼神可怖。我们在读剧本时,可见作者主要是通过唱曲、说白来刻画其形象与心理的。他看到法场肃杀的气氛,"排列着飞天罗刹",又见刽子手前来叩头,"捧刀尖势不佳",心里一阵恐惧,一阵惊慌。但见一个"斩"字小旗要插颈上,光禄寺设囚筵于蓬席之上,不免极感颓丧与无奈,这旗儿当了个"引魂幡",这席筵当了个"施焰口",怎生得咽下?待到得西角头云阳市幡竿下,作者又借众说一句话"休说老爷一位,少甚么朝宰功臣这答,套头儿不称孤便道寡",又把卢生的情绪激怒起来,既愤慨又怨恨,挣断绳索,激动地唱了一曲著名的【北刮地风】,他"怒发冲冠",骂这"云阳市,好一抹凌烟画"。"凌烟画",即唐太宗纪念功臣的凌烟阁,如今功臣却被缚在云阳市,这无疑是在骂皇帝杀功臣了。这时候,卢生知道死到临头,反而没什么顾忌,情绪益发激昂起来,"把俺虎头燕颔高提下,怕血淋浸展污了俺袍花"。作者在这一部分,采用了多种方法,把卢生时而恐惧、时而激昂的复杂的心理活动表现得淋漓尽致、层次井然,又变化多端,既有人物性格的表现,又有作者感情的介入,在传奇文学中是不可多得的名段。而演员要表演好这段戏,唱念表演动作都要有深度,也是很不简单的。

当裴光庭传免死远窜的圣旨到时,紧张的戏剧气氛始告消解,情节将过渡到下一部分。作者于此又点示了一下萧年兄画押之事,被裴光庭推诿过去。这里又是伏笔,除照应之外,又留待第二十四出卢生"功白",再解扣子。

第三部分写卢生夫妻辞别,与"碎瓦"之兆呼应。戏剧紧张的气氛虽被赦罪免死之旨消解,但此处已是本出戏的尾声,不宜拖沓,作者又以"五城催促"形成急迫的节奏,不容卢生迟缓远行。因此,这出戏在节奏的处理上是很有特点的。在戏剧中,张弛之道,所谓"弛"也是有限度和节制的,在舞台演出中切忌戏拖、戏瘟,更不要说戏到了强弩之末快收场的时候了。作者在这里,用一曲【北水仙子】以较快捷的节奏了结夫妻儿女之情,而最主

【鉴赏】

要的是揭示卢生免死罪后并未有"悔意"。他远窜不过是"告了君王假",要"做夫人权守着生寡","则索小心儿守着我万里生还也朝上马"。这只是卢生在宦海风波中一次大波澜,还得让他在崖州倍受磨难,功白返朝复位,享尽荣华富贵,遂了他的"得意"之后,一病而亡,梦醒之后方可度脱。作者所塑造的梦中卢生形象,是封建社会读书士子由布衣而卿相的发迹史中的典型形象。梦中的故事光怪陆离,却是现实社会生活的真实反映,而梦前、梦后的故事,却是虚幻的神仙道化。因此,读《邯郸记》要"反"着读,梦即幻亦真,非梦即真亦幻,读者要悟得真梦可醒,而非梦如梦而不醒,则是一种悲哀了。这也是汤显祖的良苦之心。

从戏剧情节看,卢生还朝确实是可能的。卢生实冤,没有交通番将之事;宇文融驾票拘人,非天子手诏;宇文融的阴谋,萧尚书的画押藏"不"字,终会有昭白之日。

这出戏用南北合套,生旦双全,然以生为主。北调【赏花时】原是元杂剧楔子常用曲,此用作上场引子,写卢生夫妻欢宴一段戏,若在元剧可视作楔子看。自【北醉花阴】以下,卢生主唱北曲,曲曲逼似元曲;崔氏唱南曲,如【南鲍老催】亦真切动人,因情节关系,南曲亦由他人唱,这在南北合套中也是有突破的。

（李　晓）

南柯记

第八出　情　著

(杂扮首座僧持钓竿上)佛祖流传一盏灯,至今无灭亦无增。灯灯朗耀传今古,法法皆如贯所能[①]。贫僧乃润州甘露寺中契玄禅师首座弟子是也。自幼出家,参承多腊[②]。常只是朝阳缝破衲,对月了残经。近乃扬州孝感寺请师父说法,贫僧领着众僧,安排下香灯花果,禅床净几,待师父升座。大众动着法器者。(内鼓乐介)(净扮老禅师拄杖拂子上)(升座介)高临法座唱宗风,翠竹黄花事不同。但是众星都拱北,果然无水不朝东。(提拄杖介)赛却须弥老古藤[③],寒空一锡振飞腾[④]。拄开妙挟通宗路,打断交锋回避僧。(执拂子介)竖起清风洒白云,河沙无地可容尘。将军一事无巴鼻[⑤],兔角龟毛拂着人。取香来。(拈香介)此香:不从千圣得,岂向万机求?虚空观不尽,大地莫能收。拈香指顶,透十方之法界,薰四大之神州;爇向炉心,祝皇王之万岁,愿太子之千秋。(垂钓介)手把金钩月一痕,乘槎独坐到河源[⑥]。悠悠泛泛经千载,影落鱼龙不敢吞。(首座)如何空即是色?(净)东沼初阳疑吐出,南山晓翠若浮来。(首座)如何色即是空?(净)细雨湿衣看不见,闲花落地听无声。(首座)如何非色非空?(净)归去岂知还向月,梦来

【原文】

何处更为云。(首座)多谢我师！今日且归林下，来日问禅。(末下)(净)大众，若有那门居士，禅苑高僧，参学未明，法有疑碍，今日少伸问答。有么？(外扮老僧上)有，有，有。敢问我师，如何是佛？(净)人间玉岭青霄月，天上银河白昼风。(外)如何是法？(净)绿蓑衣下携诗卷，黄篾楼中挂酒篘。(外)如何是僧？(净)数茎白发坐浮世，一盏寒灯和故人。(外)多谢我师！今日且归林下，来日问禅。(下)(净垂钓介)钓丝常在手中拿，影得游鱼动晚霞。海月半天留不住，醒来依旧宿芦花。大众，还有精通居士，俊秀禅郎，未悟宗机，再伸问答。有也是无？

【谒金门前】(生上)闲生活，中酒嗔花如昨。待近炉烟依法座，听千偈澜番个。

小生淳于棼来此参禅，想起来落托无聊，终朝烦恼，有何禅机问对？就把烦恼因果，动问禅师。(见介)小生淳于棼稽首，特来问禅。如何是根本烦恼[7]？(净)秋槐落尽空宫里，凝碧池边奏管弦。(生)如何是随烦恼[8]？(净)双翅一开千万里，止因栖隐恋乔柯。(生)如何破除这烦恼？(净)惟有梦魂南去日，故乡山水路依稀。(生沉吟)(净背介)老僧以慧眼观看此人，外相虽痴，到可立地成佛。

【谒金门后】(小旦道扮同贴上)莲步天台蹲跐，还似蚁儿旋磨。上真仙，竹院人儿情似可，再与端详和。

(净笑)淳于生，你带着眷属来哩。(生回介)是好两位女娘。(背叹介)禅师怎知我原无家室。(贴见介)大师稽首。(净)蚁子为何而来？(贴)为五百年因果而来[9]。(净背笑介)是了,是了。叫侍者铺单。(末铺座介)(响唱介)五十三单整齐。(净)举来。(贴响唱介)《妙法莲花经·观世音菩萨普门品》[10]。(净)六万余言七轴装,无边妙义广含藏。白玉齿边流舍利,红莲舌上放毫光。喉中玉露涓涓润,口内醍醐滴滴凉。假饶造罪过山岳,不须妙法两三行。

【梁州序】人天金界,普门开觉,无尽意参承佛座[11]。以何因果,得名观世音那?佛告众生遇苦,但唱其名,即时显现无空过。贪嗔痴应念总销磨[12],求女求男智福多。(合)如是等,威慈大,是名观世音菩萨。齐顶礼,妙莲花。

(众)观世音菩萨云何游此世界?云何而为众生说法?方便之力,其事云何?

【前腔】(净)有如国土,众生应度,种种法身随化。因缘说法,以观世界婆娑[13]。一切天龙人等[14],急难之中,与他怖畏轻离脱。十方齐现豁,似河沙,游戏神通一刹那。(合前)

(生)后来无尽意菩萨云何?(净)尔时无尽意菩萨启过佛爷,叫世尊,我今当供养观世音菩萨了。当即解下颈上宝珠璎珞,价值紫金百千两,献于观世音菩萨,说道,愿仁者受此法施。那观世音菩萨不肯受。尔时佛告观世音,你可哀愍无尽意和这四众[15],权受下了这宝珠璎珞。那观世音菩萨因佛爷有言,受了璎珞,分作两分,一分奉释伽牟尼佛爷,一分奉多宝佛爷的塔。你众生们听讲这经,要知观世音菩萨有如是自在威神,普同发心供养。(众)弟子们顶礼受持。(生)谨参大师,小生曾居将帅,杀人饮酒,怕不能度脱也?(净)经明说着,"应以天大将军身度者,菩萨即现其身而度之",有甚分别?(贴问介)禀参大师,妇女如何?(净笑介)经明说"应以人、非人等度者,即现其身而度之"。(贴惊对小旦背介)这大师神通广大,不说应以女身得度,到说个人、非人。你再问他。(小旦问介)大师,似我作道姑的,也可度为弟子乎?(净)你那道经中,已云"道在蝼蚁"[16],则看几粒饭,散作小沙弥。怎度不的?(贴、小旦跪介)大师真个天眼通。有个妹子瑶芳,深闺娇小,未克参承。附有金凤钗一双,通犀小盒一枚,愿施讲筵,望大师哀愍。(起唱介)

【前腔】紫衣师天眼摩诃,他颈莺娇几曾有璎珞?待学尽形供养,化身难脱。待把宝珠抽献[17],比龙女如何?自笑身微末,施的些儿个。恨无多,一分能分两分么?(合前)

(生背介)奇哉此女!(回介)大师,金钗、犀盒,愿一借观。(看介)(回盼小旦、贴介)人与物皆非世间所有。

【前腔】巧金钗对凤飞斜,赛暖金一枚犀盒。(背介)看他春生笑语,媚翦层波。把灵犀旧恨,小凤新愁,向无色天边惹[18]。(净冷笑介)(生回唱)价值千百两,未多些,一笑拈花奉释迦。(合前)

(生)大师,此女子从何而来?(净背介)此生痴情妄起,倩观音座前白鹦哥叫醒他。(内作鹦哥叫)蚁子转身,蚁子转身。(净)淳于生可听的么?(生)道是女子转身,女子转身。(净笑介)日中了,法众住参,咱入定去来。大千界里闲窥掌,不二门中暗点头。(下)(生)禅师去了,到好絮那小娘子一会。敢问小娘子尊姓?(小旦、贴不应介)(生)贵里?(又不应介)(生)敢便是前日禅智寺看舞的小娘子么?(小旦、贴笑介)是也。(生)哎哟,

【节节高】双飞影翠娥,妙无过,这人儿则合向莲花座。(贴笑介)我有个妹子还妙哩。(生笑介)才说那凤钗、犀盒,就是那妹子附寄的么?他言轻可,谁看破?空提作。世间人敢则有那人间货?妹子,妹子,你有凤钗、犀盛,央他送在空门,何不亲身同向佛前啰,和我拈香订做金钿盒?

(小旦)啐!你也叫他妹子哩。(生)呀,我淳于棼好是无聊。小娘子请了。无语落花还自笑,有情流水为谁弹?(下)(贴)上真子,这生好不多情也。(小旦)看来驸马无过此人。

【前腔】相逢笑脸涡,太情多,暮凉天他归去愁无那。牙儿嗑,影儿那[19],心儿阁,向人天结下这姻缘大。(贴)这生我常见他来。(小旦)你不知和我国里相近,淳于生名棼的便是。(合)大槐边宋玉旧东家[20],做了罗浮梦断梅花卧[21]。

我们归去来。

【尾声】这一座会经堂高过似彩楼多,是个人儿都不着科[22]。瑶芳,瑶芳,我和你选这个人儿刚则可。

似蚁人中不可寻,观音讲下遇知音。

有意栽花花不发,无心插柳柳成阴。

〔注〕 ①贯所能:佛家用语。所,客观。能,主观。法相宗常有“见相不一,能所合一”的说法。贯所能,即“能所合一”。 ②多腊:多年。佛教称僧侣受戒后的岁数为腊。 ③“赛却”句:比得上须弥山上的老古藤。赛却,比

【鉴赏】

得了。须弥：西域山名。又译苏弥卢。 ④"寒空"句：《高僧传》："隐峰……元和中游五台山，路出淮西，属吴元济阻兵，违拒王命。官军与贼遇，交锋未决胜负。峰曰：'我去解其杀戮。'乃掷锡空中，飞身冉冉随去，介两军阵过。战士各观僧飞腾，不觉抽戈匣刃焉。" ⑤无巴鼻：没来由，没办法。 ⑥"乘槎独"句：晋张华《博物志》："天河与海通，近世有人居海渚者，年年八月，有浮槎去来不失期。"河源，黄河源头。 ⑦根本烦恼：佛家语，谓贪、嗔、痴、慢、疑、恶见六大烦恼，为一切烦恼生起之本，故名根本烦恼。⑧随烦恼：谓忿、覆、悭、嫉、恼、害、恨、谄、诳等二十种烦恼。因其随根本烦恼而生，故云。 ⑨五百年因果：第四出《禅请》中契玄禅师说他五百年前曾无意中将灯油倾入蚁穴，烫死了许多蚂蚁。达摩告诉他：它虫业将尽，五百年后，定有灵变。 ⑩妙法莲花经：又称《法华经》、《妙法华经》，佛家重要经书。是我国天台宗、日本莲宗主要经典。共八卷。有三种译本，通行为后秦鸠摩罗什译本。《观世音菩萨普门品》，是《妙法莲花经》第七卷。⑪无尽意：菩萨名，梵文阿差末底。 ⑫贪嗔痴：佛家称最能毒害人的三种烦恼，为三毒、三不善根。 ⑬世界婆娑：即娑婆世界。娑婆，梵语音译，意为堪忍。又译忍土，指释迦牟尼进行教化的世界。 ⑭天龙人等：佛教天神八部众，又称天龙八部。包括天众、龙众、夜叉、乾闼婆(香神或乐神)、阿修罗、迦楼罗(金翅鸟)、紧那罗(人非人，歌神)、摩睺罗伽(大蟒神)。 ⑮四众：又称四部弟子，指比丘、比丘尼、优婆塞、优婆夷。 ⑯道在蝼蚁：语出《庄子·知北游》："东郭子问于庄子曰：'所谓道，恶乎在？'庄子曰：'无所不在。'东郭子曰：'期而后可。'庄子曰：'在蝼蚁。'东郭子曰：'何其下耶？'曰：'在稊稗。'" ⑰"待把"二句：娑竭罗龙王女，年始八岁，深入禅定，了达诸法。尔时龙女有一宝珠价值三千大千世界，持以上佛当时众会，皆见龙女变成男子，成等正觉。见《妙法莲花经》《提婆达多品》第十二。 ⑱无色天：佛教名词，又称四空天，指三界中的四种无色天：空无边处，识无边处，无所有处，非想非非想处。此天没有任何物质性东西(色)，居于此也无有形体。这里实际指讲经道场。 ⑲那(nuó)，同挪。 ⑳宋玉旧东家：美女。战国楚宋玉《登徒子好色赋》中说"臣里之美者，莫若臣东家之子"。 ㉑"做了"句：用旧题唐柳宗元《龙城录》所记隋开皇中赵师雄于罗浮山遇一满身芬芳之女，与之共饮而醉，醒来乃在大梅树下之典。 ㉒是个：个个。不着科：不中式，不合要求。

【鉴赏】

《南柯记》是根据唐朝李公佐的传奇小说《南柯太守传》改编而成。故事叙述淮南裨将淳于棼因贪酒误事罢官家居,郁闷寡欢,一日去寺中听禅师讲经。适逢槐安国国母派遣侄女琼英来此为女儿瑶芳公主召选驸马。琼英相中淳于棼,归告国母。淳于棼酒后在庭院中的大槐树下入睡,梦见紫衣使者二人迎其至大槐安国,召为驸马,后又派往南柯郡任太守。经二十年,南柯郡大治。后檀萝国入侵,部将周弁失机,公主又病故。淳于棼被召还朝,为朝中右相所忌。国王听信右相段功的谗言,遣其还乡。梦醒之时,日未没,酒尚温。追忆梦境,掘开槐根,蚁穴历历如梦中之国。檀萝国即不远处一檀树,上附藤萝是也。在契玄禅师点悟下,淳于棼为作水陆道场超度其全部升天,自己则立地成佛。

汤显祖早年写的《紫箫记》(后改定为《紫钗记》)是爱情戏,万历二十六年(1598)辞官回家完成的《牡丹亭》更是一部热情、浪漫的爱情名作。时隔两年,他写出了这部《南柯记》,面目大变。不久之后写的《邯郸记》,与《南柯记》内容风格相近。可以看出,他的笔锋自《南柯记》始,由高扬人生转向对现实的批判。应该说,高扬人生与批判社会两方面本质上是一致的。只有热爱生活的人,才对社会中的黑暗嫉之如仇。汤显祖一生思想虽然有矛盾,主导方面始终是积极面向现实的,包括《南柯记》。但是这部作品遭到的误解不少,这与作者特殊的美学追求——诡奇,和相应的艺术创新有关。

贯穿全剧的情节是淳于棼梦中的经历和所处的社会。昏暗复杂、私欲横流的蚂蚁王国,实际上是明代现实社会的写照。主人公淳于棼依靠裙带关系地位起落变迁,也是当时官场所习见的现象。作品社会批判的锋芒是很明显的,艺术表现也以现实的描摹为基调。

但是汤显祖并不以对现实的写真为满足,他是一个学识富赡、才华横溢、非常富于创造性的作家,《牡丹亭》中的梦境、冥间、花神、起死回生等,

【鉴赏】

已经显示了他丰富的想象力。此后他在艺术上更加求新求奇。《南柯记》中,他充分发掘了小说《南柯太守传》中的一些传奇因素,一是将"蚂蚁缘槐"情节化,成为"寓言剧",以寄托"贵极禄位,权倾国都。达人视此,蚁聚何异"(李肇《南柯太守传赞》)的观念。二是"梦境"。"人生若梦"是中国文人由来已久的感叹,人而蚁,在情节上只有做梦才有可能。这两种艺术手法都比较习见。但是其三,戏曲情节中串联了大量佛理、佛事、佛经、佛法,这却是李公佐小说中没有提供的。这也是引起对作品评价争议的主要因由。一些人联系汤显祖深受紫柏禅师影响,有"向佛"倾向,从而认定《南柯记》基本上是一部宣扬"色空"观念和佛家出世思想的戏。是不是这样呢?

首先我以为作品的思想倾向主要不应从作品之外去推论,而要从作品中作具体分析。所以这里不妨先读一读第八出《情著》。此前的情节是槐阴国的王后派琼英郡主、灵芝国嫂、上真仙姑到人间为女儿瑶芳公主选驸马。在第七出《偶见》中写到她们在禅智寺听说法时已经初次相见,留下印象。这次在甘露寺再次听契玄禅师说法,琼英等选中淳于棼为驸马,淳于棼则进一步受到女色诱惑,执著痴迷,契玄点化,他仍执迷不悟,因而有了以后的梦境。这是一出在佛寺里进行的禅意很浓的戏,可以由此观察作者是否意在谈禅。

本出开头是寺中首座弟子和契玄禅师在场上说禅机。禅家问禅"偈语"有所谓"机锋",看来不着边际、似是而非,而实际意在言外,是考验答者的悟性的。"偈语"一般没有诗意。但这里契玄回答的大都是一些充满诗情画意的诗句。契玄就手中的拄杖、拂子和拈香、垂钓的行动念的诗,其实就是几首咏物诗。例如垂钓时的"手把金钩月一痕,乘槎独坐到河源。悠悠泛泛经千载,影落鱼龙不敢吞",巧妙地把钓钩和月相比附。接着是二人问答如何是"空即是色"、"色即是空"、"非色非空"云云。契玄所答也是前人诗歌名句,当然也可以说巧妙地关合了禅机。中国古代诗歌在神韵中含蕴哲理，与禅理常不谋而合。如解释“色即是空”的“细雨湿衣看不见，闲花落地听无声”就出自唐人刘长卿。它捕捉了生活和大自然中的一些细节，形象、通俗地描绘了事物由可见到不可见的过程。汤显祖信手拈来，自然成章。但禅学“色即是空”并没有这样简单。汤显祖在这里用诗不仅不是为了说禅，反而是用文学冲淡了禅意。后来契玄答老僧问“三宝”云：“人间玉岭清霄月，天上银河白昼风。”“绿蓑衣下携诗卷，黄篾楼中挂酒篘。”“数茎白发坐浮世，一盏寒灯和故人。”这哪里是“佛、法、僧”？分明是中国文人隐士的生活情调。这难道就是汤显祖的“佛家思想”？

本出戏的主要情节是写淳于棼听禅，但却受到色的诱惑，也就是对“情”产生了执着——故名“情著”。

以下淳于棼上场与契玄禅师问答“烦恼因果”即【谒金门前】一曲是预言淳于棼遭遇。【谒金门后】是琼英等上场听契玄说法。一个明显的特点是将《妙法莲花经》经文编织成曲文。梁廷枏《曲话》盛赞此《南柯·情著》一折，称其“以《法华·普门》入曲，毫无勉强，毫无遗漏，可称杰构。”他所指主要是【梁州序】“人天金界”和“有如国土”两曲及相连属的宾白。有些是经文中原句，有些是概括和脱化经文而来。难得的是它们仍有曲味。这里试选录几条《法华经》经文：“世尊，观世音菩萨，以何因缘名观世音？”“佛告无尽意菩萨：‘善男子，若有无量百千万亿众生受诸苦恼，闻是观世音菩萨，一心称名，观世音菩萨即时观其音声，皆得解脱。’”“若有女人，设欲求男，礼拜观世音菩萨，便生福德智慧之男，设欲求女，便生端正有相之女。”“是观世音菩萨，成就如是功德，以种种形，游诸国土，度脱众生。”“是故汝等，应当一心供养观世音菩萨摩诃萨，于怖畏急难之中，能施无畏，是故娑婆世界，皆号之为施无畏者。”“……受其缨络，分作二份，一份奉释迦牟尼佛，一份奉多宝佛塔。”

为节省篇幅，曲文这里就不引了，请读者自行对照，说明梁廷枏的话是不错的。但这是戏剧关目，并不说明汤显祖在这里宣讲佛经。

以下两【前腔】进一步将说法和中心情节水乳交融在一起，例如将《妙法莲花经·普门品》中无尽意菩萨献宝珠璎珞的事，和琼英等献金凤钗和通犀小盒关联，而这钗盒又与《长恨歌传》中的爱情信物相合，贴切自然。有些曲文写得非常好，如："巧金钗对凤飞斜，赛暖金一枚犀盒。看他春生笑语，媚翦层波。把灵犀旧恨，小凤新愁，向无色天边惹。"不仅关合巧妙，而且很美。《南柯记》的语言风格虽然总体上明显向精炼质朴方向转变，但像这样的曲文实接近文采斐然的《牡丹亭》，而明快过之。更主要的是，表面在敬佛，实际在谈情。是淳于棼在琼英引诱下逐步陷入情网。

从全出来看，作者对"佛法僧"的态度实在难称恭敬，甚至还带有某种戏谑意味。让情色诱惑在寺院进行，使之形成反差。把几个女人招婿的事放在寺院和说法同时，【尾声】让那些女人唱"这一座会经堂高过似彩楼多"，把"经堂"和抛球招婿的"彩楼"相比较。他还将本为招婿用的金钗钿盒当作供佛的物品，和无尽意菩萨的宝珠璎珞相提并论，也就是将供佛和情色连带到了一起。在第七出中，他甚至让几个女人在禅寺里说什么"月信来了"，更是不恭之至。这一切使庄严的佛寺和佛事都显得可笑了。他让契玄说出"祝皇王之万岁，愿太子之千秋"，可说是一种调侃，绝不是汤显祖的本意。契玄引庄子"道在蝼蚁"的话，顺手牵来的引经据典更让人莞尔。讥讽的效果当然加深了对追逐尘世享乐者的批判，佛家的庄严也受到嘲弄。

应该怎样解释这种现象呢？我以为人们过去强调了汤显祖受佛家思想影响的一面。当然汤显祖对佛家某些理念特别是哲理是理解和部分接受的，他和达观和尚个人的友谊也是真诚的。但这并不等于他就全盘接受了佛教教义。为什么他一生没有成为一个真正虔诚的佛门弟子，且始终和佛门保持着一定距离？这一现象不难解释：佛教在解决社会矛盾方面并未表现出什么力量,始终关心社会现实和人生的汤显祖对之不能不有一定程度的保留。特别是当时佛教界还存在许多腐朽现象,汤显祖是深为不满的,这一点在诗文中没有充分的表达,但在戏剧中——毕竟是“戏”嘛——就比较明显地表露出来了。

那为什么全剧又笼罩着佛教气息,有多出戏就是在佛寺进行呢?特别是本出,有许多说法的内容,甚至佛经经文,可以从中看出汤显祖对佛家思想和佛教教理、教义等知识非常丰富。在本剧中运用它们,可以加深对汲汲于功名利禄者的批判,这是汤显祖在美学上追求“诡异”、“怪奇”采取的一种新的表达方式。只是运用得还不成熟,而到《邯郸记》中就相当自如,取得了很大的成功。

清张玉谷有一首《满江红·题南柯记传奇》:“七尺昂藏,问何事,甘侪蝼蚁?也只为、俗肠难浣,梦中迷矣。翠馆宠昭公主尚,黄堂绩报君王喜。听讴歌、四境协民情,荣无比。 生死别,炎凉异。方出梦,犹余醉。开槐阴午转,可过廊际。尘世惯装东郭态,解人偶著《南柯记》。请看官、掩卷自思量,醒还未?”这首词对《南柯记》的主旨阐述值得注意:它只从蝼蚁、从梦着眼,根本不提、也就是不认为作品中表达了作者对佛家的态度。

(姚品文)

第二十九出　围　释

【金钱花】(贼太子引众行上)俺们太子是檀萝,檀萝。日夜寻思要老婆,老婆。瑶台城子里有一个,咱编桥渡过小银河。要抢也波,抢得么?赤剥剥的笑呵呵。

好了,好了,围了瑶台城。你看城子,高接广寒,明如阆苑[①],便待一鼓破了瑶台,何难之有?又怕惊了公主,不成其事。昨日打了战书入城,他那里敢回话?想只等驸马来救。我别遣一支兵马,攻取堑江城,直逼南柯,看那驸马怎生来得。公主,公主,眼见的到手也。今日故意再把城子紧围,他问时,叫公主亲自上城打话,待小子饱瞧一会。众把都[2],紧围,紧围。(内鼓噪介)紧围了。(内使女官忙泣上)哎哟!檀萝兵紧上来了,眼见的无活的也。快请公主升帐。(旦引队子上)天呵,天呵,怎了也?瑶台试一临。贼子逼城阴。胆破青鸾色[3],情伤驸马心。女墙边月近,孤枕阵云深。怎得南柯去,高楼横笛音?(内鼓介)(旦、众哭介)如何是好?

【南吕一枝花】冷落凤箫楼,吹彻胡笳塞。是甚男心多,偏算计这女乔才[4]。避暑迎凉,甚月殿清虚界?倒惹他西施兵火到苏台[5]。遭劳扰两月幽闲,养病患又一天惊骇。

(内鼓介)(旦)天,天,天,怎生来?这瑶台城内,钱粮不多,贼子因何图此?昨日打下战书,思量起来,男女不交手,怎生轻敌而战?专等驸马到来。如今着人问他,或是要些小财物,舍些他去,免得搅扰一番。叫通事问他[6],此来主何意思?(内问介)(太应介)要问俺起兵主意,请公主自来打话。(通回禀介)他要请公主打话。(旦叹介)我乃一国之贵主,这些毛贼,怎敢对话?(通回太介)公主乃一国之贵主,怎与你们打话?(太)俺非以下将佐,乃是本国四太子,叫你公主,就是姐姐一般,请来打话。(通回旦介)他说是本国四太子,叫公主就是姐姐一般,可以打话。(旦)这等,只得扶病而去,倘然三两句言词,退了他兵,也

未可知。(众)贼意难知,公主须得戎装,城楼一望。(旦)然也。(旦换戎装弓箭介)

【梁州第七】怎便把颤嵬嵬兜鍪平戴[7]?且先脱下这软设设的绣袜弓鞋,小靴尖忒逼的金莲窄。把盔缨一拍,臂鞲双抬[8]。宫罗细揣,这绣甲松裁。明晃晃护心镜月偃分排,齐臻臻茜血裙风影吹开。少不得女天魔排阵势[9],撒连连金锁枪櫑。女由基扣雕弓[10],厮琅琅金泥箭袋。女孙膑施号令,明朗朗的金字旗牌。(众喝采介)(旦)奇哉!你待喝采。小宫腰控着狮蛮带[11],粉将军把旗势摆。你看我一朵红云上将台,他望眼孩哈。(内鼓噪)

(旦惊介)来的好不怔忡也!权请他太子打话。(太笑介)妙也,妙也,真乃是月殿姮娥,云端里观世音。姐姐请了。(旦)太子请了。太子,君处江北,妾处江南,风马牛不相及也[12],不意太子之涉吾境也,何故?(太)公主,你把我的主意,猜一猜来。

【牧羊关】(旦)看他蚁阵纷然摆,风雹乱下筛,他待碗儿般打破这瑶台。我好看不上他嘴脚儿,赤体精骸。小心肠心肠儿多大,则不过领些须鱼肉块,觅些小米头柴。怎做作过水兴营砦?太子,你敢拚残生来触槐[13]?

(通)四太子,我公主说,你止要些米头鱼骨,犒赏你些去便了。(太笑介)小子非为哺啜而来,好不欺负人也!只擂鼓紧围罢了。(旦)通事,你说与他:

【四块玉】逐些儿打话来,则把你虚脾卖。敢要生口?(太)不要。(旦)要些金银?(太)不要。(旦)为甚么钱粮生口都不在怀?(太)你不知,俺那国里,少些女人,故此而来。(旦)原来女人国不近你那檀萝界。(太)不是以次女人,近来小子亲自断了弦。(旦)咳,则道少甚么粉丕丕女将材,原来要帽光光你个令四太。(内鼓噪介)(太)快回将话来,俺要媳妇儿紧。(旦)奇哉,这贼忒急色。

(旦)说与他,待我奏知国王,选个女儿送他,着他休了兵

去。(太)吾乃太子,要与国王为女婿哩。(旦)他是不知,

【骂玉郎】说知他我国王位下无了尊爱。(太)公主是他尊爱。(旦)禁声,早有了驸马养下了婴孩。(太)公主还嫩嫩的。(旦)便做你看不出也三十外。(太)驸马在那里?(旦)去南柯选将材。来来来,那时节替你担利害。

(太)管驸马来不来,公主会了俺的人,插了俺的花,难道

不容我做夫妻一夜儿?

【哭皇天】(旦)呀,呀,呀,这风魔也似九伯[14],使村沙恶茶白赖。宫娥,问他:那里会他的人?插了他的花?(太)前日宝檀丝、翠翦罗,都是俺送你公主插戴的,你接下了约我来。(旦恼介)哎哟,原来到为此贼所算了。宫娥,快取花来碎了,撒下城去。(旦碎花介)哎,原来土查儿生扭做檀郎卖,女丝萝到被你臭缠歪,小觑我玉叶金枝胡揣。(掷花着太)(恼介)你、俺一般金枝玉叶,作践我的花,气死俺也!一枝冷箭,去吓死花娘。(射介)公主看箭!(箭响介)(旦作袖闪半跌介)哎也,扑琅生射中了八宝攒盔金凤钗,险些儿翎拴了凤髻,钩挂住莲腮。(内鼓响介)(太慌问虚下介)

(内呼)驸马兵到。(卒报旦介)贼兵纷纷解散,鼓声振天,

驸马救兵到也。(旦喜介)

【赚尾】纷纷蚁队重围解,冉冉尘飞杀气开。驸马征西大元帅,马践征埃,花攒战铠。我呵,城台上助鼓三鼙与他大喝采。(下)

(生领众上)将军不战他人地,杀伐虚悲公主亲。(太子众上介)(生)檀萝小贼,何不蚤降?(太)俺乃檀萝四太子,才与公主打话片时,你便吃醋怎的?(战介)(生问介)他是蚁阵,我三军飞舞作老鹳阵,方可破他。(再战)(太败走介)(旦、众上)谢天谢地!驸马得胜而回,众三军,开城迎接。(见介)(生)好不吓杀我也!(旦)真个吓死人也!

【乌夜啼】奴本是怯生生病容娇态,蚤战兢兢破胆惊骸。怎虞姬独困在楚心垓,为莺莺把定了河桥外。射中金钗,吓破莲腮。咱瞭高台是做望夫台,他连环砦打烟花砦。争些儿一时半刻,五裂三开。

(生)三军城外犒赏。酒来,与公主压惊。(旦)瑶台新破,不可久居,星夜起程,往南柯郡去。

【尾煞】卧番羊拜告了辕门宰,听金鼓喧传拜将台,抵多少笙歌接至珠帘外。不是你亲身自来,红云阵摆,险些儿把这座小瑶台做乐昌家镜儿摔⑮。

脚揣鸳鸯阵,头顶凤凰盔。

马敲金镫响,人唱凯歌回。

〔注〕 ①"高接"二句:广寒,广寒宫,月宫的别称。阆苑,传说中的仙苑。 ②把都:即把都儿,原为蒙古语勇士的音译,在戏曲作品中士兵常称作"把都"。 ③青鸾色:指脸色。青鸾,青鸾镜。女子常照镜,故用来代指瑶芳公主的脸色,以与下句"驸马"对偶。 ④乔才:本意为恶人,这里是因气愤

而自指。 ⑤"西施"句：这里瑶芳用春秋时吴越因西施引起战争，比喻现在因自己引起战争。苏台，姑苏台，当年吴王因迎接西施而建。 ⑥通事：翻译人员。 ⑦兜鍪：金属头盔。 ⑧臂鞲(gōu)：又称臂衣、捍衣，类似今之袖套。 ⑨天魔：佛经中释迦佛出世魔王名，即他化自在天之魔王。但此处为神通广大的魔王通称。 ⑩由基：即养由基，古代善射者。见《左传·成公十六年》。 ⑪狮蛮带：有狮子蛮王图样的腰带。 ⑫"君处"三句：《左传·僖公四年》："齐侯以诸侯之师侵蔡，蔡溃，遂伐楚，楚子使舆师言曰：'君处北海，寡人处南海，唯是风马牛不相及也。'"风，放逸、走失，或谓兽雌雄相诱。此处戏仿楚成王之语。 ⑬触槐：春秋时晋灵公厌恶赵宣子，使钼麑刺杀他。钼麑晨往，见寝门已辟，赵宣子盛服将朝，因时候尚早，坐而假寐。钼麑叹曰："不忘恭敬，民之主也，贼民之主，不忠，弃君之命，不信，有一于此，不如死也。"遂触槐而死。剧用此典，只是因其与槐有关。⑭九伯：亦作九百、九陌，宋元明时期讥人痴癫呆傻的用语。宋陈师道《后山诗话》："世以痴为九百，谓其精神不足也。" ⑮乐昌：南朝陈乐昌公主。驸马徐德言预知陈朝将亡，觉公主有可能为人在乱中掳去，遂将一面镜子分成两半，两人各执一半，以备将来重逢时凭镜相认。

【鉴赏】

《围释》是《南柯记》里很重要的一出戏。

首先从传奇这种体制说，这是一出以瑶芳公主为主角的旦角戏。在昆剧里，正旦是与正生同等重要的脚色，传奇剧本是要根据这一特点写作的，在戏份的分配上不能过于畸轻畸重，以致不能展现昆剧表演体制的特点，给人以失衡之感。但是不同的创作意图和相应的不同剧情又往往不能不使二者有所侧重。《牡丹亭》是以正旦扮演的杜丽娘为主的，柳梦梅的戏就略轻一些。《南柯记》不是爱情戏，它主要表达作者政治观念和对社会人生的哲理思考，主要人物是淳于棼，情节以他在官场上的作为和遭遇为主，正旦扮演的女主角瑶芳公主的戏不多，瑶芳公主的性格就很难得到深入刻画。本剧前半部基本没有以瑶芳公主为主要角色的戏，到了后半，作者要对此予以弥补。

其次从内容方面说,由于淳于棼官场得意靠的是裙带关系,他失势走下坡路,最后被一脚踢出槐安国,原因在于瑶芳死了,他失去了靠山。要完成批判现实的主题,作者必须加强瑶芳公主的戏,突出瑶芳公主在淳于棼生活道路上的影响。

以上是从作者的创作意图方面说的。从艺术表现看,《围释》与剧中的其他出比较,具有很不相同的特色。《南柯记》重在理念,又采取寓言形式,有些远离生活,作者也不太重视人的普通情感世界的展示和性格刻画,对生活的描摹也很少采用现实主义手法。结果不是每出戏都适宜演出和能够感动观众。但是这一出却很适宜演出,它在昆曲中已成为保留剧目,题名《瑶台》,说明它演出时曾经受到广大观众欢迎。原因何在呢? 一是它的情节的传奇性和通俗色彩:一位已经出嫁的美丽公主住在城里,一个王子要来抢她做夫人。这故事很适合普通大众的口味,容易调动起他们的审美兴趣。其次是人物性格非常鲜活,使他们之间的冲突很有趣味性。下面我们主要从这个角度来欣赏这出戏。

在本出之前,淳于棼已到南柯郡多年,地方得到治理,家庭生活也很幸福,可以说他的仕途正处于鼎盛期。

瑶芳公主健康欠佳,此时正住在专为她建筑的"瑶台"城里避暑养病。瑶台附近有一檀萝国的四太子妻子死了,要来抢瑶芳做续弦。此时淳于棼则远在南柯郡,瑶芳只得自己面对这一侵扰。戏剧性和人物性格主要从瑶芳与檀萝四太子的对峙中产生,十分鲜明。

四太子和贼众上场,一开始就气势汹汹紧紧地包围了城子。四太子叫公主"亲自上城打话,待小子饱瞧一会",极俗的【金钱花】一曲,刻画了四太子的恶俗和狂妄。

面对这样的敌人,瑶芳如何应对? 这造成一个悬念。从瑶芳一开始的慌乱、勉强周旋到后来被迫应战，作者写得很有层次，非常真实。

在此前的《闺警》一出里曾经写到，城里是有过备战的。不过那一群婆婆姨姨姥姥大姐们只不过在闹着玩儿，事到临头，从瑶芳到宫女一片慌乱。有哭的，有叫的，公主本人也只能喊天："天呵，天呵，怎了也？"完全没有了主意，只希望有人到南柯去向丈夫报急。这才是真实的瑶芳，因为她不仅是女流，而且完全不懂打仗。如果作者写她机智勇敢，沉着应战，那就虚假了。但作者不是简单地写她慌乱害怕，而是深入到她的内心。【南吕一枝花】先写她的茫然。她完全想不出敌人此来的动机："冷落"的"凤箫楼"，怎么会"吹彻"了塞上的"胡笳"呢？是什么男人出于什么目的，要来算计我这个没用的女人（女乔才）呢？我住在这月宫般清冷虚空的城堡，怎么会像西施一样惹出吴越战争呢？由疑问才到怨恨：我劳碌了多年，好不容易才得了两个月的幽闲，养病中却又受到这样大的惊骇。我的命怎么这样不济呀？但现在不是发感叹的时候，得赶快想对付的办法。所以马上转到能不能打，怎样打。"男女不交手"，并且不能"轻敌而战"，要用缓兵之计。如果是要财物，可以先满足他的要求，等待驸马到来。但是对方不答应，一定要当面和她对话。她虽然一百个不愿意，但此时不得不委曲求全出面答话，力求一切得到和平解决。

这样的心理过程是很真实的。一个人在遇到意外的灾祸时，一定是先想到是怎么回事，然后才联系自己的感受，最后落实到怎么办。

下面对瑶芳出来之前戎装打扮一段进行铺叙。这不是闲笔。一来是剧情需要，她要武装结束，显得有备而来，不能在敌人面前示弱；二来也是在观众面前的亮相。她头戴兜鍪，脚登战靴，把盔缨一拍，臂鞴双抬，将原来的宫装揣在里面，披上锦绣铠甲，威风凛凛。站在她两边的是一群也穿上了战袍的女兵，上面是一排护心镜在闪闪发光，下面是一溜茜红石榴裙在风中摇摆。她们衬托着主帅的英武："女由基扣雕弓，厮琅琅金泥箭袋。

女孙膑施号令，明朗朗的金字旗牌。……小宫腰控着狮蛮带，粉将军把旗势摆。你看我一朵红云上将台。”

这一曲【梁州第七】对一个英姿飒爽，红妆而兼武装的美丽女子进行的出色的描写，在戏曲作品中可称绝唱。

下面瑶芳和四太子的正面对话并没有开门见山，而是曲折迂回，又步步为营的。公主先问是不是要些“米头鱼骨”（作者不时点出这是蚂蚁，略带调侃）、“钱粮牲口”之类，对方否定，从要女人，要续弦，要公主，逼出最后目的：要瑶芳本人。其实瑶芳已经逐渐知道了对方的真实意图，但她是不能主动说出来的——这不合她的身份，也不策略。而四太子也不一言说破，故意卖关子，是在调戏瑶芳。这里便产生戏剧性吸引观众：看他俩怎样斗法。在这一对话过程中展现的人物性格也是丰富的：四太子凭着实力优势而轻松调侃，表现出他的轻薄无赖。瑶芳内心很瞧不起并且嫌恶对方，但又因处于弱势不得不勉强有礼貌地与他周旋。她有算计，也不乏勇敢。她毕竟是三十多岁的成熟女人而不是二八年华毫无生活经验的稚嫩少女。不是她这样拖延了时间，怎么等得到丈夫援兵的到来呢？

【哭皇天】一曲写公主终于被激怒。这种愤怒源于她对丈夫的神圣感情被亵渎，也是突然知道自己受了欺骗做错了事——误买了他的花，因而羞愤难当。这时她被压抑着的怒气终于爆发，把原来买的花扯碎抛下。这也激怒了对方，于是原来表面上还算客气的四太子露出了凶恶面目，轻松的气氛一下变得紧张，使戏剧呈现高潮。四太子射出了第一箭，射中了瑶芳的头发，力量的悬殊使瑶芳的安全危在顷刻，戏剧氛围达到白热化；观众提心在口，恐惧、担忧、悬疑、期望等心理活动急剧交集，美学享受从中得到了极大的满足。

下面便是矛盾解决，否极泰来。表现战斗场面不是本出戏的目的，所以这一段写得比较简单。小小的檀萝国军队自然不是淳于棼的对手，但四太子败北在即，还在要贫嘴："才与公主打话片时，你便吃醋怎的?"显见作者处处不忘以刻画人物为宗旨，并赋予戏剧以喜剧色彩。

【乌夜啼】和【尾煞】二曲写战斗结束，丈夫立即安慰受惊的妻子；公主惊魂初定，自然也要向丈夫诉说刚才的遭遇和自己的心情。回忆当时情况如何危急："射中金钗，吓破莲腮。"自己是如何盼望丈夫快来："咱瞭高台是做望夫台。"听到丈夫到来时的欣喜："卧番羊拜告了辕门宰，听金鼓喧传拜将台，抵多少笙歌接至珠帘外。"现在危险刚刚过去，还有后怕："不是你亲身自来，红云阵摆，险些儿把这座小瑶台作乐昌家镜儿摔。"每句话都充满了对丈夫的感激。

通过这场战争，夫妻二人的关系和情感又深了一层，淳于棼对槐安国的贡献和功劳又高了许多。但这些都是为了写随着公主的去世，一切都化为乌有。

本文开头我们说到这一出戏的特点和成就主要是人物性格刻画的鲜活，女主人公性格的底蕴则是对丈夫的恩爱和忠实。后来《召还》一出写瑶芳临终前担心自己不在以后丈夫的命运，她叮嘱道："淳于郎，你回朝去不比以前了，看人情自懂，俺死后凡百尊重。心疼痛，只愿的凤楼人永。"也表现出她深谙人情世故，对丈夫怀有一片深情。这种人情味，才是本剧感人的根本原因。

（姚品文）

第三十九出　象　谴

【菊花新】（右相上）玉阶秋影曙光迟，露冷青槐荫御扉。低首整朝衣，咽不断铜龙漏水[①]。

我右相段功，同心共政，与我王立下这大槐安国土，正好规模。不料俺王招请扬州酒汉淳于棼为驸马,久任南柯,威名颇盛,下官每有树大根摇之虑。且喜公主亡化,钦取回朝,却又尊居左相,位在吾上。国母以爱婿之故,时时召入宫闱,但有请求,无不如意,这也不在话下。兼以南柯丰富,二十年间,但是王亲贵戚,无不赂遗,因此昨日回朝之后,势要勋戚都与交欢,其势如炎,其门如市。勋戚到也罢了,还有那琼英郡主、灵芝夫人,连那上真仙姑,都轮流设宴,男女混淆,昼夜无度。果然感动上天,客星犯于牛女虚危之次[2],待要奏知此事,又恐疏不间亲。打听的昨日国中,有人上书,倘然吾王问及,不免相机而言。老天,非是俺段功妒心,此乃社稷之忧也。吾王驾来,朝班伺候。

【前腔】(扮内臣传呼拥王上)根蟠国土势崔嵬,朝罢千官满路归。一事俺心疑,甚槐安感动的白榆星气[3]?

(右相参介)右相武成侯段功叩头,千岁千岁。(王)右相平身。卿可闻的国中有人上书否?(右)不知。(王)书上说的凶,他说:玄象谪见[4],国有大恐,都邑迁徙,宗庙崩坏。他说玄象,是何星象也?(右)正要奏知。有太史令奏,客星犯于牛女虚危之次。(王)那书中后面,又说:衅起他族,事在萧墙[5]。好令俺疑惑。(右)是这国中,别无他族了;便是他族,亦不近于萧墙。大王试思之。(王)别无人了,则淳于驸马,非我族类。(右)臣不敢言。(王)将有国家大变,右相岂得无言。(右)启奏俺王:

【琐窗郎】客星占牛女虚危,正值乘槎客子归。虚危主都邑宗

【原文】

庙之事，牛女值公主驸马之星[⑥]。近来驸马贵盛无比，他雄藩久镇，把中朝馈遗。豪门贵党，日夜游戏。（王）一至于此？（右）还有不可言之处，把皇亲闺门无忌。（合）感天知，萧墙衅起再有谁？（泪介）可怜故国迁移。

（王恼介）淳于棼自罢郡还朝，出入无度，宾从交游，威福日盛，寡人意已疑惮之。今如右相所言，乱法如此，可恶！可恶！

【前腔】他平常僭侈堪疑，不道他宣淫任所为。怪的穿朝度阙，出入无时。中宫宠婿，所言如意，把威福移山转势。罢了！非俺族类，其心必异。（泪介）（合前）

（右跪介）臣谨奏：语云：当断不断，反受其乱[⑦]。驸马事已至此，千岁作何处分？（王）听旨：

【意不尽】且夺了淳于棼侍卫，禁随朝只许他居私第。（右）依臣愚意，遣他还乡为是。（王）不消再说，少不的唤醒他痴迷还故里。（王下）

（右叹介）可矣，可矣。虽则淳于禁锢，奈国土有危。正是：

上天如圆盖，下地似棋局[⑧]。

淳于梦中人，安知荣与辱。

〔注〕 ①铜龙漏水：古代计时器，又名铜壶滴漏。有金龙口吐水，因名。②"客星"句：晋张华《博物志》载，天河与海通，有人乘槎浮海，至天界，遥望宫中多织妇，见一丈夫牵牛渚次饮之。问此系何处，答云：君还至蜀郡问严君平。客返而问严君平，答云：某月某日，有客星犯牵牛宿。牛女虚危：二十八宿中的四星官名。 ③白榆星气：指星象变化。白榆，指星。汉乐府《陇西行》："天上何所有？历历种白榆。" ④玄象谪见：即天象变化。 ⑤事在

萧墙：事变起于内部、亲近者之中。《论语·季氏》："吾恐季孙之忧，不在颛臾，而在萧墙之内也。"注："萧之言肃也。墙之言屏也。君臣相见之礼，至屏而家肃静焉，是以谓之萧墙。" ⑥"虚危"二句：古代星象学认为天上星斗与人事相关。《史记·天官书》："危为盖屋，虚为哭泣之事。"张守节正义："虚主死丧哭泣事，又为邑居庙堂祭祀祷祝之事。""危为宗庙祀事。"牛女值公主驸马之星，当是据民间传说牛郎织女故事。故事说织女是天帝之女，因为附会。 ⑦"当断"二句：《史记·齐悼惠王世家》："道家之言'当断不断，反受其乱'，乃是也。" ⑧"上天"二句：《晋书·天文志》："天圆如张盖，地方如棋局。"

《南柯记》通过淳于棼梦中在大槐安国的宦海浮沉，表达人生如梦的观念，但它的底蕴实际是对社会特别是官场黑暗现象的不满，因此剧中包含了批判现实的因素。但又因为受佛家思想的影响，在某些方面有些抵消。从理念出发的艺术构思，使得揭露和批判不够有力，感染力不强，有时还显得混乱。比较起来，《象谴》批判意识是比较明显，笔力是较为集中的。

《南柯记》对社会现实的认识和批判当然包括了他自己的许多经历和人生体验。《象谴》写淳于棼从南柯郡回朝以后升任左相，势焰熏天。大槐安国的右相感到地位受到威胁，于是借天象异常向国王进谗，国王终于决定将他遣送回乡。

汉代儒学中出现董仲舒的天人感应之说，认为帝王的行为都有天象征应，有的示祥瑞，有的示警惩。所以后来的皇帝常有因异常天象出现而下诏求言的，大臣也常有将天象变化作为向皇帝进谏由头的。进谏者有各自的目的，有的出于为国为君，有的则心怀叵测，借天象以达到不可告人的目的，成为政坛内部倾轧的某种策略。汤显祖有过与此有关的一段经历，并成为他一生的重要转折点：万历十九年（1591）三月二十日，彗星出现在西北天际，万历帝朱翊钧接连颁下两道旨意，说"天星垂示，群奸不道"，要求

【鉴赏】

群臣尽言“斥奸去逆”。汤显祖以满腔的政治热情写了一道《论辅臣科臣疏》上奏朝廷，结果得罪了首辅申时行，把他贬官到徐闻。

他写的这一出戏当然并不是他个人经历的记录，更不可能是以戏里的右相段功自比。淳于棼尽管生活有些腐化，但并没有威胁朝廷的野心和行动。段功以天象出现“客星犯虚危牛女”，向国王进谗，是从一己私利出发，用心是卑劣的，当然也有冠冕堂皇的理由：“淳于棼自罢郡还朝，出入无度，宾从交游，威福日盛。”再加上玄象之异。应该说任何时代，利用天象进谏都只是一种口实，言者、听者都有自己固有的立场和用心。淳于棼被排挤是有必然性的：本来就“非我族类”，公主又死了，和王室已经没有了实际的联系。我们看此时的国王对淳于棼的态度和迎接淳于棼来时已经大不相同，毫无情义可言。随着公主的去世，过去的汗马功劳早已失去它的光彩。所以国王和段功一拍即合。这一场戏写朝廷内部斗争可以说是很真实的，且没有其他许多出戏中的调侃意味。作者完全是写的人间世，态度也是严肃认真的。

作者自己在《南柯梦记题词》中说过这样的话：“客曰：‘人则情耳，玄象何得为彼示儆？’此殆不然。凡所书浸象，不应人国者，世儒均疑之，不知其亦为诸虫等国也。盖知因天立地，非偶然者。”这是离开了作品所发的议论，倒是不必太认真的。

（姚品文）

紫钗记

第六出　堕钗灯影

【凤凰阁引】（生）绛台春夜[①]，冉冉素娥欲下[②]。香街罗绮映韶华，月浸严城如昼。（韦、崔）钿车罗帕相逢处，自有暗尘随马。

（生）笙歌世界酒楼台，鸡踏莲花万树开[③]，谁家见月能端坐，何处闻灯不看来？二兄，昨夜鲍四娘教咱今夜花灯，觑着那人来也。咱于万烛光中，千花艳里，将笑语遥分，衣香暗认，不枉今年玩灯。道犹未了，远远望见王孙仕女看灯来也。别有千金笑，来映九枝前[④]。（下）（王孙仕女笑上）

【园林好】谢皇恩灯华月华，谢天恩春华岁华。遍写着国泰民安天下，遨头去唱声哗[⑤]。（下）

【前腔】（老旦引旦、浣上）好灯也！说灯花南天门最佳，香车隘挑笼绛纱。喝道转身停马[⑥]，尘影里看谁家。

呀，那里黄衫大汉，一匹白马来也。（下）（豪士黄衫拥胡奴二三人走马上）

【前腔】本山东向长安作傻家[⑦]，趁灯宵遨游狭邪。听街鼓儿几更初打。（内笑云）前面好汉，是甚姓名？人高马大，遮了俺们看灯路儿也。（豪笑介）问俺名姓，黄衫豪客是也。说遮了

【原文】

路呵，胡雏们去了也，灯影里一鞭斜。（下）

【前腔】（生、韦、崔上）逞风光看人儿那些，并香肩低回着笑歌。天街甃琉璃光射，等的个蓬阆苑放星槎[8]。（望科介）（虚下）

（老旦、浣同旦上）好耍歇也。

【前腔】绛楼高流云弄霞，光滟潋珠帘翠瓦，小立向回廊月下，闲嗅着小梅花。（生、韦、崔上）（旦、众惊下）（落一钗科）

（生）呀，二兄，胜业坊来的可是那人[9]？真奇艳也！兀的不是梅梢上挂钗，厮琅的坠地也。

【江儿水】则道是淡黄昏素影斜，原来是燕参差簪挂在梅梢月。眼看见那人儿这搭游还歇，把纱灯半倚笼还揭，红妆掩映前还怯。（合）手捻玉梅低说，偏咱相逢，是这上元时节[10]。

（浣挑灯笼照旦上）呀，老夫人归去，咱去寻钗来也。（韦）那人来寻钗也，俺二人前门看灯去，兄可与之小立片言，看是那人否。（生）请了。（韦、崔下）（旦寻钗科）不见钗，这不做美的梅梢也！

【前腔】止不过红围拥，翠阵遮，偏这瘦梅梢把咱相拦拽。（作避生介）喜回廊转月阴相借，怕长廊转烛光相射。（生做见科）（旦）怪檀郎转眼偷相撇[11]。（生笑介）吊下钗哩！（旦）可是这生拾在？（合前）

【玉交枝】（生）是何衙舍？美娇娃走得吱嗻[12]。（浣）是霍王小姐。（生）奇哉！奇哉！就是小玉姐么？（浣）便是。（生）小生慕之久矣，因何独行到此？（浣）来寻坠钗。（生）你步香街不怕金莲趄[13]，总为这玉钗飞折。（浣）秀才，可见钗来？（生）钗到有，请与小玉姐相叫一声。（旦低声云）浣纱，这怎生使得！且问秀才何处？（生）陇西李益，表字君虞，排号十郎，应试来此。（旦作打觑低鬟微笑介）鲍四娘处闻李生诗名，咱终日吟想，乃今见面不如闻名，才子岂能无貌。（生作听径前相揖科）呀，今小姐怜才，鄙人重貌，两好相映，何幸今宵。（旦作羞避介）钗喜落此生手也。钗，你插新妆宝镜中燕尾斜，到檀郎香袖口是这梅梢惹。浣纱，叫秀才还咱钗也。（合）怕灯前孤单这些，怕灯前孤单了那些。

（生）请问小玉姐侍者[14]，咱李十郎孤生二十年余，未曾婚聘，自分平生不见此香奁物矣，何幸遇仙月下，拾翠花前。梅者媒也，燕者于飞也[15]，便当宝此飞琼[16]，用为媒采，尊见何如？（浣恼介）书生无礼，见景生情，我待骂你呵！（旦）劣丫头是怎的来？

【前腔】花灯磨折，为书生言长意赊。秀才，咱钗直千金也。（生）此会千金也。（旦背笑介）道千金一笑相逢夜，似遇蓝桥那般欢惬[17]。还俺钗来。（生）选个良媒送上。玉花钗，他丢下声长短嗟，玉梅梢咱赚着影高低说。（合前）

（浣）夫人候久，咱们家去也。

【川拨棹】箫声咽，和催归玉漏彻。（旦）为多才情性骄奢，为多才情性骄奢，没些时月痕儿早斜。浣纱，叫秀才还咱钗来。（作斜拜生科）（合）乍相逢归去也。

【前腔】（生揖科）花灯夜，有天缘逢月姐。（浣）秀才，你把个香闺女觑得眼乜斜，你把个香闺女觑得眼乜斜，留了咱燕钗儿贪他那些？（合前）

【原文】

【尾声】(生)玉天仙罩住得梅梢月,春消息漏泄在花灯节。(旦作低声回唱)明朝记取休向人边说。(旦、浣下)

(生吊场)奇哉!奇哉!李十郎今夜遇仙也。

【玉楼春】婵娟此会真奇绝,睡眼重惺春思彻。他归时遥映烛花红,咱待放马蹄清夜月。

哎!鸾影催归,燕钗留在,教小生怎生回去也!

【玉楼春后】(崔上)天街一夜笙歌咽,堕珥遗簪幽恨结[18]。(韦上)那两人灯下立多时,细语梅花落香雪。

十郎,可是那人?(生)真异人也。

【六犯清音】他飞琼伴侣[19],上元班辈[20],回廊月射幽晖。千金一刻,天教钗挂寒枝。咱拾翠,他含羞,启盈盈笑语微。娇波送,翠眉低,就中怜取,则俺两心知。(韦、崔)少甚么纱笼映月歌浓李,偏似他翠袖迎风糁落梅[21]。(生)恨的是花灯断续,恨的是人影参差。恨不得香街缩紧,恨不得玉漏敲迟。把坠钗与下为盟记。(合)梦初回,笙歌影里,人向月中归。

(崔)既此女子于兄分上非浅,不可负也。

【尾声】玉天仙去也春光碎。这一双情眼呵,怎禁得许多胡觑。(生)咱半生心事全在赏灯时。(生下)

(崔、韦吊场)你看李生一见娇姿,风魔而去,我们学老成些。闻得崇敬寺烧千佛灯,且去随喜一会[22]。

帝里风光醉梦间,挤他年少遇仙还。

只应不尽孤眠意,犹向空门弄影看。

〔注〕①绛台:烛台。②素娥:嫦娥。③鸡踏莲花:一种灯彩。④九

枝：灯的支架，作枝形。 ⑤遨头：太守的别称。《成都记》："太守出游，士女则于木床观之，谓之遨床，故太守为遨头。" ⑥喝道：旧日官员出行，前面开路者大声呵止行人躲避，称呵道。 ⑦傻家：疑即洒家。 ⑧蓬阆苑：蓬莱、阆苑，都是传说中仙人的住处。放星槎：用张骞乘槎至天河典故，这里用以形容灯市。 ⑨胜业坊：长安街坊名，霍小玉家住处。 ⑩上元：即元宵节。 ⑪檀郎：女子对所爱的男子的昵称。撇：同瞥。 ⑫吱嚥：很，厉害。这里指行走费力貌。 ⑬金莲踅(xuè)：脚步歪斜不稳。金莲，古代对女子小脚的称呼。 ⑭侍者：身边、左右的人。这里是对丫环浣纱的尊称。 ⑮"燕者"句：《诗经·邶风·燕燕》："燕燕于飞，差池其羽。"后常用以称说美好的婚姻。 ⑯飞琼：指钗。飞，因钗为燕形，故云；琼，美玉。 ⑰蓝桥：据《太平广记》引唐裴铏《传奇》：唐裴航过蓝桥驿，见路旁茅舍一老妪绩麻，航渴求浆，妪呼云英携一瓯来，航饮之，真玉液也。欲娶玉英为妻，妪谓需以玉杵为聘。航访得玉杵归，更为捣药百日，遂与云英结婚而成仙。⑱堕珥遗簪：典出《史记·滑稽列传》："前有堕珥，后有遗簪。" ⑲飞琼：古仙女名。见旧题汉班固《汉武内传》。 ⑳上元：上元夫人，亦古仙女名。见同上。 ㉑糁(sǎn)：原是把米和在羹汤里。这里是飘洒、散落之意。㉒随喜：游谒寺院叫随喜，意谓随缘欢喜。

【鉴赏】

《紫钗记》是汤显祖《临川四梦》中最早的作品，作于他在南京任太常博士期间。十多年前，他写了《紫箫记》。他在《紫钗记题词》中说："《记》初名《紫箫》，实未成，……南都多暇，更为删润，讫，名《紫钗》。"可见《紫箫》是未完成而又不成功的作品。《紫钗记》是在《紫箫记》的基础上写的，但它不仅是删润和完成了后者，而且实现了一个成功的飞跃。

《紫钗记》取材于唐蒋防传奇小说《霍小玉传》，但又有新的创造。故事叙述陇西才子李益在京城长安，欲觅佳人。而原霍王宠婢净持亦欲为女小玉求偶。由媒人鲍四娘从中撮合成婚。李益考中进士，当朝丞相卢杞之弟卢太尉恨李益不来参拜，有意报复，将他派到关西节度使刘公济部下为记

【鉴赏】

室，出征河西。三年后，又将他调到孟门自己军中参军事，不许回家，并有意召他为婿。小玉失去李益消息，要出资请人打听，遂托人将自己插戴的紫玉钗卖掉。不意紫玉钗正为卢府所得。卢太尉借此散布小玉已改适他人和李益已再婚卢府的谣言以绝李益与小玉之念。豪士黄衫客闻知此事，颇为不平，遂以计使李益与小玉相见，二人得以团圆。

《堕钗灯影》为原剧第六出，别本又题作《堕钗》。写上元之夜，小玉一家到街市观灯，李益事先得知，也与朋友崔允明、韦夏卿来观灯，实则为观看小玉。小玉头上的紫玉燕钗不慎被梅树枝挂落，为李益拾得，在拾钗、寻钗之际，二人得以初通消息。从情节上说，本出实为全剧开端，因为二人婚姻虽由家长之命、媒妁之言促成，但汤显祖以写情为宗旨，尤其对霍小玉的情，写得非常浓烈。如果没有这一出，全剧就只写得一个太尉弄权的故事，不会那么深刻感人。

本出戏可以分为三个段落，也就是三个场面。第一个场面从开头到第五支【园林好】可名之为“看灯”。第二个场面从生及韦、崔再次上场到旦、浣下，包括【江儿水】到第一个【尾声】七支曲子。是本出戏的主要部分，可称之为“堕钗”。其余是第三个场面，有四支曲子，姑称之为“留连”。

先说第一个场面：看灯。除了所有本出应出场的人物都在这一场面出场以作交待之外，它的一个重要作用是黄衫客的亮相。黄衫客是个戏不多，但却十分重要的人物。前面大半部情节与他无关，而后面没有他，就没有团圆的结局。但是如果让他在结局时再出现，又过于突兀。所以汤显祖让他在戏的开头就出现一次，在第十出《借马》中可算不照面地出场一次。这就是古代文论家所说的前后照应的“草蛇灰线”法。清梁廷枏《曲话》把这一安排看作《紫钗》最成功之笔。他说：“《紫钗记》最得手处，在观灯时即出黄衫客，下文‘剑合’自不觉突。而‘借马’折避却不出，便有草蛇灰线之妙。”没有戏却为交待而交待，让一个人物出场，就会给人生拉硬扯的印象，这在戏曲

【鉴赏】

中几乎是通病。但这出戏的黄衫客出场却使人感到相当自然。因为是灯市，就会有许多看客。黄衫客及其随从作为一群看客就比较自然了。但仅仅是看客，和其他龙套一起走一下过场，又不能给观众留下印象，不能达到交待这一重要人物的目的，所以作者在这里还写了一个小小的细节："(内笑云)前面好汉，是甚姓名？人高马大，遮了俺们看灯路儿也。(豪笑介)问俺名姓，黄衫豪客是也。说遮了路呵，胡雏们，去了也！"这样既描写了灯市的热闹拥挤，又突出了黄衫客，并以"人高马大"一笔勾勒了他外形的威武。仅仅外形还不够，还应该有性格。这个"豪士"在演出时，一般是会以净脚应工的，在外形上和其他戏里的"花花太岁"恐怕不大容易区别。于是作者写了其他看客要他让开，他不仅不恼怒，而且呵呵一笑，立即服从了。这个细节，一下就使这个人物给观众留下善良的印象从而产生好感，为以后他的侠义行为埋下了伏笔。如此精细又如此自然，可见匠心。

灯市的热闹拥挤除了黄衫客一群和后面的人叫喊外，主要人物的频繁上下场也起到了渲染热闹气氛的作用。戏曲用象征手法，使用演员要简洁，如果作者是用一大群无名群众龙套式地过场看灯，那就太笨拙了。写热闹拥挤不仅是为了渲染气氛，从情节上也是必须的。因为小玉的钗，正是因为拥挤(包括因李益等上场而惊避)才被挂落的。

本出戏和元杂剧《西厢记》的《惊艳》在作用上颇为相似，都写一见钟情。在写法上汤显祖明显地受了王实甫的影响。杂剧的体制有"一人主唱"的限制，大部分戏只能由张生边唱边做，莺莺当时只有"秋波一转"和迟疑的脚步可以稍稍表情达意。而传奇则不然。汤显祖正是在学习前人的基础上，又充分发挥了传奇唱做可以多元化的优越性能。他设计了一个贯穿全剧的中心道具紫玉钗，在本出第二个场面通过紫玉钗这个媒介，以"堕钗""拾钗""寻钗""索钗"等几个过程写二人的初次见面，使得三个角色(包括丫头浣纱)都有戏可做，在戏剧性的冲突中，人物内心得到了刻画，情感

【鉴赏】

得到了表达。【江儿水】一曲写李益拾钗时的庆幸心理和惊喜的情感，【前腔】写小玉躲避灯影时的娇羞和内心的喜悦。【玉交枝】加进了浣纱。三人的寻钗、索钗以戏剧动作表演，便趣味横生。这支贯穿全剧的道具紫玉钗，在这里也被做足了文章，为以后的重要情节"卖钗"打下了基础。同时这里还结合追忆鲍四娘说亲时的印象，把媒妁之言的婚姻转换成了爱情，使人物内心活动更加丰富。经过寻钗、索钗这一过程，两个人物心理有了变化，也就是性格有了发展。【川拨棹】后的【尾声】生唱"玉天仙罩住得梅梢月，春消息漏泄在花灯节"说明他已经接受到了小玉那里传来的爱的信息。小玉唱"明朝记取休向人边说"则表明小玉也已经接受了李益的传情，有了内心的秘密。

第三个场面是小玉下场后，李益对刚才艳遇的回味。与《西厢记·惊艳》相比，也颇为相似。【六犯清音】一曲写李益回味刚才的情景："少甚么纱笼映月歌浓李，偏似他翠袖迎风糁落梅"概括而又富有诗意。"恨的是花灯断续，恨的是人影参差。恨不得香街缩紧，恨不得玉漏敲迟"数句写小玉去后李益的心理活动，也较生动并且符合人物性格。不过比起《西厢记·惊艳》里莺莺下场后张生的种种风魔之状的淋漓尽致的描写，本出似略逊一筹。李益不像张生那样是一个带喜剧色彩的人物，但崔、韦两个陪衬人物，可以来点幽默，使之丰富一些，但作者没有让他们发挥作用，像《西厢记》里的法聪一样，而是写他俩一本正经地对李益说："既此女子于兄分上非浅，不可负也。"这就似乎显得呆板无趣。

《紫钗记》是作者自己和评论家们都认为还没有脱尽《紫箫》华艳绮靡习气的作品。但应该说作者是作了努力并且是有成绩的。吴梅先生甚至认为"工词者，或不能本色，工白描者，或不能作艳词。唯此记浓丽处，实合玉溪诗、梦窗词为一手；疏隽处，又似贯酸斋、乔梦符诸公。"指出了《紫钗记》有疏隽的一面，我以为本出曲辞在风格上正是属于疏隽的一类。试看

【江儿水】中李益见堕钗"则道是淡黄昏素影斜，原来是燕参差簪挂在梅梢月"，小玉唱的"止不过红围拥，翠阵遮，偏这瘦梅梢把咱相拦拽"，都写得很清丽流转。又如写小玉在被月光和烛光照射下暴露了身影而产生娇羞的心态时唱："喜回廊转月阴相借，怕长廊转烛光相射，怪檀郎转眼偷相撇。"这些曲文都不仅明白晓畅，而且与心理刻画水乳交融。

（姚品文）

第二十五出　折柳阳关[①]

【金珑璁】（旦、浣上）春纤余几许？绣征衫亲付与男儿。河桥外香车驻，看紫骝开道路。拥头踏鸣笳芳树[②]，都不是秦箫曲[③]。

〔好事近〕（旦）腕枕怯征魂，断雨停云时节。（浣）忍听御沟残漏，迸一声凄咽。　（旦）不堪西望卓香车，相看去难说。（合）何日子规花下[④]，觑旧痕啼血。　（旦）浣纱，这灞桥是销魂桥也！（众拥生上）

【北点绛唇】逞军容出塞荣华，这其间有喝不倒的灞陵桥接着阳关路[⑤]。后拥前呼，白忙里陡的个雕鞍住。

旌旗日暖散春寒，酒湿胡沙泪不干。花里端详人一刻，明朝相忆路漫漫。左右，前军停灞陵桥外，待夫人话别也。（见科）（生）出门何意向边州？（旦）夫，你匹马今朝不少留。（生）极目关山何日尽？（旦）断肠丝竹为君愁。李郎，今日虽然壮行，难教妾不悲怨。前面灞陵桥也，妾待折柳尊前，一写《阳关》之思。看酒过来！

【原文】

【北寄生草】怕奏《阳关曲》[6]，生寒渭水都。是江干桃叶凌波渡[7]，汀洲草碧粘云渍，这河桥柳色迎风诉。（折柳科）柳呵，纤腰倩作绾人丝，可笑他自家飞絮浑难住。

（生）想昨夜欢娱也，

【前腔】倒凤心无阻，交鸳画不如。衾窝宛转春无数，花心历乱魂难驻。阳台半霎云何处？起来鸾袖欲分飞，问芳卿为谁断送春归去？

（旦）有泪珠千点沾君袖也。

【前腔】这泪呵！慢点悬清目，残痕界玉姿。冰壶迸裂蔷薇露，阑干碎滴梨花雨，珠盘溅湿红绡雾。怕层波溜溢粉香渠。这袖呵，轻烟染就湘文筋。

（生）只恁啼得若也。

【前腔】不语花含悴，长颦翠怯舒。你春纤乱点檀霞注，明眸谩蹙回波顾，长裙皱拂行云步。便千金一刻待何如？想今宵相思有梦欢难做。

（旦）夫，玉关向那头去？

【前腔】路转横波处，尘飘泪点初。你去呵，则怕芙蓉帐额寒凝绿，茱萸带眼围宽素[8]，蕖荷烛影香销炷。看画屏山障彩云图，到大来蘼芜怕作相逢路[9]。

（旦）李郎，你可有甚嘱付？

【前腔】（生）和闷将闲度，留春伴影居。你通心纽扣蕤蕤束[10]，连心腰彩柔柔护，惊心的衬褥微微絮。分明残梦有些儿，睡醒时好生收拾疼人处。

（旦）听这话，想不是轻薄的，只是眼下呵，

【解三酲】恨锁着满庭花雨，愁笼着蘸水烟芜。也不管鸳鸯隔南浦[11]，花枝外影踟蹰。俺待把钗敲侧唤鹦哥语，被叠慵窥素女图[12]。新人故，一霎时眼中人去，镜里鸾孤。

(生)俺怎生便去也？再看酒！

【前腔】倚片玉生春乍熟，受多娇密宠难疏。正寒食泥香新燕乳，行不得话提壶[13]。把骄骢系软相思树，乡泪回穿九曲珠[14]。销魂处，多则是人归醉后，春老吟余。

(旦)你去，教人怎生消遣？

【前腔】俺怎生有听娇莺情绪，全不着整花朵工夫。从今后怕愁来无着处，听郎马盼音书。想驻春楼畔花无主，落照关西妾有夫。河桥路，见了些无情画舸，有恨香车。

(生)妻，则怕塞上风沙，老却人也。

【前腔】比王粲从军朔土[15]，似小乔初嫁东吴[16]。正才子佳人无限趣，怎弃掷在长途？三春别恨调琴语，一片年光揽镜嘘。心期负，问归来朱颜认否，旅鬓何如？

(旦)李郎，以君才貌名声，人家景慕，愿结婚媾，固亦众矣。离思萦怀，归期未卜，官身转徙，或就佳姻，盟约之言，恐成虚语。然妾有短愿，欲辄指陈，未委君心，复能听否？(生惊怪介)有何罪过，忽发此辞？试说所言，必当敬奉。(旦)妾年始十八，君才二十有二，逮君壮室之秋[17]，犹有八岁，一生欢爱，愿毕此期，然后妙选高门，以求秦晋[18]，亦未为晚。妾便舍弃人事，翦发披缁[19]，夙昔之愿，于此足矣。

【前腔】是水沉香烧得前生断续[20]，灯花喜知他后夜有无。记

【原文】

一对儿守教三十许，盟和誓看成虚。李郎，他丝鞭陌上多奇女，你红粉楼中一念奴[21]。关心事，省可的翠绡封泪，锦字挑思。

(生作涕介)皎日之誓，死生以之，与卿偕老，犹恐未惬素志，岂敢辄有二三[22]！固请不疑，端居相待。

【前腔】咱夫人城倾城怎遇[23]，便到女王国倾国也难模[24]。拜辞你个画眉京兆府，那花没艳酒无娱。总饶他真珠掌上能歌舞[25]，忘不了你小玉窗前自叹吁。伤情处，看了你晕轻眉翠，香冷唇朱。(韦、崔上)

【生查子】才子跨征鞍，思妇愁红玉。芳草送莺啼，落花催马足。

早闻得李君虞起行，到日午还在红亭僝僽也[26]。(见介)(崔)李君虞，军中箫鼓喧填，良时吉日，早行早行！(生)实不相瞒，小玉姐话长，使人难别。(韦)昔人云：仗剑对尊酒，耻为离别颜。李君虞，男儿意气，一何留恋如此？郡主，俺两人还送君虞数程，回来便有平安寄上。军行有程，未可滞他行色。正是：长旗掀落日，短剑割离情。(下)(内作箫鼓介)(生)妻，你听笳鼓喧呜，催我行色，匆匆密意，非言所尽，只索拜别也。

【鹧鸪天】掩残啼回送你上七香车，守着梦里夫妻碧玉居。(旦)李郎，不索回送。但愿你封侯游昼锦[27]，不妨我啼鸟落花初。(众拥生下)(旦)他千骑拥，万人扶，富贵英雄美丈夫。浣纱，送语参军，教他关河到处休离剑，驿路逢人数寄书。

一别人如隔彩云，断肠回首泣夫君。

【原文】

玉关此去三千里，要寄音书那得闻。

〔注〕 ①阳关：在今甘肃省敦煌县西。是古代通往西域的要隘。 ②头踏：古代官员出行时前面的仪仗队伍。鸣笳：指军乐。芳树：指乐曲《芳树》，属汉铙歌十八曲。 ③秦箫曲：用春秋萧史与弄玉故事。据《列仙传》：萧史好吹箫，娶秦穆公女弄玉，居于凤台。萧史日吹箫作凤鸣，即有凤凰来集。一日，夫妇皆随凤飞去。 ④子规花：即杜鹃花。 ⑤喝：指官员出行时喝道。⑥阳关曲：唐王维《渭城曲》有句“西出阳关无故人”，后成为送行名曲。⑦桃叶：晋王献之妾，一日王献之送她渡河，作《桃叶歌》赠之。后渡口遂名桃叶渡，在今南京秦淮河与青溪汇合处。 ⑧茱萸带：指用茱萸锦作的腰带。茱萸锦，有茱萸花纹的丝织品。 ⑨“到大来”句：古乐府有《上山采蘼芜》，是一首弃妇诗，有“上山采蘼芜，下山逢故夫”句。 ⑩蕤蕤：装饰物下垂的样子。 ⑪南浦：指送别的地方。浦，水边。《楚辞·九歌·河伯》：“子交手兮东行，送美人兮南浦。” ⑫素女图：一种秘戏图。传说黄帝有《素女经》，是传授房中术的。 ⑬行不得：古人认为鹧鸪鸟的叫声似“行不得也哥哥”。提壶：鸟名。唐韦庄《袁州作》诗：“正是江村春酒熟，更闻春鸟话提壶。”此处又双关别宴上劝酒。 ⑭九曲珠：宋苏轼《祥符寺九曲观灯》诗有“宝珠穿蚁闹连朝”句，托名王十朋集注引赵次公曰：“小说载有以九曲宝珠欲穿而不得，问之孔子，孔子教以涂脂于线，使蚁通焉。”这里形容泪珠。 ⑮“比王粲”句：东汉末诗人王粲，有《从军诗》五首。 ⑯“似小乔”句：三国时吴国乔(原作桥)玄有二女，名大、小乔。孙策纳大乔，周瑜纳小乔。宋苏轼《念奴娇·赤壁怀古》词：“遥想公瑾当年，小乔初嫁了，雄姿英发。羽扇纶巾，谈笑间、强虏灰飞烟灭。”本句及上句以王粲、周瑜比李益。⑰壮室：三十岁。《礼记·曲礼》：“三十曰壮。” ⑱秦晋：春秋时秦国和晋国世代结为婚姻，后因以“秦晋”代指婚姻。 ⑲披缁：指出家。缁，缁衣。僧徒穿的衣服。 ⑳水沉香：即沉香，一种香木，入水即沉。此指用其树芯制作的香。 ㉑念奴：唐天宝中著名歌女。 ㉒二三：《诗经·卫风·氓》：“士也罔极，二三其德。”谓男子对女子用情不专一。 ㉓夫人城：有二。一在河北行唐县北，一在湖北襄阳县西北。这里并非实指。 ㉔女王国：古传东夷有女王国。此犹女儿国，非实指。 ㉕掌上能歌舞：相传汉成帝后

赵飞燕体轻,能作掌上舞。 ㉖僝僽(chán zhòu):愁苦、烦恼。 ㉗昼锦:白天穿锦衣而行,指衣锦荣归。《史记·项羽本纪》载,项羽入秦都咸阳不久,即思归江东,谓劝其留关中者曰:"富贵不归故乡,如衣绣夜行,谁知之者?"

清梁廷枏《曲话》说《紫钗记》:"稍可讥者,有《门楣絮别》(第二十四出)矣,接下《折柳阳关》,便多重叠,且堕恶趣。"谓其"重叠"不无道理。因为从情节上说,两折都写话别场面,但作者也有自己的匠心所在。《紫钗记》重在写情,将霍小玉作为"情痴"来写。其社会批判意义,即对卢太尉的谴责,更要通过强化李、霍的爱情来实现。送别场面是二人抒其痴情的最佳关目。从情理上说,李益不能只对小玉告别,而置其岳母郑六娘和其他人于不顾。如果都在《阳关》一折中,则二人的抒情不能酣畅。与《西厢记》的《长亭送别》不同。从内容上说,《西厢》还须在送别的场面中继续对老夫人的批评,写老夫人在临别时还要对莺莺和张生进行约束压制,所以老夫人(及其追随者长老)上场是完全必要的。《紫钗记》则无此种必要。从剧作文本体制上说,《西厢》是杂剧体制,一人主唱。传奇则不同。汤显祖先写了《絮别》,让李益与郑六娘、鲍四娘等话别,且通过话别营造悲剧气氛,间接对卢太尉进行谴责。而在《阳关》一出中,便可以集中笔力,让李、霍二人的抒情更加充分,让霍小玉的情痴形象得以树立。所以《阳关》是《紫钗记》中十分重要的一出。

明清两代《紫钗记》上演情况远不如《牡丹亭》,这不难理解。就是其短折演出,在有关记载中,几乎也只有这一出《阳关折柳》(或又称《折柳》)。评论家普遍认为这主要是由于《紫钗记》文辞不大合律。其实这一出《阳关》并不比其他出更合律好唱,它的演出效果好,恐怕还是与它的内容有密切关系。清中叶西溪山人的《吴门画舫录》有这样的一段记载:"沈素琴,居

【鉴赏】

城内丽娃乡。淡妆素服,不事铅华,粗识字,喜诵唐人诗句。对客无寒温语,惟借扇头书约略读之,可以想见其风趣矣。有某生侨寓金阊,与姬交綦密,席间歌玉茗传奇《折柳》一阕,生以事伤薄幸,止之。姬曰:"君诚多情。然小玉赍恨无穷,正使人人鉴此情痴,则死将不朽。且彼自薄命,于十郎何尤?"生默然无以应。"作者最后感叹道:"嗟乎!紫玉谁怜,黄衫何处?姬殆古之伤心人与?"这位沈女士从《折柳》中深深感受到了霍小玉的痴情和命运的不幸。

前面提到的梁廷枏《曲话》中对《折柳》一折还有"且堕恶套"的批评,不知何指。是不是因为夫妻话别场面是戏曲关目熟套?比如《西厢记》有《长亭送别》,《琵琶记》有《南浦嘱别》,《荆钗记》有《分别》等。此外,我们并没有看到这一出中有什么可以称之为"恶套"的。指熟套即为"恶套",未免过甚其辞。离别是人生中某种矛盾的表现形式,也是人的情感最为之激动的事件之一,"黯然销魂者,惟别而已矣","多情自古伤离别"嘛!尤其是在古代,诗词中以"离情别绪"为题的作品何止千万?其中佳作联翩,从没有人斥之为"恶套"。戏曲又何尝不可作如是观?总之不在于写了什么,而在于怎样写,有没有创新的表现。折柳赠别,原是唐代现实生活中极其风雅而富有浪漫情调的一种民俗,更是唐代诗人们常常运用的一个意象。将它情节化,用在以唐代诗人生活为内容的戏剧中的离别场面里,正可说是得其所哉,笔者几乎要说它是汤显祖的神来之笔了。

如果谈戏剧性,本出几乎可以说是没有的。它是完全的抒情场次,作者是要在这一场次中通过抒情塑造霍小玉的情痴形象。李益和霍小玉正沉浸在新婚燕尔的欢乐和幸福中,李益又刚刚中了功名。所谓"洞房花烛夜,金榜题名时",是人生得意事之最典型者。突然而来的远别带来的不能不说是生活道路上的巨大落差,它给两人感情的冲击是强烈的。尤其是霍小玉,她是一个弱女子,本来视丈夫为唯一的生活和精神的依傍。今天的

【鉴赏】

离别则可能永远失去这种依傍。所以这一出主要就是刻画小玉的千种忧愁、万般痛苦。作者从她的内心挖掘出如下一些具体感受。

她本来就没有离别的思想准备，而眼前景物处处触发了她离别的悲凉："怕奏《阳关曲》，生寒渭水都。是江干桃叶凌波渡。汀洲草碧粘云渍，这河桥柳色迎风诉。"

对昨夜欢乐的回味和眼前离别的惨痛两相交织："倒凤心无阻，交鸳画不如。……起来鸾袖欲分飞，问芳卿为谁断送春归去？"

对别后生活惨苦、思念惆怅情景的想象："恨锁着满庭花雨，愁笼着蘸水烟芜。也不管鸳鸯隔南浦，花枝外影踟蹰。""俺怎生有听娇莺情绪，全不着整花朵工夫。从今后怕愁来无着处，听郎马盼音书。……河桥路，见了些无情画舸，有恨香车。"

小玉的悲伤不止是一般的离情别绪，而是包含着一种现实的危机感，即很可能从此被抛弃。小玉提出愿以八年的夫妻为约："一生欢爱，愿毕此期，然后妙选高门，以求秦晋，亦未为晚。"而自己呢，便"舍弃人事，翦发披缁"，了此一生："是水沉香烧得前生断续，灯花喜知他后夜有无。记一对儿守教三十许，盟和誓看成虚。李郎，他丝鞭陌上多奇女，你红粉楼中一念奴。关心事，省可的翠绡封泪，锦字挑思。"她愿意以人人都有权得到的一生的生命享受为代价，换取八年的幸福。这种巨大牺牲，正反映出她对幸福是何等的渴望，也反映出她的地位是多么可怜。长亭送别时崔莺莺对张生也有同样的担忧，但她的叮咛"若见了异乡花草，休再似此处栖迟"带有命令和强制的语气，与霍小玉比较，莺莺的自信心要强得多。小玉的处境比莺莺要更加脆弱，命运也更加可怜。这就是本出送别戏之不同于另一些送别戏，而具有更大的震撼力的原因所在。情节来自《霍小玉传》，原小说的这一情节以小玉的多情反衬了李益的无情，而汤显祖改变了悲剧结局却没有舍弃这一情节，可见他对此一情节是偏爱的，其创作效果仍然是好的。

它充分表现了小玉的痴情，也强化了李益对爱情忠实的品格。

小玉并不是一味的自哀自怜。她也像其他普通送别丈夫的妻子一样，叮嘱丈夫要多多来信，要注意健康和安全。对丈夫的威武出行流露出骄傲和自豪感，她还祝愿他事业和前途取得更大的成功："但愿你封侯游昼锦，不妨我啼鸟落花初。他千骑拥，万人扶，富贵英雄美丈夫。浣纱，送语参军，教他关河到处休离剑，驿路逢人数寄书。"这些语言出于人之常情，甚至是一种套语。唯其属于常言套语，在欲做普通夫妻过平常生活而不得的霍小玉乃成了僭越和奢侈，故具有不同寻常的震撼力。这些语言也丰富了霍小玉的性格，显示了她的善良和质朴，也使这个人物更加接近生活，更加亲切感人。

李益对小玉也有难舍的依依之情，也有别后珍重的谆谆嘱咐，还有对小玉担忧的排解，对自己忠诚的保证，这些都是和霍小玉的抒情相应的，这里不再一一例举。

就本出戏来探讨《紫钗记》的语言风格是有一定典型意义的。《紫钗记》的前身《紫箫记》是一部语言华艳绮靡之作。《紫钗记》虽然经过作者的改写，但人们认为它这方面的改进仍然是不够的。吕天成认为它"仍紫箫者不多，然犹带绮靡"，祁彪佳将它归入"艳品"，刘世珩说它"刻意雕琢，备极浓丽，奇彩腾跃，谓是少作，当无疑义"，吴梅也说它"浓丽已极"。就全书而言，仅仅这样说是不够全面的。我们在所选的第六出《堕钗》中的赏析中已经谈到过这一点。就是本出之前同样写话别的第二十四出《絮别》，也并非如此，而是属于比较明朗疏隽的一类。如李益和郑六娘、鲍四娘、小玉等唱的一曲【一撮棹】："(生)你慈闱冷，好温存你个凤女孤。(老)李郎，你边关苦，好将息你化龙躯。(生)他娘女伊家早晚间好看觑。(鲍)深领取，还是你早回车。(旦)眼见的抛人去，有诉不尽的长亭语。(合)真去也，早和晚索盼取几行书。"由于语言明畅，各人的身份、心理状态无不表达得明明白白。这样的曲文岂能称之为刻意雕琢的呢？

但《紫钗记》许多曲文偏于浓艳也是无可讳言的，本出堪称代表。全出十六曲，几乎每一曲都如此。这里略说一二。请看【北寄生草】第三曲，这是霍小玉在形容自己的泪水：它慢慢地溢出眼眶，悬挂在清澈的眼睛下面。残留的泪痕界画在如玉的脸蛋上面。泪水就像盛着蔷薇花露（一种香精）的如冰一般透明的水晶壶炸裂，那香露迸洒开来，又像是梨花时节的雨水滴在画楼外的阑干上……这泪水被怎样地描画、美化了！又第五支【寄生草】中小玉说到丈夫去后自己充满苦闷的生活状况，用了芙蓉帐、茱萸带、蕖荷烛、画屏、彩云、蘼芜……种种美丽的物事来衬托。不用说，这一出是正如论家所说“备极浓艳”的。

但这是否仅仅是作者少年绮习的表现呢？汤显祖在《紫钗记》中说：“帅惟审云：‘此（指《紫箫记》）案头之书，非场上之曲也。’”可见他对《紫箫记》语言的毛病（包括过于绮靡）是清楚的。他在“删润”该作改写为《紫钗记》时，为改变这种状况也作了努力，这从许多地方可以对比出来。但试将本出与《紫箫记》第二十四出《送别》比较一下，可以看出其因仍《紫箫》之处是很多的。从其改动之处，我们看不出作者有使之质朴化的努力，甚至可以说，其词藻的浓丽似乎是有过之无不及。这说明什么呢？说明这一出的语言风格是作者刻意追求的。我想还是吴梅先生的评说最为知言。他说“临川《紫钗记》……刻意雕琢，‘四梦’中最称浓丽，即一诗一词，亦葱蒨幽艳，仙露明珠，未足方斯朗润也。”（暖红室刊《紫钗记》跋）在另一种《紫钗记跋》中他还说它“词藻精警，远出《香囊》、《玉玦》之上，‘四梦’中以此为艳矣”。他认为它的浓艳“实合玉溪诗、梦窗词为一手”。可见吴先生对这种浓艳不但不否定，而且评价很高。的确，浓艳并不就是缺点，在不该浓艳处浓艳方是缺点。吴先生对祁彪佳批评《紫钗》“传情处太觉刻露”不以为然。说：“或云刻画太露，要非知言。盖小玉事非赵五娘、钱玉莲可比，若如《琵琶》、《荆钗》笔法，亦有何风趣?”其实何止是传情方面须作如是观呢?

作为戏剧语言，性格化也许比风格更重要。这方面在本出中不能说特别成功，但作者的努力是显而易见的。例如尽管都是威武的出行队伍，小玉眼中是:“看紫骝开道路。拥头踏鸣笳芳树，都不是秦箫曲。”李益眼中则是:“逞军容出塞荣华，这其间有喝不倒的灞陵桥接着阳关路。”同是想象别后的无奈，李益是:“销魂处，多则是人归醉后，春老吟余。”小玉则是:“河桥路，见了些无情画舸，有恨香车。”

《元曲选》的编者臧懋循曾经对《紫钗记》的语言大加删改，受到了后人的批评。刘世珩在《玉茗堂紫钗记跋》中说:“臧晋叔刻本改削泰半，往往点金成铁。如《佳期议允》折，‘三学士’曲首句玉茗原文云:‘是俺不合向天街倚暮花’，正得元人浑脱之意。晋叔改为‘这是我不合向天街事游耍’，强协格调，自谓胜玉茗，而于文字竟全无生动之气。抑知元文之妙，政可解不可解。如此改法，岂非黑漆断纹乎?”说得颇中肯。像这样的佳句，在本出亦多有。如前面提到的:“这其间有喝不倒的灞陵桥接着阳关路。”又如:“柳呵，纤腰倩作绾人丝，可笑他自家飞絮浑难住。”不仅得元人浑脱之意，而且表现出非凡的想象力。当然因雕琢使语义牵强缺少自然之美的语句也不是没有。如【解三酲】第二曲“倚片玉生春乍熟”便有点生硬费解。【北寄生草】第三曲对泪水的描摹有几句是相当美的，但“怕层波溜溢粉香渠”句则有点近乎佻巧了(此句别本一作“怕层波溜折海云枯”，也过于雕琢)。

(姚品文)

第三十四出　边愁写意

【北点绛唇】(众边将上)紫塞飞霜，平沙月上，旌旗晃。剑戟排墙，拥定铜符帐[①]。

【原文】

一声参佐发兰州，万火屯云映绿油[②]。边铺恐巡旗尽换，山城欲过馆重修。咱们是朔方刘节镇部下[③]，因李参军分兵回乐峰受降城[④]，断截吐蕃西路，今夜巡塞各城堡，守瞭军人严紧伺候。(众应介)(众鼓吹灯笼拥生上)

【金珑璁】万里逐龙荒[⑤]，拥弓刀千骑成行。刁斗韵悠扬，画角声悲壮。锦盘花袍袖生凉，才起点报星霜[⑥]。

边霜昨夜堕关榆，吹角当城片月孤。无限塞鸿飞不度，秋风吹入小单于。自家本用文墨起家，翻以弓刀出塞，既有三军之事，岂无一夕之劳。分付将官军士，用心巡守。(众应介)(生)将帐门卷上，一望塞外风烟。

【一江风】碧油幢，卷上牙门帐，步上严城壮。汉旌旗数点灯前，掩映纱笼绛。远望火光，可是胡儿夜猎也?(众)非关猎火光，非关猎火光，是平安报久常。玉门关守定这封侯相。

回乐峰前了。

【前腔】(生)那边厢，淡素铺平敞，堆积的凄寒状。敢是下雪也?(众)是沙也。是氤氲几垛平沙，似雪纷弥望。瑶池在瀚海傍[⑦]，瑶池在瀚海傍，(众)梁园在古战场[⑧]。筑沙堤等不得沙河将。

是受降城也。

【前腔】(生)冷清光，气色霏微漾，晕影儿朦胧晃。敢是霜也?(众)是月亮。(生)步寒宫认得分明[⑨]，不道昏黄相。衣痕上辨晓霜，衣痕上辨晓霜，(众)是嫦娥在女墙[⑩]。照愁人白发三千丈。

(生)俺坐一会也。

【前腔】据胡床[11]，沙月浮情况。（内吹笛介）猛听的音嘹亮。（众）何处吹笛也？这吹的是《关山月》也[12]，是《思归引》也[13]。（众作回头望乡介）（指云）那不是俺家乡洛阳？那不是俺家乡长安？那不是他家乡陇头？（生亦作望乡掩泣）（众）被关山横笛惊吹，一夜征人望。家山在那方？家山在那方？离情到此伤，断肠声泪谱在罗衫上。

（王哨上）龙吟塞笛空横泪，雁足吴笺好寄书。禀参军爷，小卒是京师卢太尉府中王哨儿便是。因来刘节镇军中探取军情回京，可有平安书寄？（生）正好相烦，情书不尽，暂将屏风数折，对此清光，画出边城夜景，见咱凄凉也。秋鸿，取画笔丹青听用。（鸿上）《王会图》中开粉本[14]，《阳关曲》里寄丹青。纸屏风蛾墨在此[15]。（生做画介）

【三仙桥】阳关落照，尽断烟衰草。河流一线，那更鸿缥缈。边城上着几点汉旌摇，盼胡天恁遥。呀！俺提起润生绡，拂拭些情泪落。还倚着路数分斜，随着素毫，展风沙蘸的个墨花淡了。屏风呵，一递递短长城，做不出叠巫山清晓[16]。

待画这沙似雪，月如霜。

【前腔】却怎生似雪样偎沙迥杳，一抹儿峰前回乐。则道是拂不去受降城上清霜，看则是永夜征人沙和月长恁照。影飘飖碧濛濛把关河罩，幕寒生夜悄。四下里极目暗魂销，清寒似寂寥。这几笔儿轻勾淡绕，撇绰的暮光浮，隐映的朦胧晓。屏风呵，恁路数儿是分明，可引的梦沙场人到。

待画着征人闻笛望乡也。

【前腔】一笛关山韵高，偏趁着月明风袅。把一夜征人，故乡心暗叫。齐回首乡泪阁，并城堞儿相偎靠，望眼儿直恁乔。想故园杨柳，正西风摇落。便做洗边尘霜天乍晓，也心似嘹云飘，衠入遍《梁州》未了[17]。屏风呵，比似俺吹彻《梅花》[18]，怎递送的倚楼人知道？

画完，题诗一绝：回乐峰前沙似雪[19]，受降城外月如霜。不知何处吹芦管？一夜征人尽望乡。诗已题下，王哨儿寄去也。（哨）自有回报。

【尾声】做不得李将军画汉宫春晓，俺这里卷不去的雪月霜沙映白描。趁着这一天鸿雁秋生早。（哨下）

（走报人上）乌鹊南飞终是喜，马首西来知为谁？自家长安门走报的便是。来报李参军转官，不免径入。（见介）恭喜老爷，新奉圣旨，加秘书省清衔，改参卢太尉孟门军事，即日起程。（生）何因有此？先赏报人去，便写书谢了刘节镇起程。（报）节镇刘爷也钦取还朝，总管殿前诸军事。（生）呵，原来如此！

西塞东归总战尘，画屏风里独沾巾。

闺中只是空相忆，若见沙场愁杀人。

〔注〕 ①铜符帐：主将的营帐。主将出征时朝廷颁有铜质信符，故称。②绿油：绿油幢，军幕。下文碧油幢同。 ③朔方：唐方镇名。玄宗时十节度使之一。节镇：方镇的最高长官节度使。 ④回乐峰：当作回乐烽。在灵州回乐县(治所在今宁夏灵武西南)。受降城，亦在灵州回乐县境内。 ⑤龙荒：泛指我国北方荒漠地区。龙，指匈奴祭天处龙城。荒，荒服。 ⑥起点：初更时候。点，更点。 ⑦瀚海：大沙漠。 ⑧梁园：古代著名别墅园林，汉梁孝王所筑，故址在今河南开封西南。 ⑨寒宫：即广寒宫。传说中月中宫殿。 ⑩女墙：城上的矮墙。 ⑪胡床：一种坐具，可以折叠。又称交椅、交

床。原为胡地器具。 ⑫关山月:汉横吹曲名,为伤离别之曲。 ⑬思归引:琴曲名。一曰《离拘操》。 ⑭王会图:唐贞观年间有异族酋领入朝,诏令画师阎立本绘为图像,称《王会图》。粉本:画稿。 ⑮蛾墨:本指画眉之墨。女子之眉称蛾眉。 ⑯巫山:战国楚宋玉《高唐赋序》记楚先王游高唐,梦一女自称"巫山之女",自荐枕席,与王交欢。后因以巫山事指代男女欢爱。 ⑰衠(zhūn):真,尽。入遍:即曲遍,亦即大曲。唐代大曲由若干"遍"组成,故称。梁州:唐大曲名,由西凉传入。 ⑱梅花:指乐曲《梅花落》,汉乐府横吹曲。 ⑲"回乐"句:此为李益《夜上受降城闻笛》七绝的首句,"峰"原作烽。

这是一出李益的戏。向来评论《紫钗记》者都不大注意李益这个人物。汤显祖自己说:"第如李生者,何足道哉!"(《紫钗记》题词)这是就对情的痴迷执着程度与小玉相比而言。与霍小玉相比,李益在维护自己的权益方面的确显得有些怯懦,少有作为。但从整体而言,作者刻画的这个李益要比霍小玉形象更为丰满。他不仅多情、重情,而且是一个在军事上对国家有贡献的人。更主要的是,作者把他写成了一个真正的诗人。

将历史文化名人作为婚恋题材主人公的作品并不鲜见,《琵琶记》中的蔡伯喈,《荆钗记》中的王十朋等都是。但在传奇里,只是用了他们的姓名符号,其故事与历史人物几乎完全无关。小说《霍小玉传》的那个男主人公,就是生于陇西,进士及第,作过郑县尉,有过"多闲忌,防闲妻妾,过为苛酷",甚至有"妒痴尚书"之称(《唐才子传》)的不良记录的李益,这个李益也就是那个在文学史上享有盛誉的"大历十才子"之一的诗人李益。但对后者小说基本舍弃了。那个李益无论情节或性格都缺少诗人的质素。而《紫钗记》中运用了生活中的李益的一些事迹作为素材。《唐才子传》中有过这样的记载:"(李益)二十三受策秩,从军十年,运筹决胜,尤其所长。往往鞍马间为文,横槊赋诗,故多抑扬激励悲离之作,高适、岑参之流也。"汤显祖

【鉴赏】

据此构思了卢太尉为报复将李益派往边关的重要关目，写了《陇上题诗》、《高宴飞书》、《河西款檄》、《吹台避暑》、《边愁写意》、《节镇还朝》等一系列的戏。其中《边愁写意》正是把李益作为边塞诗人来写的。这就使整个作品的背景更加广阔，生活内容更有现实性，李益的性格也更加丰富多彩。他们的爱情内涵更加美好，小玉的痴情价值因之更高。这是汤显祖的一大成功。

《边愁写意》写了李益画屏题诗和托王哨儿寄屏（结尾处交待了蒙旨还朝，不是本出重点）。这是从李益的著名绝句《夜上受降城闻笛》化出来的一出戏。在此之前的《陇上题诗》一出里已经化用了李益的另一首名作《过五原胡儿饮马泉》，但与本出不同，是将写诗的过程作为情节穿插，并非演绎诗意。本出用了李益两首诗，其一是《听晓角》（边霜昨夜堕关榆），也是一首边塞诗。止于引用，没有多所发挥，而于《夜上受降城闻笛》则将诗意全部调动出来，作了最充分的展开。李益的边塞诗作不少，汤显祖选中了《夜上受降城闻笛》，一是它的画面特别鲜明，可以作为李益观赏景色和作画情节的依据；二是诗的主题是征人望乡，与本出戏需要表达的情感相合。

全出十支曲，大致可以分为三段。从【北点绛唇】到【一江风】三曲，写了塞上军营的风光。在紫塞平沙的背景上，视觉中近处出现了旌旗、剑戟、营帐、灯笼，远处出现了一片火光，听觉中出现了刁斗、画角与秋风的凄厉之声，……一派整肃森然的战场气氛。李益的警惕，更增加了军情紧张感。边塞军旅的情景在此得到了清晰的描画。袍袖生凉，夜已深沉，人物自身对天气和温度的切身感受，增强了真实感。虽是以抒情写景为主的场次，作者还是注意了情节的严密合理，比如士兵报告火光是平安信息，后面李益有观赏景色和作画吟诗的闲情才成为可能。

以下三支【一江风】，第一支【前腔】描写"沙似雪"，第二支描写"月如霜"，将诗意转换成人物眼中的景色。这正是表达方式从诗歌到戏剧的转换。它们不再是客观描述和比喻,而是人物的心理活动:李益看到“淡素铺平敞,堆积的凄寒状”和“气色霏微漾,晕影儿朦胧晃”的景物,误以为是雪,是霜。月光下的沙漠,沙漠中的月光是那么逼真,那么美丽,又那么凄凉。雪和霜,不仅使画面有了颜色,也有了温度——给人以凄寒之感。诗歌中简炼的语言描写出来的景色,在可以展开铺叙的曲中得到了丰富。“瑶池在瀚海傍,梁园在古战场”,“衣痕上辨晓霜,是嫦娥在女墙”,是描述,也是幻觉,在真实中更增加了几分神秘感。第三支【前腔】则把“不知何处吹芦管,一夜征人尽望乡”的诗意描写情节化了,也具体化了。笛声传来,是著名的思乡曲《关山月》、《思归引》。一夜征人尽望乡的“乡”在士卒的心中就是洛阳、长安。李益也作望乡掩泣,并用“被关山横笛惊吹,一夜征人望。家山在那方”对情景作了概括,诗意落到了实处,得到了强化,也有了戏剧性。

以下一直到【尾声】是作画题诗的过程。画的也是这首诗的诗意,但作者注意了避免重复。在【三仙桥】中,景物描写增加了阳关落照,断烟衰草,河流、鸿雁、边城、旌旗……增加了绘画过程的叙述,而挥毫泼墨又与情感融为一体:“俺提起润生绡,拂拭些情泪落。还倚着路数分斜,随着素毫,展风沙蘸的个墨花淡了。一递递短长城,做不出叠巫山清晓。”【前腔】(却怎生)一曲是“沙似雪”、“月如霜”的再现,但也不是重复,它是画中的雪沙霜月,是画中的清寒寂寥。【前腔】(一笛关山)写画中的征人在笛声中望乡,所以不在动作,而在形象:“齐回首乡泪阁,并城堞儿相偎靠,望眼儿直恁乔。”更重要的是这几曲写李益已不是一般的思念家乡,而是思念家中的小玉了。他遗憾自已能画出长城,却画不出“巫山清晓”;他希望画的塞上美景,能“引的梦沙场人到”,他希望吹奏的乐曲,能“递送的倚楼人知道”。这里的“巫山清晓”用的正是巫山云雨典故,这是回忆他们往日欢情的含蓄表达。“梦沙场人”、“倚楼人”当然都指那个思念着他的小玉。

作者写李益画完之后才题诗，也就是到此时《夜上受降城闻笛》一诗才诞生，表明诗人是在充分感知了客观世界，引起了情感的强烈波动，才写出了这首诗。这几乎可以说是一篇形象化的诗歌创作论。但它不是从概念出发，而是为了完成李益这个诗人形象的塑造。

应该说，《紫钗记》不仅仅写了诗人李益，更塑造出一个唐代边塞诗人的形象，并通过边塞诗人的生活和性格写出了大唐气象，把唐代的诗歌精神注入了戏剧。汤显祖不仅仅是作为戏剧家，而且是作为诗人、学者在写作《紫钗记》，作者这几方面的涵养在作品中相得益彰。

（姚品文）

第四十七出　怨撒金钱

【行香子】（旦作病上）去也春光，月地花天，相思影瘦的不成模样。为伊踪迹，费尽思量。（浣）归来好，空迷恋，有何长？

［集句］（旦）蕙帐金炉冷篆烟，空钗分股合无缘。菱花尘满慵将照，多病多愁损少年。浣纱，紫玉钗头，是咱心爱，几时卖去呵？好闷也！

【玉山莺】玉钗抛样[①]，上头时萦红腻香。为冤家物在人亡，这几日意迷神恍。每早起呵，窥妆索向[②]，还疑在枕边床上，又似在妆奁响。猛思量，原来卖了，空自揾啼妆。

【前腔】如今可卖了也，卖钗停当，喜孜孜谁家艳阳？那插人温存的依前还价[③]，遇着那一等呵，笑穷妇人无分承当，抬高价作他乔样。俺霍小玉一眼看上李十郎，今日卖了钗也，路傍喧讲，道当初坠钗情况。自把前程飏，为谁行？断簪残髻，留伴镜中霜。

(侯景先上)杜鹃花暖碧桃稀,两处红妆一处悲。个里囊中忒羞涩[4],他边头上有光辉[5]。自家侯景先便是。替霍家郡主卖钗,得百万钱,在店中半年多月,没人取去,老子亲送来[6]。内有人么?(浣)老侯到了,待咱通报。(见介)(旦)卖钗得价了?

【桂花锁南枝】(侯)咱登时发付,珠钗两股。旧时价不减些儿,任姹女把金钱细数[7]。(浣数钱介)是百万了。牙钱那家有[8]?(旦)问他卖在那家。(侯)是当朝太尉姓卢,玉僆停上头须此。(旦惊介)浣纱,问他到卢府里,可打听来?(侯)且喜且喜!有个李参军,你这里寻故夫,他那边衜新婿。(旦)当真了?(侯)府门外久踌躇,是他堂候官亲说与。

(旦泣介)天下宁有是事乎!霍小玉钗头,到去卢家插戴也。(闷倒介)(侯)玉翦江鱼寻老手,钗分海燕泣春心。(下)

【小桃红】(旦)俺提起晓妆楼上玉纤闲,他斜倚妆奁盼。也则道镜台中长则是两相看,闲吟叹把玉钗弹。人去后香肩蝉,画眉残。将他来斜拨炉香篆也,又谁知誓冷盟寒。空掷断钗头玉,双飞燕不上俺云鬟。

(浣)这钱爱杀俺也。(旦)要钱何用!

【下山虎】一条红线,几个开元[9]。济不得俺闲贫贱,缀不得俺永团圆。他死图个子母连环[10],生买断俺夫妻分缘。你没耳的钱神听俺言:正道钱无眼,我为他叠尽同心把泪滴穿,觑不上青苔面。(撒钱介)俺把他乱洒东风,一似榆荚钱[11]。

(浣)怎生撒去?可是撒漫使钱哩[12]!

【原文】

【五韵美】(旦)那其间成宅眷[13],俺不是见钱儿热卖图长便,谁承望这一对金钗胡串?青楼信远,知他向红妆啼笺。他虽然能掇绽惯赔钱[14],你敢也承受俺贯熟的文鸳[15],又蘸上那现成钗燕。

【五般宜】想着那初相见长安少年,把俺似玉天仙花边笑嫣。满着他含笑拾花钿,终不然那一霎儿灯前几年。到如今那买钗人插妆鬟俨然,俺卖钗人照容颜惨然。知他是别样婵娟,也则是前生分缘。

(崔上)旅舍贫儒闲踏草,高楼思妇怕看花。这几日不曾问霍府李郎消息,取几贯钱使用。里面甚事悲喧?径入则个。(见钱撒地作惊介)浣纱姐,俺书生终日奔波觅钱,如何乱撒满地?(浣)你不知,要找访李郎,赀费乏绝,将玉钗倒与玉工,正卖向卢太尉府中,果然百万钱买去,卢小姐插戴,与李郎成亲了。(崔)真个了?李君虞,你可也有时遇着俺崔允明,数落你一番,怕你不动头也!(旦)果如所言,崔君清客,浣纱将钱奉上薄为酒费,容奴拜恳也。(拜介)

【忆多娇】借美言,续断缘,断续姻缘须问天。(崔)满眼春愁花树边,要得团圆,要得团圆,还似巧相逢那年。

【哭相思】(旦)俺心中人近人心远,说教他心放心边。他钱堆里过好日,俺钗断处惜华年。(崔辞介)(旦)加婉转,促留连;看落花飞絮是俺命丝悬。若得他心香转作回心院[16],抵多少买赋千金这酒十千[17]。

真成薄命久寻思,梦见虽多觉后疑。买断人间不平事,金钱还自有圆时。(下)(崔吊场)好花期客客不至,病鸟依人人自怜。看来小玉姐为寻访李郎,破散家赀百万,俺三年间受之惶愧。要径造李郎,他又被卢府拘制,早朝晚归,不放参谒,怎生是好?(想介)有了!崇敬寺今春牡丹盛开,约韦夏卿酒馆商量,去请李郎玩赏,酒中交劝,或肯乘兴而归。正是:欲见夫妻一片心,须听朋友三分话。(下)

〔注〕 ①抛样:即制作成式样。抛,制作玉器的一种工序。 ②索向:各处寻找。 ③依前还价:按照原价给钱。 ④个里:这里。江西方言至今如此。 ⑤他边:那边。 ⑥老子:犹老儿。 ⑦姹女:少女。这里指小玉。 ⑧牙钱:买卖中间人所得的报酬。 ⑨开元:唐代钱币名,即“开元通宝”。 ⑩子母连环:铜钱一大串套一小串。 ⑪榆荚钱:榆树的果实。榆树未生叶前先生荚,形似钱而小。联缀成串,也称榆钱。 ⑫撒漫:挥霍。 ⑬宅眷:眷属,家眷。 ⑭掇绽:亦作啜赚,哄骗之意。 ⑮文鸳:有花纹的鸳鸯,常与彩凤对举。 ⑯回心院:曲名。辽天佑帝荒于田猎,皇后萧观音讽谏,帝遂疏之。观音作《回心院》十首,望他回心转意。 ⑰买赋千金:汉陈皇后失宠于武帝,退居长门宫。后奉黄金百斤,请辞赋家司马相如为作《长门赋》,帝见而伤之,复得亲幸。酒十千:即斗酒钱十千。唐李白《行路难》诗:“金樽清酒斗十千。”

本出又名《怨撒》。李益从朔方奉诏回朝,又被卢太尉弄权,改作自己部下参孟门军事。卢太尉不许他回家,有意破坏他和小玉的婚姻,招赘他为自己的女婿;李益未肯。小玉久盼李益不归,欲托人打听李益下落又缺少资费,就托玉工侯景先变卖紫玉钗。侯卖钗恰好到了卢府,卢家以百万钱买下玉钗。太尉知钗是小玉所卖,便故意向侯散布李益已就婚卢府的假

【鉴赏】

情况，以绝小玉之念。本出开始，小玉还不知道这一消息。后来侯景先来送钱告知此事，小玉听说李益负心，十分绝望和怨恨，把钱撒了满地。适逢李益故人崔允明到来，愿意为她再去见李益，责备他并劝他回心转意。小玉遂将钱交与崔，重新燃起了希望。本出情节大体分成四个段落。

霍小玉是汤显祖创造的"情痴"典型。她的痴，在全剧戏剧行动中最重要的表现应该说就数卖钗了。这紫玉钗对小玉的意义非同一般：它不仅贵重，而且是小玉最心爱的装饰品，寄托着她对美的理想追求，更重要的是，它是小玉和李益爱情的见证，所以霍小玉对之视若拱璧。按照一般逻辑，作者应该会写小玉无论如何困难，也不会出卖它的。但是汤显祖却对卖钗大书特书。因为为了寻找李益，不惜出卖至为宝贵的紫玉钗，这正是她重人不重物，把李益看得高于一切的"痴"的重要表现。

将霍小玉对紫玉钗的珍爱表现出来，以衬托她对李益的痴情，正是本出第一段落的用意。同时还通过小玉的抒情表现出她复杂而曲折的内心世界。首曲【行香子】先写她现在的景况：身体在美好的春天里因为思念李益而"瘦的不成模样"。然后说出自己费尽心机寻找李益的踪迹的矛盾心理："归来好，空迷恋，有何长？"对李益归来是否能给自己带来幸福也持有怀疑，说明她痴迷中有着清醒，感情中蕴涵理性，从而增强了感情的力度。以下的道白及【玉山莺】曲用的是直接强化情感的手法：她竟然忘记了紫玉钗已被她卖掉了，每天早上起床时，还要到处寻找，一会儿在枕边床上摸索，一会儿又产生了它在梳妆台上的幻觉，最后才想起钗已经卖了，于是失望地流下了眼泪。这里写尽了痴情女子种种"意迷神恍"之状。第二曲【玉山莺】(前腔)转而写她想起钗已经卖了之后对买钗人的种种想象：她是个"温存的"懂得钗的价值的人吗？她会嘲笑自己贫穷无福消受，故意作出高价买钗的姿态吗？最后她想：自己正是因为堕钗才和李益结合的，今天却又卖了钗，"自把前程飐，为谁行"，显示出她十分清楚这一行为中的矛盾，也就是十分地无奈。“断簪残髻,留伴镜中霜”,不仅是写她没有了紫玉钗,而且是对她今后全部生活的描摹。汤显祖实在是写人物心理的高手!

第二个场面含两曲。【桂花锁南枝】及相关宾白写玉工侯景先来报告卖钗的情况和李益婚于卢府的消息。【小桃红】是小玉的初步反应,写她“思前”“想后”的内心活动,很有层次,又句句不离紫玉钗。她先是叙述在梳妆台前“闲吟叹,把玉钗弹”。这是初别,还有希望。接着写她:“香肩亸,画眉残。”她不再梳妆打扮了。这是久别之后,思念得更加痛苦所致,但仍没有绝望。用紫玉钗“斜拨炉香篆”的动作描写活脱出一个少妇寂寞空闺的神态。“又谁知誓冷盟寒”一语双关,自然过渡到此时此刻;“空掷断钗头玉,双飞燕不上俺云鬟”说玉钗对她已经没有了意义,就是说和李益已经恩断义绝。

以下两曲是第三个场面:怨撒金钱,戏剧进入高潮。它不仅是本出的高潮,也是全剧的高潮。本出实际上是围绕着“钱”来写“情”。“卖钗”是希望通过钱得到情,是还重视钱的作用,而抛撒金钱则充分揭示了金钱在情面前的无能,从而使情得到了更高价值的肯定。侯外庐先生曾经说到汤显祖在剧作中创造了两个对立的形象,即“花神”和“钱神”,他所谓花神,就是爱情的保护神,钱神就是爱情的克星。【下山虎】一曲就是咒骂“钱神”的。在小玉此时的心目中,金钱不但没有起积极作用,“济不得俺闲贫贱,缀不得俺永团圆”,而且还有破坏作用,“生买断俺夫妻分缘”。所以本出从思想上说,使作品达到了一个新的高度——对金钱、对物欲的批判。从人物形象说,霍小玉的性格在这里大大地丰富和发展了。当她大把地将钱当作粪土抛撒掉时,这个多情的女子,此刻表现出怎样的见识和胸襟,柔顺中又显示出怎样的刚强!她让我们不仅觉得可爱,而且觉得可敬了。

【五韵美】前几句是进一步说明卖钗的原因,但已经与以前仅仅是怨诉不同,语气是非常愤怒了:“俺不是见钱儿热卖图长便,谁承望这一对金钗胡串?”中间数句是对负心的李益的强烈谴责:虽然新人又有钱,又会欺骗,但你李益怎能面对那熟悉的首饰，承受那种感情的冲击呢？后几句又从回忆堕钗拾钗说到眼前：从前李益看自己是"玉天仙"，如今买钗人的容颜的美丽和自己容颜的惨淡形成了鲜明对比，结论不言自明。说到这里，她的愤怒又转成了疑惑和哀怨，她想：这样的结果究竟是因为新人比我更好，还是命里注定呢？

以下直至结尾是第四个段落：崔允明上场并表示了对小玉的同情，要当面谴责李益。小玉燃起新的希望，要"借美言，续断缘"。虽然"断续姻缘须问天"，"要得团圆，还似巧相逢那年"，也就是李益的感情还要回到"堕钗灯影"的情景中。这希望是多么渺茫！但她决不放弃。【哭相思】一曲一方面是叮嘱崔允明向李益转述的话：希望他要将心比心，当他在钱堆里过好日子的时候，不要忘记被他抛弃的人，其情感也是应该得到尊重的。一方面是拜托恳请崔允明的话：要他多多婉言陈情，要他尽量促使他回心转意。她认为自己的请求可以与出千金买司马相如《长门赋》以悟汉武帝的陈皇后相比。其委曲求全的哀苦，真可催人泪下。

（姚品文）

第五十二出　剑合钗圆

【怨东风】（浣上）去去春难问，翠屏人不稳。添香侍女费精神，闷闷闷。卜筮无凭，仙方少验，求神未准。

自家浣纱便是。奉侍郡主，恹恹一病经年。又逢春尽，多少游春士女，日永风暄，只俺家守着病多娇，长似凄风短日，料应不久。扶他出来消遣一回。（浣请介）（旦扶病上）

【前腔】鬼病恹恹损，落花风片紧。多应无分意中人[①]，恨恨恨。梦浅难飞，魂摇欲坠，人扶越困。

浣纱，俺病症多应不好也！扶我起来怎的？（浣）几年春色凋零，今岁名花盛发。郡主，你消遣些儿。（旦）浣纱，你看：孤禽侧畔千莺晓，病树前头万木春。教咱怎生消遣也！

【山坡羊】冷清清遭值这般星运，闹温温搅人的方寸[②]，虚飘飘耽挨了己身，软咍咍没个他丰韵。浣纱呵，病的昏，问你个春几分？睡也睡也睡不稳，过眼花残，断头香尽。伤神，病在心头一个人。消魂，人似风中一片云。

【前腔】（浣）他瘦厓厓香肌消尽，昧蚩蚩眼波层困，怯设设声息儿一丝，恶丕丕呕不出心头闷。他脱了神，当时画的人，猛然间想起今难认。一会儿精灵[③]，一会儿昏晕。花神，多则是残红送了春。东君，你早办名香为返魂[④]。（旦作昏介）

【玩仙灯】（鲍上）淑女病留连，憔悴煞落花庭院。

俺鲍四娘，数日未知小玉姐病体若何？呀，原来又睡在此。老夫人何在？（老旦上）若无少女凭花老，为有嫦娥怕月沉。四娘，看俺孩儿病体若何？（旦醒介）俺娘，不好了也！四娘几时到来？

【山桃红】彩云轻散，好梦难圆。是前生姻缘欠，又拚了今生命填。魂缥缈风里残霞，你把俺火烧埋向星前暮烟。多管香早寒玉早尘，除却寸灵心还活现也，待他泪滴成灰还和他梦里言。（合）（众哭介）忍泪洒落花片，惺惺可怜，等不的薄幸人儿和你做个长别筵。

（老）还有甚话也？儿。（旦）娘叫俺道个甚来？特为俺把多才拜上。

【前腔】教他看俺萱堂一面[⑤]，半子前缘[⑥]。叫浣纱，若秋鸿回来，你夫妻好生看觑奶奶。待拜你呵，（作跌科）你当了嫡亲眷，替俺看他老年。鲍四娘，早晚也来看觑奶奶。当初是你作媒，以后见那薄幸呵，教他好生儿看待新人，休为俺把欢情惨然。倘然，他念旧情过墓边，把碗凉浆瀽也[⑦]。便死了呵，也做个蝴蝶单飞向纸钱。（合前）（众背介）

（老）李郎不到，怎生区处？（鲍）觑他形骸死瘦，眉气生黄，敢待变症也？（浣）则管昏上来哩！（摩介）（老）李郎好薄幸也！（鲍）小玉姐好薄命也！（旦醒介）咳，娘，你孩儿好些了。李十郎到来哩。（老）那讨这话来也？儿。（旦）咱待起来，娘替咱梳洗哩。（老）儿久病之人，心神惑乱，且自安息。（旦）娘不信呵，四娘扶咱。

【尾声】一边梳洗不妨眠，听呵那马啼声则俺心坎儿上打盘旋。浣纱，敢踏着门那人来不远。（并下）（豪与生并马羞不肯行）（豪家奴数人拥扯生马上）

【不是路】（豪）路转桥湾，胜业坊西迤逗间。花如霰，似武陵溪上旧桃丹。暮光阑，你怎生乘兴人空返？陡住你花骢去住难。（生掩面介）羞杀俺也！含羞眼，旧家门户谁曾盼？怕人偷唤，怕人偷唤。

【前腔】（豪）玉碎香悭，为你怒冲冠把剑弹[⑧]。朱门限，几年山上更安山[⑨]？秀才，不是请你到俺家去，是请你到你家去。好伤残，你骑着俺将军战马平心看，抵多少野草闲花满目斑。（生）则怕卢太尉害了人也！（豪）怎生这般畏之如虎？（生）足下不知。小生当初玉门关外参军，受了刘节镇之恩，题诗感遇,有"不上望京楼"之句,因此卢太尉常以此语相挟,说要奏过当今,罪以怨望,所畏一也。又他分付,但回顾霍家,先将小玉姐了当,无益有损,所畏二也。白梃手日夜跟随厮禁[10],反伤朋友,所畏三也。因此沉吟去就。不然,小生岂是十分薄幸之人。今日相见,怎生嘴脸也!(豪)结发夫妻,赔个小心便了。卢太尉俺自有计处,不索惊心。无危难,把雕鞍勒住胡奴唤,乱敲门瓣,乱敲门瓣。(奴扣门介)

【前腔】(老、浣同上)燕子凋残,王谢堂中去不还[11]。谁清盼?听重门闭了响铜环。(奴)旧门阑,多应是昨夜灯花桀,好事临门你可也不等闲。(老、浣)人喧乱,多应客赴金钱宴,启门偷看,启门偷看。

(豪、众作拥生马进门)(豪指生问老云)认得此人否?(老惊哭介)薄情郎,何处来也?(豪)且下了马,请小玉姐来对付他。(老)小女沉绵日久[12],转侧须人,不能自起。(旦作在内介)娘,你孩儿起的来也。(鲍扶旦上)

【哭相思】待飞残一枕香魂,谁向窗前唤转?(见科)

(豪)鲍四娘在此,小玉姐可认得这秀才?(生见哭介)我的妻,病得这等了!(旦斜视掩面长叹介)(豪)真个可怜人也!

【不是路】看他病倚危阑,似欲坠风花几阵寒。斜凝盼,眼皮儿也应不似旧时单。小玉姐,俺将薄幸郎交付与你。病到这般呵,命多难。李郎,我闻东方朔先生云[13]:惟酒可以消忧。咱已送金钱办酒。酒呵,能消郁块忘忧散[14],只一味(指生介)当归勾七还[15]。俺去也。(生)感足下高义,杯酒为谢,何去之速也?(豪)某非为酒而来。(生)愿留姓名,书之不朽。(豪笑云)休也。英雄眼,偶然蘸上你红丝绽,为谁羁绊?为谁羁绊?

(豪举手介)请了!(众)花边马嚼金环去,楼上人回玉筋看。(下)(生)豪士之言有理,将酒来,为小玉姐把一杯。(送酒与旦)(旦作叹介)我为女子,薄命如斯;君是丈夫,负心若此。韶颜稚齿,饮恨而终。慈母在堂,不能供养。绮罗弦管,从此永休。徵痛黄泉,皆君所致。李君李君,今当永诀矣!(作左手握生臂、掷杯于地、长叹数声倒地闷绝介)(老做扶旦倒于生怀哭介)凭十郎唤醒也!

【二郎神】(生)年光去,辜负了如花似玉妻。叹一线功名成甚的,生生的无情似翦,有命如丝。妻呵,别的来形模都不似你。(生作扶旦不起介)怎抬的起这一座望夫山石。(合)寻思起,你恁般舍得死别生离。

【前腔】(旦作醒介)昏迷,知他何处?醉里梦里,才博的哏郎君一口气[16]。俺娘呵,怕香魂无着,甚东风把柳絮扶飞。(生)是我扶你。(旦)扶我则甚那?生不面死时偏背了你,活现的阴司诉你。(合前)

(旦)唱别《阳关》时节,多少话来,都不提了。

【啭林莺】(生)阳关去后难提起,画屏无限相思。转孟门太尉参军事,动劳你翦烛裁诗。(旦)诗可到么?(生)到来。那里有断云重系,都则是风闻不实。(旦)是韦夏卿为媒,崔允明报信,还是风闻?(合)等虚脾[17],只看俺啼红染遍罗衣。

【前腔】(旦)卢家少妇直恁美[18],教人守到何时?他得到了一日是一日,我过了一岁无了一岁。要你两头回避,不如死一头

伶俐[19]。(生)死则同穴。(旦)谁信你!(合前)

(旦)卖钗你可知俺家贫了,看钗子不上?(生)说那里话!

【啄木鹂】钗儿燕不住你头上栖,那钗脚儿在俺心头刺。(旦)新人插钗可好?(生)谁曾送玉镜妆台?从那里照斜插双飞?(旦)钗呵,可知新人恼了,赏那丫头去了!(生)甚么话!那卖钗人还说的你好哩,说伊家忘旧把钗儿弃,咱坚心不信俏地笼将去。(旦)笼去怎么?(合)(生)翠巍巍许多珍重,记取上头时。

你病势定了些,待咱寻个人儿。(作寻介)(旦)寻个甚的?(生)鲍三娘卖钗,说你又有了一个后生。(旦恼介)好不羞,那里有鲍三娘?是玉工侯景先哩。甚么后生,都是你先坐下俺一个罪名儿。

【前腔】你为男子不敬妻,转关儿使见识[20],到底你看成甚的?(生)怎又讨气[21]!(旦)不如死,他甚的淘闲气。既说我忘旧,取钗还我。(生)要还不难。(旦)是了,还了咱家,讨个明白去。他妆奁厌的余香腻,待抛还别上个新兴髻[22]。你还咱也好。(合前)

(老)也罢,此事问秋鸿。(鸿上)卢府亲事,真个不曾成。

【啼莺儿】那太尉呵,笼莺打翠真是奇[23],家主爷呵,背东风不愿于飞。(浣)爷不愿,怎生不回?(鸿)俺爷呵,虽有嫌云妒雨心期,他可有立海飞山权势。正怕触了那些,并累咱府。要图美满春光保全,因此上受羁栖,把风波权避。(合)听因依,玉花钗燕,他长在袖中携。

(鲍)参军爷,也不念咱旧媒人了。(鸿)你家做媒又做牙[24]，卖钗人便是你家姐姐。(鲍)俺家有许多姐姐。(鸿)都是太尉倒鬼[25]。

【前腔】(老)他大风要吹倒桐树枝，喜到头依旧连理。(鲍)想起黄衫豪客也，女伴们袖手旁观，英雄拔刀相济。郡主呵，显灵心黄衫梦奇，果应口同谐卧起[26]。(合前)

(旦)也罢，钗可带来?(生做袖中出钗介)(旦)真个在你袖中也!(拈钗喜介)

【玉莺儿】玉钗红腻，尚依然红丝系持。磊心情几粟明珠，点颜色片茸春翠。侧鬟儿似飞，懒妆时似颓，病恹恹怎插向菱花对。(合)事真奇，相看领取，还似坠钗时。

(老)浣纱，取镜奁脂粉，从新插戴。(生作扶旦笑介)看你羸质娇姿，如不胜致，更觉可人也。(旦作插钗颤介)〔浣溪沙〕(生)正是:浅画香膏拂紫绵，(老)牡丹花瘦翠云偏。(鲍)手扶钗颤并郎肩。 (旦)李郎:俺病起心情终是怯，困来模样不禁怜。(合)今生重似再生缘。

【前腔】(生)燕钗重会，与旧人从新有辉。影差池未渍香泥，翅毵毵尚萦纤蕊[27]。压云梳半犀，嫋风鬟半丝，恨呢喃诉不出从头事。(合前)

(老)俺一家儿感的是豪客。(旦)似那年元夜会他来。

【尾声】李郎，梦还真敢是那黄衫子，病玉腰肢你着意偎。十郎，不要又去也，再替俺烧一炷誓盟香写向乌丝阑凑尾[28]。

薄命回生得俊雄，感恩积恨两无穷。

今宵剩把银缸照，犹恐相逢是梦中。

〔注〕 ①无分:没有缘分。 ②方寸:心。 ③精灵:有精神。 ④返魂:香名。 ⑤萱堂:母亲。 ⑥半子:女婿。 ⑦瀽:倒。 ⑧"为你"句:这里指李益到边关参军事。 ⑨"几年"句:问外出已几年不归。山上更安山,两个"山"字合为"出"字。 ⑩白梃手:手持木棒的打手。 ⑪王谢:晋朝王、谢两大家族。唐刘禹锡《金陵五题·乌衣巷》诗:"旧时王谢堂前燕,飞入寻常百姓家。"后为贵族家门的代称。 ⑫沉绵:久病缠绵。 ⑬东方朔:汉朝人,字曼倩。《东方朔别传》有东方朔识酒虫的故事。 ⑭"能消"句:谓酒是治疗忧郁病的药。散,丸散。 ⑮"只一味"句:当归,中药名。这里语意双关。勾,即够,相当,等于。七还,七还金丹。转还变化,道家炼金石为丹,转还次数愈多愈贵,以九还(转)金丹为最。 ⑯哏(hěn):犹狠。 ⑰虚脾:虚情假意。 ⑱卢家少妇:唐沈佺期《独不见》诗:"卢家少妇玳瑁梁。"后往往以指贵家少妇。 ⑲伶俐:干脆。 ⑳转关儿使见识:变着法子用计策。 ㉑讨气:生气。 ㉒新兴髻:一种发型。汉成帝后赵飞燕之妹合德应召入宫,新沐沉水香为卷发,号新兴髻。 ㉓笼莺打翠:这里指欺压女性。翠,翠鸟。 ㉔牙:买卖中间人。 ㉕倒鬼:即捣鬼。 ㉖显灵心二句:在第四十九出《晓窗圆梦》中,霍小玉梦见一剑侠着黄衣,送她一双鞋。鲍四娘替她圆梦说:"鞋者,谐也,李郎必重谐连理。" ㉗毰毸(péi sāi):鸟羽披散貌。 ㉘乌丝栏:用于书写的绢帛上黑色丝线织成的界栏。

本出出名一作《钗合剑圆》,是全剧倒数第二出。后面还有第五十三出《宣恩》,是传奇例行的皇帝颁诏赐婚,以及惩治恶人卢太尉等收尾的情节,使故事圆满结束,大体属于套路。就主要矛盾来说,是在本出解决的。因为李、霍婚姻被卢太尉破坏,将二人隔离,造成他俩的误会。黄衫豪客"挟持"李益到霍小玉家,二人见面,解除误会,前嫌尽释。卢太尉的目的没有达到,矛盾当然就基本解决了。所以本出应该视作全剧真正的结尾。这个结尾才是紧扣"情"的主题的。

本出可分作前后两场戏,中间有一个过场。

从开头到第一个【尾声】是反复铺叙霍小玉的病情,是给后面的团圆之

【鉴赏】

喜作反面铺垫的。一上来先由丫头浣纱叙说小姐的病“卜筮无凭，仙方少验，求神未准”，“长似凄风短日，料应不久”，看来小玉的病是没有痊愈的希望了。接着小玉上场，从第二支【怨东风】以下三曲及相关科白，刻画出一个病入膏肓的女子的形象。写其形体特征、心理体验和生理感受，反复渲染，曲折回环，而非重叠堆砌、平铺直叙，称得上一篇优秀的“病赋”。如“梦浅难飞，魂摇欲坠，人扶越困”，如“瘦厓厓香肌消尽，昧蚩蚩眼波层困，怯设设声息儿一丝，恶丕丕呕不出心头闷”，“一会儿精灵，一会儿昏晕”，等等，都细腻入微，真切感人。汤显祖的文章受《文选》骈偶之文的影响也于此可证。

【玩仙灯】以下至【尾声】仍是写小玉的病，但和前面不同了，前面是小玉独抒胸臆，这里鲍四娘和小玉母亲净持（老旦）都上场了。虽然三人对话和曲文都围绕小玉的病，但内容和表达是不同的。两位长辈的到来和问候、劝慰，使小玉从纯粹自我的内心世界走进了现实生活。【山桃红】一曲抒情色彩仍然很浓。她对自己的命运作了描述和分析：“彩云轻散，好梦难圆。是前生姻缘欠，又拚了今生命填。”她的解释不能不是宿命的，因而也是绝望的。她描述自己的生命将尽：“魂缥缈风里残霞，你把俺火烧埋向星前暮烟。”也就是如残霞将尽暮烟欲灭。或者说身躯已经消亡，只剩下了一点心魂不死：“多管香早寒玉早尘，除却寸灵心还活现。”这一不死之心就是对李益的牵挂：“待他泪滴成灰还和他梦里言。”她死前遗憾的是等不到和李益告别，和他“做个长别筵”。可谓悲痛已极！痴情已极！

以下戏剧风格上有一个明显转换：抒情色彩减弱，加强了叙事、对话和人物冲突，也就是戏剧性。【山桃红·前腔】是小玉与家人的诀别之词。小玉作临终遗嘱：希望李益，希望鲍四娘、秋鸿、浣纱照顾母亲。这一情节加重了人情味，也使小玉这个形象更加有血有肉，丰满鲜活，她除了爱情郎，还爱母亲，和其他人也有感情联系。她不仅仅是“情”，或者竟就是作者“痴情”概念的一个化身，所以更能激发读者和观众对她的爱怜。

小玉忽然似乎听到李益的脚步声，说：“李十郎来了也！”表明她对李益的爱情是真正的生死之恋。这是小说原有的情节。小说在这里有较多的神异色彩，戏剧中已经都去掉了，但这一点却作了保留。但它并不破坏全剧风格的完整。因为小玉当时在弥留之际，是有可能出现幻觉的。

黄衫客和李益上场，戏很少，只相当一个过场。但在内容方面还是很重要的。它的作用在于让李益为自己作些辩解，说明自己并非“十分薄幸”之人，是卢太尉逼迫自己离开小玉。另外作者还通过黄衫客之口，对李益作了些批评。没有这些，李益与霍小玉就不能达到谅解，团圆就很勉强。如都留待与小玉当面解释时再说，势必分散和冲淡那时的戏，那时是应该集中在情感交流方面的。作者用李益与黄衫客对话来完成这些交代，虽然仍然显得有些笨拙，但比某些只用人物独白来交代大量剧情的作法，还是略胜一筹的。另外，二人团圆了，与卢太尉的矛盾仍没有解决。但再生枝节不符合“减头绪”的原则，这里由黄衫客打个包票，算是有了交代，为第五十三出《宣恩》解决与卢太尉的矛盾作个铺垫。

下面李益和小玉见面的戏是高潮。戏写得起伏跌宕，一波三折，长而不冗。第一个波折是小玉的死而复生。这是一个情感高潮，但比较短暂。其次是解释误会，互诉心曲。误会有李益对小玉的，说她“又有了一个后生”。有小玉对李益的，说他别婚卢府。最后当然都说清楚了：“都是卢太尉倒鬼。”这一段写得很有生活气息。霍小玉并非一味温柔敦厚，而是一个有个性，并且时露锋芒的女性。她又是埋怨，又是讽刺，如说：“卢家少妇直恁美，教人守到何时？他得到了一日是一日，我过了一岁无了一岁。要你两头回避，不如死一头伶俐。”意思是：与其让你两头为难，还不如让我死了好！李益表示要：“死则同穴。”小玉说：“谁信你！”小玉故意问：“新人插钗可好？”李益答：“谁曾送玉镜妆台？从那里照斜插双飞？”（这里用《世说新

【鉴赏】

语》中温峤送玉镜台作聘礼向表妹求婚的典故）表明自己并没有接受卢家的婚事。小玉又说："可知新人恼了，赏那丫头去了！"霍小玉要李益"取钗还我"，李益说："要还不难。"小玉又说："是了，还了咱家，讨个明白去。他妆奁厌的余香腻，待抛还别上个新兴髻。"就是说：对，你把紫玉钗还给我，表示和我的关系彻底完结了。她（卢小姐）还嫌弃这支钗呢，她抛掉它还可以用别的首饰梳个更加时髦的发型呢！总之，不论李益如何解释，小玉还是不依不饶，句句带刺。其实李益的回来，她的喜早就超过了恨，心里已经原谅他了，但嘴里是不会轻饶的。这些话语活现出很有个性的少女爱情受了伤害和委屈后一种特有的心态和声口，使人想到林黛玉和宝玉吵架，怨恨嫉妒之中含着极深的爱意。

本出戏有三个特点值得一提：

其一，悲喜结合中的喜剧色彩。开始时极力渲染悲剧气氛，为后来的团圆作有力的反衬。后来误会解除，二人在妆台前插钗梳妆当然是充满快乐。但我们看从小玉昏迷唤醒后，二人解除误会的过程是充满辛酸的，但用了一种轻喜剧的格调。小玉的讽刺中有调侃，李益也不是一本正经地请求原谅。他在说了一些动情的话（如"钗儿燕不住你头上栖，那钗脚儿在俺心头刺"）之后也适度地反击说："卖钗人……说伊家忘旧把钗儿弃。"他还说："你病势定了些，待咱寻个人儿。"接着居然"作寻介"，满屋子找，好像真的要找出小玉后来的那个"人儿"来。小玉此时自然忍不住要笑出来啦！其实他们一见面，误会就消除了。李益不过是在逗乐，让小玉开心罢了。这正是一个温存、宽厚的男子在自己的爱人发怒时最为适当的表现。汤显祖真是一个善解人意的作家！

其二，紫玉钗的贯穿道具作用。传奇篇幅冗长，情节结构松散，有各种原因，并非作家完全没有结构意识和能力，贯穿全剧的中心道具的运用说明了这一点。但也有用得好与不好之分。如《长生殿》里的金钗钿盒，尤其是《桃花扇》里的桃花扇及这部《紫钗记》中的紫玉钗应该说都是将中心道具的作用发挥到了极致的。从全剧看,从本出看,都是如此。

其三,时间被安排在春天。一开始,春天对小玉的重病起着反衬作用,对她的爱情和生命渴求又起着象征作用。后来当然是和团圆气氛和谐一致,起烘托作用了。从全剧看,又是和他们爱情的开始,即"堕钗"在立春之日,相互呼应的。侯外庐先生说:"呼唤春天,歌颂春天是《紫钗记》艺术思维的主题,春天的逝去与再临,是隐伏在全剧中的一根红线。"深有见地。

(姚品文)

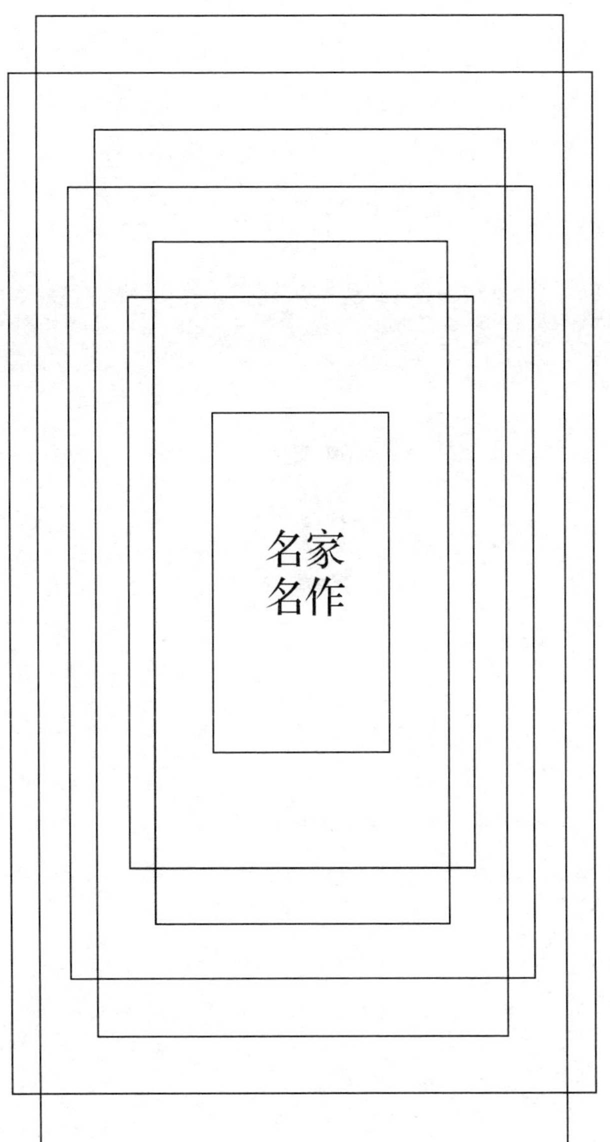

名家名作

蒋星煜　吴新雷　李　晓　等撰写

【诗】

【原文】

七夕醉答君东二首（其二）

玉茗堂开春翠屏，新词传唱《牡丹亭》。
伤心拍遍无人会，自掐檀痕教小伶。

宦海浮沉数十年，汤显祖终于认清了明王朝的腐朽本质，他再也不愿意为五斗米折腰，于是，在万历二十六年春，他挂冠而去，归隐故乡江西省临川县。关于他归隐后的生活，清人钱谦益在《列朝诗集小传》中作了生动的描述："所居玉茗堂，文史狼藉，宾朋杂坐，鸡埘豕圈，接迹庭户，萧闲咏歌，俯仰自得。"可见他晚年虽然贫困，却仍然生活得十分潇洒。这首诗就是他在归隐后第一年的秋天，与好友刘浙（字君东）对饮时所作。

玉茗堂是汤显祖归隐后购置的新居，从钱谦益的描述看，玉茗堂的内外环境不怎么好，但诗人却对自己的居所情有独钟，在他看来，玉茗堂周遭绿树环绕，宛如一道道翡翠的屏风，尽管是在秋天，他仍觉得春意融融，景色宜人。也许，这是由于诗人摆脱了官场的束缚，心情特别舒畅的缘故吧。这一年里，另一件使诗人兴奋不已的事情是，他所创作的《牡丹亭》受到社会各界人士的热烈欢迎，盛况空前，据记载："《牡丹亭梦》一出，家传户诵，几令《西厢》减价。"（沈德符《顾曲杂言》）因此，起首两句，一写玉茗堂，一写《牡丹亭》，是诗人引为得意的两件大事，尽管诗人晚年生活十分不如意，但此时此刻，却陶醉在成功的喜悦之中。

这首诗的后两句含义较复杂。第三句"伤心拍遍无人会"是感慨知音难求，诗人心事浩茫，用手一遍又一遍地拍打着栏杆，却没有人理解。第四句则写诗人在感叹之余，只好亲自手执檀板，敲打着节拍，教小演员们排戏。“自掐檀痕”是说由于反复排练，檀板握得久了，手掌心上都掐出了深深的痕迹。为什么诗人要感叹知音难求？为什么他要亲自参加《牡丹亭》的排练工作？其中有一个十分重要的原因，便是他与当时另一位著名戏曲家沈璟之间的意见分歧。汤显祖重视“曲意”，为了求得佳句，往往突破曲律的束缚。沈璟则强调演唱效果，认为唱词必须“合律依腔”。沈璟有不少追随者，因此，《牡丹亭》在各地排练时，常常受到删改，结果使原作的神韵大受损害。汤显祖在《与宜伶罗章二书》中就曾谈到此事：“虽是增减一、二字以便俗唱，却与我原做的意趣大不同了。”可见，尽管《牡丹亭》问世后大受欢迎，但真正的知音却并不多，“人知其乐，不知其悲”（玉茗堂尺牍之五·答李乃始），这就难怪诗人要亲自上场指导演员排练了。

新居玉茗堂春意融融，新作《牡丹亭》脍炙人口，虽然有些小小的不如意，但手执檀板，轻歌曼舞，却也算得上风流潇洒了，这就是诗人为我们展示的一幅隐居安乐图。不过，如果我们对这首诗的后半段细加玩味的话，却会发现，在这洒脱的表象后面，隐藏着的却是一颗忧伤的心。“伤心拍遍无人会”语出辛弃疾《水龙吟》：“江南游子，把吴钩看了，栏杆拍遍，无人会，登临意。”辛弃疾是南宋著名爱国词人，空有一腔热血，始终不为朝廷所用，晚年闲居，只得寄情山水，以诗词自娱。汤显祖生活的年代与辛弃疾不同，但思想上却有不少相似点。在自述诗《三十七》中，他曾对自己青年时代的抱负作过如下描述：“历落在世事，慷慨趋王术。神州虽大局，数着亦可毕。”可见，他在政治上的参与感是十分强烈的，同时，也自视甚高，认为世事如棋，数着可了，结果却大碰其钉子，不得不选择归隐一途。因此，在酒酣耳热之际，诗人突然想起辛弃疾，并把他的词句溶入自己的诗中，也就不足为怪了。钱谦益在《列朝诗集小传》中曾说，汤显祖“一发不中，穷老蹭蹬……胸中块垒，陶写未尽，则发而为词曲”，确实是很有道理的。如果改从这个角度来看，那么，结句“自掐檀痕教小伶”看似洒脱，实质上，却又多少带有几分无奈和自嘲的意味了。

（黄锦章）

石门泉

青　田

春虚寒雨石门泉，远似虹蜺近若烟。
独洗苍苔注云壑，悬飞白鹤绕青田。

石门在浙江省青田县，瓯江南岸，以瀑布著称。汤显祖因上书抨击时政而遭到贬谪，朝中也有不少正直之士为他鸣不平，因此，两年后，他又重新被启用，调任遂昌知县。遂昌县距温州不远，青田则恰好在遂昌与温州两地之间。万历二十五年秋，汤显祖游览温州时，顺路观赏了石门的瀑布，深深地为它的气势所吸引，于是，欣然命笔，留下了这首写景的佳作。

全诗从四个不同的角度对瀑布展开描写。首句“春虚寒雨石门泉”是写游人的肌肤感受。一近石门瀑布，便觉得气温骤降，细细的水珠扑面而来，仿佛置身于早春的濛濛烟雨之中，稍带几分寒意。写瀑布而从肌肤感受落笔，这一构思不能不说是十分别致的，飞泻的水流竟然能在它的周围形成一个“春虚寒雨”的小气候，那么，水势之大就可想而知了。因此，尽管这一句尚未直接触及瀑布本身，却已经是气势逼人，为进一步的展开作了铺垫。

第二句“远似虹蜺近若烟”是写视觉形象，取一远一近两个视角。从远处看，瀑布在阳光的照射下，色彩纷呈，恰似雨后的彩虹；到了近处，却又是水气升腾，扑朔迷离，宛如一片云烟。

第三、第四两句仍然写视觉形象，但观赏的角度变了。第三句"独洗苍苔注云壑"，取俯瞰势，瀑布飞流直下，冲刷着岩石上青绿色的苔藓，然后，直向无底的深谷倾泻而去。这一句写得极有气势，"云壑"形容山谷之深，"注"形容水势之大，"独洗苍苔"则令人有寂寞千古之感，瀑布一泻千里，旁无依托，年复一年地独自冲击着大自然的千年污垢。这样的写景，也隐隐流露出了作者内心的孤傲和寂寞。

第四句"悬飞白鹤绕青田"是抬头仰视。瀑布的源头横悬天外，背衬蔚蓝色的天幕，在日光下闪闪发亮，宛如一匹姿态优雅的白鹤在青田县上空悬浮盘旋。作者不说在石门上空，而说在青田上空，是极言瀑布的源头之高，在整个县境境内都可以看见它那闪亮的躯体。

全诗总共不过四句，作者却先后变换了五个不同的视角，从肌肤感受到视觉形象，从远处到近处，从俯瞰到仰视，而且，几乎每变换一次视角，都要换一个比喻，新意迭出，姿态万千。这种写法，在绝句中实在是不多见的。因为绝句不同于散文，散文篇幅较长，不难从各个角度进行铺排渲染；绝句则短小精悍，要在短短的四句诗中不断变换视角，并保持诗意流畅一气呵成，其难度可想而知。

从内容上看，这首诗的基调恬淡平静，在某种程度上反映了作者后期思想上的一个重大转折。如果说在五年以前刚受到贬谪时，作者仍感到愤愤不平，希望有朝一日复出，为国家建功立业；那么，在创作这首诗的时候，作者的心情已完全平静下来了。多年的磨难，使得他对明王朝彻底绝望了。全诗以仰视白鹤结尾，是很值得深味的，在古代，白鹤是隐逸者的象征，也许，作者在创作这首诗篇时，他的意识深处已经萌生了归隐的念头了吧。

（黄锦章）

【原文】

送刘大甫谒赵玄冲胶西

欲别悲歌鸡又鸣，白头无计与刘生。

恩仇未尽心难死，独向田横岛上行。

这首送别诗是汤显祖晚年家居时所作。刘大甫是作者的学生，很有才华，也很有气节。在给赵玄冲的信中，汤显祖曾提到过他，说他“穷弥甚，气弥高”(《寄胶州赵玄冲》，见《玉茗堂尺牍之四》)，可见，汤显祖对这位学生是十分器重的。赵玄冲是汤显祖的挚友，为人慷慨，文武兼修，有古英雄遗风，此时亦已归隐。汤显祖介绍刘大甫去拜谒赵玄冲，显然是希望他从这位正直而富有才华的前辈学者身上得到更多的教诲。

按照封建社会的传统，“学而优则仕”，刘大甫这次出门，除了游学之外，另一个重要目的，当然不外乎是科举。汤显祖本人虽已归隐，但他仍希望自己的学生能有机会展露才华，为国效力。不过，作为一个过来人，汤显祖又深知朝政的黑暗，像刘大甫这样正直的青年是否能为世俗所容？此行又前途如何？对此，汤显祖感到忧虑重重。

诗的前两句实写分别时的情景，“欲别悲歌鸡又鸣”为我们展示了一幅悲壮的送别图：在行将分别的时候，白发苍苍的老诗人引吭悲歌，为学生送行，而报晓的雄鸡却一声声啼个不休，仿佛在催促他们分手。这里的“又”字很值得注意，说明在此之前，鸡已经啼过，是该启程了。但他们之间仍有许多话要说，一时又不知从何说起。论理，学生远行，作导师的应该为学生提一些忠告，然而，说什么好呢？苟且钻营，为志士所不取；特立独行，又为世俗所不容。汤显祖本人就是因为不肯依附权贵而屡遭迫害,穷老蹭蹬。如果让他重新生活一次的话,他又将如何选择自己的道路呢?答案虽然明确,但仍然是一种艰难的抉择。正因为如此,诗人才发出了“白头无计与刘生”的辛酸的感慨。在这两句诗中,“欲别悲歌”与“鸡鸣”构成一对矛盾,“临别赠言”与“无计”又构成一对矛盾,诗篇在重重矛盾中逐步展开,这就使得它充满了动荡感和焦虑感。

可是,诗人终究不甘心于沉沦,到了后半段,情绪便渐渐地激昂起来。“恩仇未尽心难死”,此时的汤显祖虽然已经归隐,但忧国忧民之心并未冷却,看到朝政的黑暗,看到百姓的苦难,诗人的心在淌血。这里所说的“恩仇”偏重于一个“仇”字,而仇恨的锋芒则直接指向腐朽的上层统治集团。

结句“独向田横岛上行”写得极有气势,一个“独”字写出了诗人不随世,不媚俗,卓然不群,敢作敢为的浩然正气。“田横”是秦末汉初人,山东一带反秦义军的领袖之一。楚汉相争时,自立为齐王,项羽自刎乌江之后,他率领部下五百壮士避居海岛。汉高祖刘邦费尽心机要他归降,他始终不屈服,最终在赴长安途中自杀。他的部下闻讯之后,也都纷纷自杀,在秦末汉初战争史上写下了最为悲壮感人的一页。诗人因赵玄冲居住在胶西而联想起了壮士田横,这具有双重含义:一方面,是对学生刘大甫的勉励,要他学习前贤的高风亮节,勿为名利所动。另一方面,也是内心的独白,显示了他不向权贵低头,不与世俗合流,至死不渝的坚强决心。

汤显祖晚年的诗作一般都较为恬淡平静,以致于有人认为“此老胸中世情道理,万分透澈”,已达到“忘宠辱、齐得丧、一死生、了梦觉”的境界(丘兆麟《诗集原序》)。但这首送别诗却写得慷慨激昂,隐隐有杀伐之气,正如沈际飞所评:“节义肝胆,笔有血腥。”这不由使我们想起陶渊明的名句:“刑天舞干戚,猛志固常在。”这也说明,中国的知识分子事实上是比较入世的,“兼济天下”是理想的极致,“独善其身”是无奈的归宿,表面的冷漠与内心深处对理想的执着的追求往往在形成尖锐的矛盾，一旦有机会，这种痛苦便会像火山一样突然间喷发出来。由此，我们似乎可以悟出这样一个道理：岩石是冷的，但在冰冷的岩石下面流动着的岩浆却是炽热的。确实，从这首诗的内容来看，即使是在晚年，汤显祖仍有一颗炽热的赤子之心，尽管他的表面显得冷漠而又超脱。

（黄锦章）

秋发庾岭

枫叶沾秋影，凉蝉隐夕晖。
梧云初暗霭，花露欲霏微。
岭色随行棹，江光满客衣。
徘徊今夜月，孤鹊正南飞。

明万历十九年（公元1591年）秋天的一个傍晚，在大庾岭侧的江面上，一艘破旧的官船正趁着晚潮拔锚启航，往南徐徐而去。一位中年儒士独自伫立在船头上——他就是著名戏剧家汤显祖，不久前，因上书抨击朝政，触怒权贵，被贬为徐闻典史，此行正是去徐闻赴任。徐闻县在广东沿海，在当时，可算得上是极为边远的蛮荒之地了。耿耿孤忠，竟落得如此下场，面对这苍茫的暮色，他不由得心潮起伏，写下了这首不朽的诗篇。

"枫叶沾秋影，凉蝉隐夕晖。"起首两句点出时令，南方农历九月，枫叶已略带秋色；时值黄昏，蝉声亦归于沉默。枫叶入秋，如火如荼，本来应该是极美的景致。作者却由此感受到了萧萧的秋意。蝉饮风餐露，在古人的心目中，是君子清贫自守的象征，如今，它也被阵阵寒意所包围，再也唱不出轻快的歌声。物犹如此，人何以堪？起首两句便为全诗定下了悲怆的基调。不过，夕阳虽暮，犹有余光，这里，一个“晖”字用得很巧妙，给苍凉的画面抹上了一层淡淡的暖色，全诗就在这一寒一暖两种色彩的交织下逐步展开。

“梧云初暗霭，花露欲霏微。”这两句写两岸景色，远眺树影如云，暮霭徐徐升起；近看江花带露，在夕阳中渐渐趋于迷蒙。依旧是写秋色，写黄昏，但苍茫之中别有一番情趣。尽管此时的梧桐和江花，多少还沾染着几分观赏者黯淡的愁绪，但色彩已显得柔和多了。毕竟大自然是美的，它可以帮助诗人暂时忘却内心的创痛。句子中两个时间副词“初”和“欲”用得很好，令人隐隐感觉到时光的流动，从而使得整个画面在静态的布局中略微带上一丝动感。

“岭色随行棹，江光满客衣。”这两句是一个转折，整个画面由静而动。诗人伫立船头，观赏沿途景致，两岸山色，随小舟的行进而不断地变换着色彩；粼粼的波光，在夕阳的照耀下，似乎洒满了游子的衣襟。水光山色，相映成趣。此情此景，不禁令人想起宋代文学家范仲淹的名篇《岳阳楼记》：“登斯楼也，则有心旷神怡，宠辱皆忘，把酒临风，其喜洋洋者矣。”同为迁客，不知作者此时是否也产生了同样的感受？这一联中的“江光”与第一联中的“夕晖”前后呼应，由一“晖”字而轻轻抹上的一缕暖色，至此便渐渐地浓烈起来了。可是，借景色以自娱，毕竟不能持久，贬谪的痛苦，很快又重新涌上心头。

“徘徊今夜月，孤鹊正南飞。”作者笔锋陡然一转：冷月徘徊，孤鹊南飞，斑斓的色彩一扫而空，画面复归于沉寂，而且更静更冷。在前三联中隐伏着的悲哀的心绪，此时，便如钱塘江潮，汹涌而来，不可遏制。从时间上看，这一联与前三联之间也有很大的跨度。前三联都是写黄昏，这一联却是拟想夜深人静之后的情景。孑然一身，漂泊万里，到晚上又如何排遣内心的愁闷呢？想必又是一个不眠之夜，只能在冷冷的月光下独自徘徊而已。末句“孤鹊正南飞”出自曹操的名篇《短歌行》：“月明星稀，乌鹊南飞，绕树三匝，何枝可依？”曹操的原意是叹息乱世中的志士报国无门，甚至连一片安身立命之地都不容易找到。作者在这里引用了曹操的诗句，想必也有同样的感慨吧。他这次远谪徐闻，不正像这南飞的孤鹊么？国事糜烂，万马齐喑，不正像这茫茫的长夜么？因此，最后一句实为点睛之笔，作者以“孤鹊”自喻，说尽了内心的孤寂与不平，读来真令人伤神至极。

汤显祖的这首诗，看似笔笔都在写景，事实上却字字都在写情，寓情于景，情景交融。同时，他在诗中还多次运用了对比手法，从而使所写之景更富于变化，而所述之情也更加细腻、深沉，尤其结束一句，取譬高远，立意冷峭，使人不忍卒读。明人沈际飞在评论此诗时曾说：“（这首诗）描一‘发’字透彻”，这一评语确实是十分中肯的。

（黄锦章）

冯头滩

南飞此孤影，箐峭行人稀。

鸟口滩边立，前头弹子矶。

万历十九年（1591），汤显祖因上书弹劾大学士申时行，由南京礼部主事贬为广东徐闻典史。徐闻地处雷州半岛南端，在当时是一个极为偏僻落后的地方；典史的官职，亦低微到不能再低微。这对汤显祖是一个沉重的

打击。南行途中,他写了一系列的纪行诗,抒发郁闷之情,本篇即其中之一。冯头滩以及诗中的鸟口滩、弹子矶,均为地名,大约在广东中部。

汤显祖的戏曲曲辞,以精巧工丽著称,遣词构句,往往出人意表。他的诗,也有类似特点。本篇就不像一般的五言绝句那样,以笔意蕴藉、诗外余韵为胜,而是刻意写尽人生道路的险恶,令人不寒而栗。

前二句写遭贬南下的孤独感。但这孤独并非仅仅是行途无侣、人地两疏的孤独,而是遭受意外打击后,因自己的心迹不能为世人所知,自己的行为不能为世人所容,而感觉到个人与社会的疏隔,那样一种生命的孤独。所以,"南飞此孤影",以鸟为喻,已经写出旅途中独此一身、形影相吊之情状,尚嫌不足,复以"箐峭行人稀"作为象征,加以深化。箐,竹子,南方常见。下用一个"峭"字来形容它,这常见的竹子在诗中便显得不平常,引起读者的注意。"峭"一般是形容山峰突兀陡立之状,移以写竹,使人觉得这竹别有一种冷峻、孤拔、不与世人同群的灵性。竹下不见行人,是竹亦为世人所弃,独立荒山野岭。这便是诗人自身的象征。当然,这一句同时也是写实,描述途中所见景象。

当时汤显祖是乘舟顺北江(珠江水系的一支)而下,故一路多滩多矶。这些滩和矶,常常是根据石头的形状来取名的。后二句"鸟口滩边立,前头弹子矶",从字面上说,只是罗列二个地名,作为纪行之笔,说明已经到达和将要前往的地方。但更深的一层,作者是巧妙地利用这二个地名,象征地表现出自己对人生的感受。首句"南飞此孤影",是以鸟自喻;第三句"鸟口滩边立",使鸟这一比喻的形象仍然存在。这"鸟"要飞到哪里去?"前头弹子矶"!一个专打鸟的、埋伏着危险的地方。而且,虽然知道前面是"弹子矶",却不能不继续前去。所以"鸟口滩边立"的"立"字,包含着深深的恐惧感。这二句,把实有的地名、实际的旅程和象征的意义打成一片,虚虚实实,混融莫辨。当然,所谓象征,不仅是象征诗人这一次遭受贬谪,而且更广泛地象征了他的人生道路。他好像一只离群的孤鸟，在这危机四伏的世界上飘零翔舞，忧惧重重。

类似的写法，前人已有过。文天祥《过零丁洋》中，"惶恐滩头说惶恐，零丁洋里叹零丁"，便是借地名抒写行途中的情绪。但文天祥的二句，是事后追述的口吻，二句之间，又只是并列的关系。汤显祖这二句，是前后相承，而且是立于"乌口滩"，将至"弹子矶"，在象征的意义上，就是危险存在而尚未发生，因而便造成非常强烈的恐惧感，表达了更为尖锐逼人的情绪。这大概是借鉴前人而加以翻新的结果。

（骆玉明）

江　宿

寂历秋江渔火稀，起看残月映林微。

波光水鸟惊犹宿，露冷流萤湿不飞。

这里有一首艺术上很有特色，感染力十分强烈的小诗，即使是在大热的伏天，一读它，也会令人立地感到秋凉。

这是江上朦胧的深夜，一位行旅中的诗人，披衣走出船舱，在秋寒中瑟缩四顾。残月在天，渔火依稀，大江沿岸在月色中一片寂寞的灰白，已经凋零衰微的秋林更显得迷迷蒙蒙。此时此景，诗人有些什么心情？他一字未说，笔锋一转，读者看到几只宿在滩上的水鸟被波光惊醒，听得它们鸣了几声，见天色未明复又睡去。接着读者又看到一群流萤被冷露浸湿了翅膀，停止了飞翔。用笔灵巧工细到了极点！在这里，诗人先引读者进入秋之深夜的江上环境，接着带领我们去体验水鸟、流萤的感觉。在对鸟和虫的感觉中，写出了环境的气温和湿度，我们竟被诗人点化成了宿鸟和流萤，也感受着残秋的风露。

还不止此。鸟和虫只是起了烘托环境气氛的作用吗？不，它们已经和全诗的意境合成了一个有机的整体，开阔而深沉，浑厚而尖新，表现着作者的精神。

这首小诗的作者，就是创作《牡丹亭》的明代大戏曲家汤显祖。汤一世为人正直，42岁时因揭发贪官，上疏直接批评皇帝，被贬到浙江遂昌县当了"七品芝麻官"。49岁时弃官回江西临川隐居。"万里苍茫水，龙蛇只自深"！这首诗由写秋凉而使人感到苍凉，创造出了一种浩淼沉郁的格调，这里有作者一世为人的风格在！"行为偏僻性乖张，那管世人诽谤"！和曹雪芹一样，汤显祖也是封建末世中的一块"病神瑛"。林黛玉、贾宝玉醉心《牡丹亭》，"心有灵犀一点通"，不是偶然的。

读着这首小诗，我们像听到作者灵魂的一声叹息。封建社会在诗人心灵中投下浓重的暗影，秋肃临天下的冷峻，像这深夜秋江那么森人！但诗人没有绝望和死寂。波光水影，飞鸟流萤……一切仍是那么充满活力！这正是汤显祖之所以在坎坷中能成为大戏曲家的不同凡响之处，也正是这首诗精神所在令人一唱三叹的地方。

写法纯用白描，妙在挥洒而工细，将明晰（后二句）和模糊（前二句）结合在了一起。形象上统一了月下秋江的大和水鸟流萤的小，也统一了鸟和虫的动和静、惊扰和安宁。通篇寓情于景，寓情于物，意境和形象，水乳交融，有如一颗洁白、晶莹、浑圆的珍珠。

（白云奇）

【原文】

天竺[①]中秋

江楼无烛露凄清，风动琅玕[②]笑语明。

一夜桂花何处落？月中空有轴帘[③]声。

〔注〕 ①天竺：指天竺山，在今杭州西湖西。 ②琅玕：原为神话中的宝树，《荀子·正论》注："琅玕似珠，昆仑山有琅玕树。"后人遂常以琅玕比喻秀竹，如："主家阴洞细烟雾，留客夏簟清琅玕"（杜甫）。 ③轴帘："轴"，用作动词，卷。"轴帘"，即卷帘。

赏月是个传统的主题，大凡赏月诗通常都以视觉形象为主，但在这首诗里，作者匠心独运，致力于刻划听觉印象，写出了他在天竺山上秋夜赏月的独特感受，立意新颖，构思巧妙，令人叹为观止。

诗的前半段写赏月之人，"江楼无烛露凄清，风动琅玕笑语明"，诗人独倚江楼，因为要赏月，所以没有点灯；寒露悄悄降临，说明夜已经深了，然而，当晚风轻轻摇动楼边的翠竹时，仍不时传来一阵阵赏月人的欢声笑语。上句写秋夜的静谧，静到了极点；下句写佳节的欢乐，欢乐也达到了高潮。一静一动，既矛盾又统一，构成了中秋之夜所特有那种静中有动的节日氛围。周围的气氛是欢乐的，不过，这欢乐的气氛仅仅是一种听觉印象，是借助于夜风隔着竹林间接地传递过来的，这就使作者保持了一种超然的地位，与周围的一切相闻而不相亲，似乎在赏月的同时，也在观赏着滚滚红尘中的赏月之人，因此，在宁静祥和的节日氛围中，又隐隐透露出诗人内心的冷傲和孤独。

在下半段里，诗人展开了想象的翅膀，把观赏的目光由地下转到了天上。视线转移的触发点是满地落桂，据说天竺山的遍地桂花落自月宫，唐代诗人宋之问的名句“桂子月中落，天香云外飘”(《灵隐寺》)即咏此事。这一美丽的传说激发了诗人无限的遐想，“一夜桂花何处落？月中空有轴帘声”，正当他凝视满地落桂，品味着这神话般的意境时，突然，他似乎听到空中隐隐传来卷帘之声。这里，诗人用想象中的月中之声来暗指神话里的月中之人，构思十分巧妙，使全诗更增添了一层扑朔迷离的梦幻色彩。同时，结句中的一个“空”字亦颇有深意，是写月中嫦娥难耐寂寞而感到无奈？还是写作者本人徒闻其声不见其人而觉得遗憾？抑或是写两颗寂寞的心灵在中秋之夜彼此吸引，却又“盈盈一水间，脉脉不得语”，平添无限惆怅？也许，这三层含义兼而有之，这就只能由读者自己去品味，去想象了。

（黄锦章）

黄金台[①]

昭王灵气久疏芜，今日登台吊望诸[②]。

一自蒯生流涕后，几人曾读报燕书[③]！

〔注〕 ①黄金台：又称昭王台、燕台、金台，故址在今河北易县东南。相传燕昭王筑台于此，置千金于台上，延请天下士，故名。 ②望诸：即乐毅，燕昭王与齐有怨，乐毅为昭王谋画，策动赵、楚、韩、魏等国与燕国联盟，于是，昭王使乐毅为上将军，总领五国兵马伐齐，攻下齐都临淄等七十余城。昭王卒，惠王即位，齐行反间计，惠王便召回乐毅，使骑劫代将。毅惧，出奔赵，赵封毅于观津，号望诸君。 ③报燕书：指乐毅给燕惠王的信，乐毅亡赵后，齐将田单大破燕军，燕惠王深悔毅之出走，使人责备乐毅，并陪罪，想

请乐毅重返燕国，乐毅因此回信给惠王，说明了出走的原因及不能回国的苦衷。

【鉴赏】

这是一首咏史诗，诗人有感于战国时著名军事家乐毅的坎坷经历而作。诗的前半段感慨明君难得。燕昭王是个很有才干的政治家，能礼贤下士，知人善任。据说他曾筑黄金台延请天下英雄，此事虽不可信，但在他执政期间，“乐毅自魏往，邹衍自齐往，剧辛自赵往”（见《史记·燕召公世家》），确实聚集了一大批有才能的人。正因为如此，乐毅才有可能一展抱负，建功立业。然而，在历史上，像燕昭王这样的明君毕竟太少了，乐毅所主持的伐齐大业，最终因惠王的猜忌而功败垂成。乐毅的悲剧是很有典型意义的，在专制政体下，知识分子想要施展自己的才华，只能寄希望于统治者的赏识，而历代统治者又偏偏是平庸的居多，重奴才而不重人才。于是，千余年来，同样的悲剧在同样的土地上便不断地重演着，黄钟毁弃，瓦釜雷鸣，谗人高张，贤士无名。诗人独自在荒台上漫步，由乐毅的悲剧，联想起自身的遭遇，怎么能不感慨万千！这两句诗，一句写古，一句写今，给人以沉重的历史感，自战国到明代，已有一千多年，时间仿佛凝结了，空气之沉闷，简直令人窒息。

诗的后半段含意十分复杂，“蒯生流涕”事见《史记·乐毅列传》：“始齐之蒯通及主父偃读乐毅之报燕王书，未尝不废书而泣也。”为什么蒯通读了报燕王书之后要痛哭流涕？为什么诗人对此会有特别深的感触？原来，在报燕王书中，乐毅以伍子胥为例，对君臣关系作了十分透彻的剖析：“昔伍子胥说听于阖闾，而吴王远迹至郢；夫差弗是也，赐之鸱夷而浮之江。吴王不寤先论之可以立功，故沉子胥而不悔；子胥不早见主之不同量，是以至于入江而不化。”并由此进一步说明了自己出走的原因：“夫免身立功，以明先王之迹,臣之上计也。罹毁辱之诽谤,堕先王之名,臣之所大恐也。临不测之罪,以幸为利,义之所不敢出也。"(《史记·乐毅列传》)显然,诗人是在借古人杯酒,浇自己胸中块垒,在他晚年弃官归隐时,也曾面临过同样的困境,一方面,他很有政治才干,也很想以此来报效君王,任遂昌知县期间,政绩斐然,"一时醇吏之声为两浙冠"(邹迪光《临川汤先生传》);但另一方面,朝政日非,邪佞压正,诗人在京的挚友中,不少已被构陷入狱,作者本人也因为官清正而受到来自上层的种种压力,当时形势正如他在信中所说"上有疾雷,下有崩湍,即不此去,留能几余?"(《答郭明龙》)因此,诗人之弃官归隐与乐毅的出走,有某种程度上的相似性。空怀一腔报国热情,却不得不遁迹山林,与草木同朽,世俗之人不可能理解他,即使在朋友中,真正能理解他的又有几个呢?这真是诗人的悲哀所在。"一自蒯生流涕后,几人曾读报燕书!"全诗以反问句结尾,语气十分强烈,由此,我们可以清楚地感觉到诗人内心的愤懑与不平。

这首诗融古今为一体,不枝不蔓,文笔极其洗炼,笔笔似在写史,又笔笔都在述怀,是咏史诗中不可多得的佳作。

(黄锦章)

闻都城渴雨时苦摊税

五风十雨亦为褒,薄夜焚香沾御袍。

当知雨亦愁抽税,笑语江南申渐高。

明神宗万历二十六年(1598)初夏,京畿大旱,神宗皇帝依旧制在宫中

【鉴赏】

焚香祈雨，这可忙坏了一批帮闲文人，他们到处宣扬天子的美德，于是，坏事变成了好事，百姓的痛苦不见了，所听到的只是一片颂扬神宗皇帝"为民宵旰"的阿谀声。其时，汤显祖刚弃官归隐，目睹这一闹剧，不由得啼笑皆非，愤而写下了这首传颂一时的讽刺诗。

"五风十雨亦为褒"讽刺专以吹捧为能事的儒生，汉代董仲舒创立"天人感应"说，俗儒便时常捏造种种"祥瑞"来为统治者粉饰太平，歌功颂德，"五风十雨"即其一种。其实，若说风调雨顺，还能令人相信；若说五日一风十日一雨，就不免弄巧成拙，徒增笑柄了，正如王充在《论衡》中所说，"风雨虽适，不能五日十日正如其数。……此皆有其事而褒增过其实也"。次句"薄夜焚香沾御袍"写神宗皇帝夜间焚香祈雨，以致龙袍上都沾满了露水。从字面上看，似乎是在恭维神宗皇帝，但与上句连起来读，揶揄之意便十分明显了。既然"五风十雨，是溢美之辞，那么，传闻中的"薄夜焚香"也就不怎么靠得住了。

在诗的下半段中，作者借用申渐高的故事进一步讥评时弊。申渐高是五代时江南吴国善谑的伶人，据《南唐书》记载，吴国关税沉重，商人苦不堪言，有一次，都城广陵大旱，中书令徐知诰（即后来的南唐开国皇帝李昪）问左右："近郊颇得雨，都城不雨，何也？"申渐高戏答曰："雨畏抽税，不敢入京耳！"明神宗时，税收亦十分沉重，对汤显祖触动较大的是矿税一事，万历二十四年，明神宗派遣太监到各地征收矿税，其时，汤显祖还在遂昌任上，对此事十分反感，曾在书信中抱怨："搜山使者如何，地无一以宁，将恐裂。"（《寄吴汝则郡丞》）并写下《感事》诗一首："中涓凿空山河尽，圣主求金日夜劳；赖是年来稀骏骨，黄金应与筑台高。"因此，两年之后，当他听到明神宗焚香祈雨的传闻时，就很自然地把这两件事联系起来了。一方面是惺惺作态地薄夜焚香，另一方面却又巧立名目，横征暴敛，搜刮民脂民膏，这不正说明了上层统治集团的虚伪和无耻吗！

在这首诗中，汤显祖连用两个典故，辞意犀利，语气诙谐，真可谓“嬉笑之怒，甚于裂眦”。尤其难得的是，他把讽刺的锋芒直指最高统治者——明神宗，由“祈雨”一事而引出“雨畏抽税”的笑谑，与明神宗开了个不大不小的玩笑，这在历代的讥评诗中是十分罕见的，诗人晚年的反叛精神由此亦可见一斑。

（黄锦章）

春游即事

缓带履兰唐，横桥春草芳。三条明广陌，万户拱开阳。翠气楼台结，红光歌吹扬。林啼白鹦鹉，门列紫鸳鸯。玉桂霄云正，金壶昼日长。郎池烽火树，灵馆郁金香。学士归鸾阁，将军散象廊。太平惟踏赏，无德助春光。

此诗原载于他的一部诗集《问棘邮草》中，具体的写作时间不详，徐朔方先生的《汤显祖全集》定其作年为约 1577 年至 1580 年（汤显祖二十八岁至三十一岁）。这三四年，正是汤显祖在科举上遭受重大挫折的时候（按徐朔方先生《汤显祖年谱》），以汤氏之高才而屡不能中，其心中之郁闷不平可想而知。而根据诗中所提到的“三条”、“玉桂”等推断，这首诗的写作地点很可能是在京城。

既是春游，诗之起首便给人制造出一种慵懒自由之态。缓带，即放松衣带，象征着一种向着自我的回归。兰唐，即长满兰花的池塘，它和横桥、芳草共同构成了一幅春天的自然图画。

【鉴赏】

接下来便是写人世间的景物。三条，指都城中的大路。《周礼》曰："国方九里，旁三门。"每门有大路，故称三条。（据李贤《汉书》注）开阳，即城门。东汉时洛阳有开阳门。又据《景定建康志》卷二十《门阙》所引之《宫苑记》："凡十有二门，南面最西曰陵阳门，后改为广阳门，正门曰宣阳门，次东曰开阳门，后改为建阳门。"则南京在宋时亦有开阳门。汤诗这里所说的"开阳"，当只是泛指帝都的城门而已。宽阔的大路，千家万户拱绕着城门，足可见出城市之雄大，而楼台歌吹，更是渲染出帝都的富丽堂皇。白鹦鹉、紫鸳鸯，都是珍贵的禽鸟。《西京杂记》卷三："茂陵富人袁广汉藏镪巨万，家僮八九百人。于北邙山下筑园，东西四里，南北五里，激流水注其内，构石为山，高十余丈，连延数里。养白鹦鹉、紫鸳鸯、牦牛、青兕，奇兽怪禽，委积其间。……广汉后有罪诛，没入为官园，鸟兽草木皆移植上林苑中。"可见白鹦鹉和紫鸳鸯不仅与巨富豪门紧密关联，而且和所谓的"皇家气象"亦有着关系。

下面则由街市、房屋写到宫廷之内。金壶，是古时的一种计时工具。在古典文学作品中，它常常和宫廷政治生活相关，所谓"朝臣待漏"是也。"霄云正"、"昼日长"，一个"正"字、一个"长"字，同样渲染出一种慵懒平和之态。郎池，按《三辅黄图》卷四："上林苑有初池、麋池、牛首池、蒯池、积草池、东陂池、西陂池、当路池、大台池、郎池……"则其本为汉代池名，而这里当但取其"池"意而已。或解作"郎署之内的池塘"，其意亦可通。烽火树，古人常用其指珊瑚，这里则是指树之状若燃烧的烽火。灵馆，是供奉神灵或祖先之所。《三辅黄图》卷三："汉武帝元封元年封禅后，梦高祖坐明堂，朝群臣，于是祀高祖于明堂，以配天。还作首山宫，以为高灵馆。"供奉祖先，也是封建朝廷不可或缺的一项礼制。

上面既写到一系列的宫廷景物，下面便写到在其中活动的人。象廊，指用象牙装饰的廊殿，它和鸾阁一样，都是高官大臣们活动的场所。文臣武将们不在朝中计议争论，而纷纷散去，足知天下之太平无事了。作者又触景生情，自我感喟：唉，在这样的一个太平盛世里，我除了以一个闲人的身份游春踏赏，又能做些什么呢？只可惜我的才学浅薄，不能被国家所简拔，也就无法用我的德行使得这无限春光显得更加美好了！在这最末的一句牢骚浩叹里，我们看出了汤显祖心中深深的不平。

汤显祖早期的诗歌，以学习六朝为主要特色，但这首诗却微有不同，整体风格上更倾向于初唐。唐人喜欢用汉典、喜欢将本朝和汉朝作比，在描写上虽注重色彩之调配却大大摒却了南朝诗歌的那种绮靡浮丽，从这些特点来看，汤显祖的这首诗是近于“唐调”的。只不过，他的这种近于初唐的“唐调”和前后七子鼓吹的“盛唐格调”又有所不同。像汤显祖这样的喜欢以才学入诗的作家，其作品常常会产生晦涩之弊。相对于汤氏的其他作品，本诗虽亦涉及到众多历史名词，但总体上明白易懂，这在汤诗中亦可算是自具特色的一类。

（刘竞飞）

送李于田吏部北上

微波木叶自缤纷，雁影离心江上闻。澹荡平台过渌酒，青葱别署有玄文。游吴并道人如玉，入洛悬知客似云。为笑芳林恒独赏，明年春色会思君。

李于田，即李化龙，河南长垣人，万历二年(1574)进士，为明代名臣，有诗名，当时名士多与其交往。万历十四年(1586)秋，李化龙由南京吏部验

【鉴赏】

封司郎中升河南佥事提调学政，汤诗即写于此时。时汤显祖三十七岁，正在南京任太常博士。

“微波木叶自缤纷”，句化自《楚辞》：“洞庭波兮木叶下”，盖写分别之地的景色。既有微波，分别之所自然是在水滨。时值秋天，树叶或黄或绿，或垂或落，色态纷呈，故曰“缤纷”。下句之“江上”，正承上文之“微波”。李于田由南京北上，故此江此水当都指长江而言。除去落木微波，又有雁影横空而过，这无疑为离别的场景添上了几分萧飒的气氛。而这年年南来北往的大雁，又和这四海宦游的行客形成了一种微妙对照。这世外的鸿雁和这红尘中的游子，他们的命运有时是多么的相似！一样的不自由，一样的奔波劳苦，一样的忍受失群的孤独与寂寞，这倒似乎成了大地之间万物平等的共同遭遇。

然而，作者却并没有任由这种离别的伤感无限制地发展下去。虽是离别，但李于田的此次北上毕竟是因擢拔的原因。李北去之后，也许会有更多更好的机会来建功立业，来实现自己的政治理想。故作者很快便将上文离别的伤感收煞住，转而进入对李于田文采风流的赞叹。“澹荡平台讨渌酒，青葱别署有玄文。”虽是在秋天分别，汤显祖却给这分别画上了春天的色彩。渌，同“醁”。渌酒，即美酒。“澹荡”二字不由使人想起鲍照的《代白纻曲》：“春风澹荡侠思多，天色净渌气妍和。含桃红萼兰紫芽，朝日灼烁发园华。”“澹荡”、“渌”，汤诗所用之字和鲍诗所用之字都十分相似，所不同者，唯汤诗是写秋天，鲍诗是写春天而已。然而也正是因为这种联想，使得诗歌的内涵得以增加：秋光与春色在读者的面前交相辉映，浮现出一片如真似幻的色彩，前文所写的哀感似乎已一扫而光了。秋风澹荡，酒影摇漾，李吏部之人格文品恰与之相辉映，其品性之澹荡豪放亦可想而知了。《晋书·卫玠传》：“玠字叔宝，年五岁，风神秀异……总角乘羊车入市，见者皆以为玉人，观之者倾都。”刘义庆《世说新语·容止》：“裴令公有俊容仪，脱冠冕，粗服乱头皆好，时人以为玉人。”正因为李于田有着如此的学问人品，故在东南时能够赢得人们同样的以“玉人”相许。而这样的人即使来到一个新的地方，恐怕也不会缺少朋友吧，汤氏的预想（悬知）可谓有理有据。正所谓“莫愁前路无知己，天下谁人不识君”（高适《别董大》）啊，一句“悬知”，写出了一种永恒的人格魅力。

诗歌的末尾再次回到离别的主题。虽然前方不愁没有知己，但在这南方，毕竟还有旧友的深深眷念。“为笑芳林恒独赏，明年春色会思君。”故人已经北去，剩下来的老友在独对芳林时难免会感到几分孤独。一个“笑”字，似乎使我们见到了作者那种略带伤怀却又勉强自我开解、故作洒脱的神色。而到了明年，这漫天的春色恐怕会和我们的汤诗人显祖一样，想起不久前还曾在这里游赏的李吏部于田吧！结尾之处的又一个“悬知”，将读者的思绪送入了悠悠的远方。

本诗虽写离情，但哀而不伤。在短短的数句当中，送人者和被送者的精神、人格都跃然纸上。而本诗最妙之处，除了对仗上的工稳，乃在于对颜色的巧妙设置。虽写秋天，却配之以春天的明媚青翠，故能使秋景显出风情、显出活力，使之成为人物内心精神的外在映衬。从这一点上来讲，本诗的抒情方式实是近于盛唐诗歌的。

（刘竞飞）

黎女歌

黎女豪家笄有岁，如期置酒属亲至。自持针笔向肌理，刺涅分明极微细。点侧虫蛾折花卉，淡粟青纹绕余地。便坐纺织黎锦单，拆杂吴人彩丝致。珠崖嫁娶须八月，黎人春作踏歌戏。

【原文】

女儿竞戴小花笠，簪两银篦加雉翠。半锦短衫花襈裙，白足女奴绛包髻。少年男子竹弓弦，花幔缠头束腰际。藤帽斜珠双耳环，缬锦垂裙赤文臂。文臂郎君绣面女，并上秋千两摇曳。分头携手簇遨游，殷山沓地蛮声气。歌中答意自心知，但许昏家箭为誓。椎牛击鼓会金钗，为欢那复知年岁。

万历十九年(1591)闰三月，汤显祖向朝廷递上了他著名的《论辅臣科臣书》，痛陈时弊，弹劾权臣。结果，汤显祖不仅没有达到自己的政治目的，还被贬为徐闻(今广东徐闻)典史。本诗即是汤氏在徐闻典史任上所作，写作时间大约是在万历二十年(据徐朔方先生之《汤显祖全集》)。

被贬徐闻，对于作为封建官吏的汤显祖来说是一次大的挫折，但对于作为诗人的汤显祖来说，却是一次幸运。就像唐朝的柳宗元、刘禹锡一样，这次被贬不仅使得汤显祖丰富了人生阅历，而且更丰富了他的诗歌题材。也正因为被贬，汤显祖的诗集中才多了一类类似于本诗这样的“风土志”(沈际飞语)一样的作品，真可谓“仕途不幸诗家幸”了！

本诗虽写黎族姑娘，却非从其出生写起。作者所撷取的，乃是一个对于女孩子来说有着非同寻常意义的人生片段：出嫁。出嫁不仅意味着一个少女的成熟，而且意味着生命的代代延续。

“黎女豪家笄有岁，如期置酒属亲至。”笄，在汉族指女子十五岁，在这里未必确指，唯谓女子成年而已。“如期置酒”，指一切按计划举行，这一方面可以理解成是按实写(即依照某一次具体的婚礼的实际情况来写)，另一方面却也不妨作更高一层的理解，即它道出了人类生命的普遍程序，体现出生命的循环不息。“自持针笔向肌理，刺涅分明极微细。”婚嫁虽是人类普遍的生命形式，但黎家的习俗自有不同。在汉家少女正在准备首饰嫁妆之时，黎家少女却把自身装点成一幅美丽的图画。点侧、折，当是从书法里借来的词语。书法的“永字八法”中即有侧、磔等说，只不过，这里说的不是“笔法”，而是“针法”了。在虫、蛾、花卉的周围再绕以淡粟青纹，足见图案之繁复细致。而这样复杂的图案竟都是少女自为，我们恐怕不得不暗暗佩服这位少女了。文身已毕，女孩开始坐而织锦。黎锦为黎族有名的纺织品，黎族人民的衣服及很多生活用品均用其制成。“拆杂吴人彩丝致”，其意盖谓黎族少女将所得的汉族织品拆开，再将其材料与其他材料混织成黎锦，这本是黎族人民纺织时经常采用的工艺。《文献通考》卷三百三十一据范成大《桂海虞衡志》：“绣面乃其吉礼。女年将及笄，置酒会亲属女伴，自施针笔，涅为极细虫蛾花卉，而以淡粟纹遍其余地，谓之绣面。……女工纺织，得中国彩帛，拆取色丝，和吉贝织花，所谓黎锦、黎单及鞍搭之类，精粗有差。”其所记的黎族的婚俗及纺织技艺正与汤诗所记相同。

“珠崖嫁娶”以下，进一步细写黎族（徐闻与海南岛隔海相望，亦为黎族聚居区）的婚恋习俗。虽然黎家的风俗是在八月嫁娶，可实际上，当春天踏歌之时，其爱情生活即已经开始了：少女们戴起了小花笠，双簪银篦，穿上花边裙，并且插上了雉饰，赤足的女奴以绛巾包头，紧紧相随——这热烈的出游气氛，恐怕要感染到在场的每一个人了。而男士们亦早已盛装相待。“竹弓弦”，盖指黎族人所用的黎弓。《桂海虞衡志》：“黎弓，海南黎人所用长弰木弓也，以藤为弦。箭长三尺，无羽，镞长五寸，如茨菰叶。以无羽，故射不远三四丈，然中者必死。”弓箭是男子英勇的象征，而英勇乃是男子最重要的品质，故作者将其放在最先来写。之后才是男子的具体装束：花幔缠腰，双耳垂环，彩锦垂裙，而最吸引人目光的，还是他们臂上那赤色的文身。文臂的少年和绣面的女子情投意合，共上秋千，随风荡舞，随后更是分头携手而游，欢乐的歌声震天动地。则读者不仅要被其热烈的气氛所感染，更要为其爱情的纯洁和真率所感动了。在一来一往的唱和声中，青年男女的心意彼此早已知晓，哪里还需要像汉族那样请什么三媒六证。虽没有什么庚帖婚柬，但这折箭许下的誓言一样铮铮可鉴！“椎牛击鼓会金钗，为欢那复知年岁。”黎人常常被汉人描写成化外之民，但恰恰是这化外的天真之民，拥有了这穿越岁月的永恒之乐。在风云莫测的官场上屡受挫折的汤显祖，竟然可以在这被贬之所（徐闻和海南隔海相望）见到这样一种天真的快乐，对他而言，亦算是一种意外的幸福吧。

本诗的写作，少用曲折隐晦的比兴之法，其记述、描写娓娓如散文——但却又不是一味地平铺直叙，在以叙为主的同时，又包含着章法上的变化，如先写成婚场面，后写恋爱过程等等。这种写法在古诗中虽非少见，但汤显祖却把它运用得格外圆熟巧妙。圆熟的技巧和新颖的题材相结合，使得本诗具有了一种独特的艺术魅力。

（刘竞飞）

遣　梦

休官云卧散仙如，花下笙残过客余。幽意偶随春梦蝶，生涯真作武陵渔。来成拥髻荒烟合，去觉搴帷暮雨疏。风断笑声弦月上，空歌灵汉与踟躇。

万历二十六年（1598）春，四十九岁的汤显祖毅然从官场上抽身而退，抛弃了遂昌知县的官职，回到临川。此后，汤显祖移家沙井，穿池筑室，以“玉茗”名堂，开始了他人生最后近二十年的家居创作生涯。本诗大约就是写于汤氏辞官归乡后不久。

【鉴赏】

摆脱了名缰利锁的牵绊，告别了“拜迎长官心欲碎，鞭挞黎庶令人悲”（高适《封丘县》）的为官生涯，汤显祖的心中充满了快慰。古人将仙人中未授仙职者称为散仙，放弃了官职的汤显祖终于赢回了高卧风云的自由。有客过访，不免花下笙歌，或饮茶，或置酒，来者无因，去者不留，随兴聚散，试想这该是何等的洒脱！

客散之后，微倦的主人不由恬然入梦。“昔者庄周梦为蝴蝶，栩栩然蝴蝶也。”“俄然觉，则蘧蘧然周也。”（《庄子·齐物论》）不知是庄生梦为蝴蝶，还是蝴蝶梦为庄生。回想一下不久前还在官场上奔波劳碌的自己，此时的汤生竟也和庄生一样，分不清哪个自己是真，哪个自己是幻了。庄生梦蝶，犹得悠然自适，蝶梦庄生，则不异堕入罗网。故虽真幻难辨，作者的一缕梦思却倒更愿意去追寻那庄生梦里的蝴蝶，而非是蝴蝶梦里的庄生了。随春梦蝶，既可见出作者的率意洒脱，又彰显出作者内心对于绝对自由的渴望。

然而，此刻的作者真的便忘却了尘世间的一切么？就在作者辞官的那个万历二十六年的夏天，他还作有《闻都城渴雨时苦摊税》一诗，讽刺朝政，哀叹民间疾苦。作为一个有道德有操守的知识分子，汤显祖不可能完全放弃他济世救民的儒家理想。“生涯真作武陵渔。”桃源虽好，却是因避乱而生。倘若世间平和美好，它也就失去了存在的价值和意义。而那偶入胜境的渔夫，不也是因难以尽忘世间的一切而离开了那里么？所以“武陵渔”始终是一个同时关系着理想与现实的典故，联系着理想世界和现实人生，具有双重的含义。作者入梦成蝶，恰如武陵渔夫偶入桃源，虽拥有了片时的幸福与自由，却终不能完全摆脱与现实世界的关系。而一个“真”字，更是分明写出了作者不得不放弃了其济世理想之后的那种惆怅若失的心境。

“幽意偶随”一联，似写梦境而不离现实，虽写自由，却也包含着对平生事业的回顾与反思，其时盖在梦与不梦之间尔。而“来成拥髻”一联，则专写梦境矣。“拥髻”一典，盖出于《飞燕外传》。《飞燕外传》伶玄自叙：“哀帝

【鉴赏】

时，子于老休，买妾樊通德。……有才色，知书，慕司马迁《史记》，颇能言赵飞燕姊弟故事。子于闲居，命言，厌厌不倦。子于语通德曰：'斯人俱灰灭矣。当时疲精力，驰骛嗜欲蛊惑之事，宁知终归荒田野草乎？'通德占袖，顾视烛影，以手拥髻，凄然泣下，不胜其悲。"（据《西汉文纪》卷二十二）《外传》一书，文人虽多斥其为伪书，然通德拥髻等事却多用之。黄庭坚《宁子与追和予岳阳楼诗复次韵二首》之一："去年新霁独凭栏，山似樊姬拥髻鬟。个里宛然多事在，世间遥望但云山。"所用即为其事。盖飞燕之事已属幻妄，而飞燕故事的讲述者樊通德又何异于幻中之人？故汤显祖移用其事以状梦境。虚者自虚，幻者自幻，其幻妄处正如一梦，然而梦中的那痛彻心扉的哀感，却又与真实何别！"荒烟合"三字，盖形容梦境来时如荒烟四起，荡荡然吞没一切者。所不同者，当梦境散去之后，黄庭坚氏已是扫除一切幻妄之想，见山复是山，见水复是水，而汤诗人显祖所见的，却唯是帘卷暮雨而已。

"去觉褰帷暮雨疏。"因梦已经散去，故"荒烟"之迷离已变成"暮雨"之萧疏。而雨之所以疏而不断者，以犹流连于梦境也，半写实，半写虚。褰帷暮雨，其所描写的景况在古诗中甚为常见，故很难确认汤显祖在写本诗时到底何据。人言"褰帷"，多举曹植《弃妇诗》为例，而考其诗意，的确亦与汤诗有所相近。"忧怀从中来，叹息通鸡鸣。反侧不能寐，逍遥于前庭。踟蹰还入房，肃肃帷幕声。褰帷更摄带，抚弦弹鸣筝。"（曹植《弃妇诗》）一写夜不能寐，一写梦后初醒，其意态之缠绵哀婉，颇为相类。

"风断笑声弦月上，空歌灵汉与踟躇。"常人白日劳作，夜晚酣眠，而诗人却逆时而独醒。灵汉，即天河。晋成公绥《大河赋》："体委蛇于后土兮，配灵汉于穹苍。贯中夏之畿甸兮，经朔狄之遐荒。"唐人赵彦昭《奉和七夕两仪殿会宴应制》诗："今宵望灵汉，应得见蛾眉。"刚刚从梦境中醒来的作者，在月下风中放歌仰望，再一次把目光投向杳渺的远处。踟躇之中，他是在为天上的牛郎织女设想一段更为美好的姻缘么?

汤显祖写作本诗的时候,正当他往返于现实与梦境之中,“如痴复如觉”(《梦觉篇》)的几年。著名的《牡丹亭》于此时前后写成,而在下一年二月写给达观的《梦觉篇》序里他还提到“夜梦床头一女奴,明媚甚,戏取画梅裙着之”(参看徐朔方《汤显祖评传》)。了解了这一点,就可以明白本诗为何虽写梦境,却牵涉到一系列的女性形象。从拥髻而泣的通德,到搴帷鸣筝的弃妇,再到银河之畔迢迢凝望的织女,再到《牡丹亭》中慕色还魂的杜丽娘,可以说,这些女性身上寄托了汤显祖最美好的理想和情感。梦,既是一种自由,也成为一种反抗。

(刘竞飞)

江 馆

林中高馆筑须成,水外闲庭甃欲平。身世河山多白首,子孙天地一苍生。钩帘语燕惊风起,槛舸眠鸥浥浪明。是好花朝谁到赏,渌波如酒泛新晴。

此诗作于万历二十七年(1599)二月,作者时年五十岁。在归乡后的几年间,汤显祖一面读书啸咏,一面却也忙着扩建新家,相继修建了玉茗堂、清远楼、芙蓉馆等一系列建筑。本诗大约就是某个建筑竣工之后的作品。

“林中高馆筑须成,水外闲庭甃欲平。”甃,即以砖瓦等砌成的井栏。“林中”二字点明了新馆所处的位置,而新馆之高挺又与井栏之颓败倾倒形成对比,世事的沧桑轮换暗寓其中,制造出一种时空上的错落之感。

【鉴赏】

处新馆而览旧迹，心中自然的生发出一种感慨。“身世河山多白首”，此刻的作者虽然结束了那种漂泊河山的仕宦生涯，重新投入家庭生活的怀抱，但可悲的是，无论是自己，还是身边的亲朋，多数已是鬓发斑白，老之将至了。人入老年，就会常常念及子孙，同时也常常会想起前生后世。“子孙天地一苍生。”《颜氏家训·归心篇》：“形体虽死，精神犹存。人生在世，望于后身，似不相属。及其殁后，则与前身似犹老少朝夕耳。……夫有子孙，自是天地间一苍生耳，何预身事？而乃爱护，遗其基址，况于己之神爽，顿欲弃之哉？”将子孙称作苍生，恐怕只是故作洒脱。但汤氏一生对佛教多有研究，在老年之际想起后世今生，却是再自然不过。他著名的“至情论”在某种角度看来，正也是对于生命本身的一种思索。

虽是想到今生后世的轮回，但汤诗却并未流入《颜氏家训》“当兼修戒行，留心诵读，以为来世津梁”式的陈腐说教。“钩帘语燕惊风起，槛舸眠鸥浥浪明。”语燕眠鸥，微风细浪，登时将画面变得“活泼泼地”，全诗也由此染上了一种积极热烈的色彩。

“是好花朝谁到赏，渌波如酒泛新晴。”前一句既带着一种孤高自赏，又暗含着一种期待。后一句倒使我们想起了李白的《襄阳歌》：“遥看汉水鸭头绿，恰似葡萄初酦醅。此江若变作春酒，垒曲便筑糟丘台。”面对如此醉人的春光，其实是酒是水已完全无关紧要，在一个开心且浪漫的人的眼里，酒与水又有什么分别呢？

汤显祖早期的诗，遣语设色多学六朝，同时又喜欢用典，故常常有晦涩难懂之病。步入老年，汤显祖的诗风发生了变化。在洞彻人生之后，汤诗中多了一种洒脱和老成。本诗即是汤氏晚年诗作的一个代表。全诗借景抒情，而情则随句高涨，一发不收，其情感之快乐高昂，其抒发方式之率性自然，即使在汤显祖年轻时所创作的诗中亦不多见。年轻的诗人喜欢言愁，喜欢雕琢堆砌，及到老年时，不讲求诗歌的技巧，作品却浑然天成，自有风味。汤显祖的这首诗,也算是一个明证吧!

(刘竞飞)

哭娄江女子二首

吴士张元长、许子洽前后来言,娄江女子俞二娘秀慧能文词,未有所适。酷嗜《牡丹亭》传奇,蝇头细字,批注其侧。幽思苦韵,有痛于本词者。十七惋愤而终。元长得其别本寄谢耳伯,来示伤之。因忆周明行中丞言,向娄江王相国家劝驾,出家乐演此。相国曰:"吾老年人,近颇为此曲惆怅!"王宇泰亦云,乃至俞家女子好之至死,情之于人甚哉!

画烛摇金阁,真珠泣绣窗。如何伤此曲,偏只在娄江?

何自为情死?悲伤必有神。一时文字业,天下有心人。

汤显祖《牡丹亭》成,一时毁誉皆至。这其中有从艺术角度作出的批评,也有封建卫道士从维护封建道德角度作出的恶意诋毁。对于这些批评或诋毁,汤显祖在当时即以各种方式予以回应或反击。而汤显祖本人的铮铮个性,亦在这些论辩和反击当中表现得一览无余。在所有这些反击当中,上面所录的《哭娄江女子二首》及其序言,无疑是最为高昂的文字。

"画烛摇金阁,真珠泣绣窗。"起首一句兼写俞家二娘居住之所及其形像。绣窗金阁,画烛摇荡,即使作者没有写到俞二娘具体的容貌,我们亦已忍不住将心中最美好的想象赋予她了。而年轻的女子背人独泣,泪如珍珠,更是在一瞬间激起我们心中无限的哀怜。汤显祖与俞氏二娘并不相识,而身处临川的汤显祖更不会想到娄江会有一位十七岁的姑娘因己而死。故在第一首诗的末尾,汤显祖不免发问:“如何伤此曲,偏只在娄江?”偏只,在写出惊讶错愕之余,更多的还是表达出一种深深的哀惋。

“何自为情死?”因不识二娘,故有一问。然此一问,又何必作答。“悲伤必有神。”凡天下至情至性之人,盖皆为知己!“一时文字业,天下有心人。”或许正像后来的蒋世铨在他根据此事所创作的《临川梦》剧中所说的那样,娄江俞氏因读《牡丹亭》一曲感伤而死,“虽是赋命不辰”,然终是汤显祖“词章之孽”,故汤显祖亦不免深为自责。这素未谋面的因文字所结下的知己,在九泉之下是爱我恨我,喜我嗔我,迷我怨我,抑或是自有情深,毫不及我?阴阳暌隔,这些问题恐永无答案了。然既同为有情之人,我倒宁愿相信她是知我解我。如果情本是业,就叫这天下所有的有心人共同去承担吧!

汤显祖的《牡丹亭》题词曾经有云:“如杜丽娘者,乃可谓之有情人耳。情不知所起,一往而深。生者可以死,死可以生。生而不可与死,死而不可复生者,皆非情之至也。”这娄江的十七岁的俞氏女子已经用她的生命证明了情之至者,生可以死,遗憾的是,她却并不能像杜丽娘那样死而复生。汤显祖在她生前所作的文字并非专为她而写,而在她死后,这专为她作下的文字她却永无缘再见。人生之悲欢错落,令人可叹。

汤显祖的这两首诗固是为哀悼俞二娘而作,然而它更是一篇宣扬“至情论”的战斗檄文。否则,汤显祖也不会特意在序言里加入王锡爵(娄江王相国)的一段话。汤显祖的意思,正是要证明情之动人,不在老幼尔。故此诗之序,断不可与诗分开观。

这两首诗和序言虽是出自六十六岁的汤显祖之手,但它却是俞二娘用她十七岁的生命和汤显祖来共同完成的。这是天下有情人的一次联合,是“爱的大纛”(用鲁迅语,下同),也是“憎的丰碑”,是“林中的响箭”,是划过晚明阴暗天空的一道亮丽的光。

（刘竞飞）

天子障送人往太山观日

彩嶂出分风，乘流不住空。虎啼三笑北，人在四愁东。
夜鼓鸡潮隔，云装鸟路通。待拂行云观，应为辨日童。

这首五律是汤显祖写于二十五岁之前的早期诗作之一，收在他的第一部诗集《红泉逸草》之中。天子障是庐山的别称，“分风”之典亦出自庐山，葛洪《神仙传》：“庐山庙有神，能于帐中共外人语，饮酒空中投杯。人往乞福，能使江湖之中，分风举帆，行各相逢。”诗人与友人在彩画般的庐山分别，山神有灵，赐予好风，游人乘流而去，一帆风顺。“住空”是个佛教词汇，“证道方离法，安禅不住空”（李频《暮秋宿清源上人院》）。此诗的“不住空”指的是船不留滞于水的意思。汤显祖的早期诗作中偶尔会流露出一些佛道色彩，例如他写于二十一岁初中举之时的《莲池坠簪题壁》“或是投簪处，因缘莲叶东”，真可禅师一见而以之为“真求道利器”（《紫柏老人集》卷二十三《与汤义仍》）。汤显祖信奉泰州学派，和佛教禅宗本有渊源，是以诗中往往出现类似词汇，他晚年创作《南柯记》、《邯郸记》，以戏剧来表达一种出世思想，这在他早年的诗歌中已有滥觞。

颔联的典故运用非常巧妙。虎溪位于庐山东林寺前，相传晋僧慧远曾于此送别陶潜与陆修静，过溪虎啼，三人因之而笑。诗人在此以“虎啼三笑”来代指庐山，友人别庐山而至泰山，自然是在“北”。张衡的《四愁诗》中

【鉴赏】

有“我所思兮在太山，欲往从之梁父艰”之句，所以此处的“四愁东”指的便是泰山。“三笑北”对“四愁东”，不仅精致工整，而且清新绮丽，有十足的六朝风韵。汤显祖十分偏爱《四愁诗》，诗中多次化用其中语句，如“四愁无路向中郎”（《乙未计逡，二月六日同吴令袁中郎出关，怀王衷白、石浦、董思白》、“穿针楼上倚逍遥”（《七夕文昌桥上》）、“美人遥忆泪沾胸”（《谢廷谅见慰三首，各用来韵答之》）、“我欲从之云气深”（《怀戴四明先生并问屠长卿》）、“张衡愁处起离情”（《先寒食一日同张了心哭王太湖袁翰林》）等等。对汉魏六朝诗歌的偏爱，从一个侧面显示了汤显祖和前后七子“诗必盛唐”截然不同的审美趣味。

颈联的“鸡潮”出自梁顾野王《舆地志》：“移风县有鸡，雄鸣，长且清，如吹角，每潮至则鸣，故呼为潮鸡。”谢朓诗云：“风云有鸟路，江汉限无梁。”（《暂使下都夜发新林至京邑赠西》）“鸡潮”对“鸟路”，鸡鸣潮起，隔断了诗人与友人，风云缭绕，唯有飞鸟可至。尾联则是说游人到了泰山，定然在行云观前仰观日出，同于当年的辩日童子（《列子·汤问》：孔子东游，见两小儿辩斗，问其故。一儿曰：“我以日始出时去人近，而日中时远也。”一儿以日初出远，而日中时近也）。

此诗的感情不算深厚，意境也非特出，然而已经体现出汤显祖诗风的两个重要特征。一是如前所说的对仗精工，清新别致；二是谋篇严密，略无闲笔。以此诗为例，首联用“彩嶂”、“分风”、“乘流”紧扣题目中的“天子障”；颔联以“三笑”和“四愁”分写友人的出发地和到达地——庐山和泰山，且以“北”和“东”两个方向词点出运动之意，使这两句具有一种飞动缥缈之态，呼应了首联“不住空”的一帆风顺之意；颈联的“鸡潮隔”和“鸟路通”点明了诗人“送人”之情形；尾联的“辨日童”则拈出友人去往泰山的目的“观日”，“拂”字呼应了颈联的“云装”，“辨日”又呼应了颈联的“夜鼓”，在时间逻辑上十分清晰，且四句之间，由地上的“鸡潮”到半空中的“鸟路”再到至高无上的"日",在空间上亦是层层递进。全篇不仅句句呼应,且完全照应了题目,题目的每一个字都未落空。这并不算特出的一首早期小诗,亦充分体现了汤显祖诗歌思致严密的特点,这和他早年就醉心于戏曲创作,特别重视篇章安排是分不开的。

(孔燕妮)

谢廷谅见慰三首,各用来韵答之(三首选一)

草泽邅回讵不逢?美人遥忆泪沾胸。才轻贾马堂难造,眷重求羊径有踪。生意数看塘上柳,繁云高翳谷中松。能游剩有东山屐,知在云林第几峰?

谢廷谅是汤显祖的好友,在万历六年(1578)为汤显祖编定过《问棘邮草》,并为这部诗集作过序文,声称这些诗作都是寄给他的,所以称为邮草。此诗也是这部诗集中的其中一首,写于万历五年(1577)秋,汤显祖落第归来,闲居临川之时。

诗人落第,谢氏寄诗抚慰,诗人便步韵写了三首答诗。一般来讲步韵诗受原韵的限制,不容易写出契合真情实感的佳作,但此诗例外。首联即点题,指明了诗人落第,徘徊草泽之间,幸而得到了美人(即谢氏)的关怀挂念,使诗人十分感怀,乃至落泪沾胸。两句意义虽简单,却写得摇曳生姿,由一个问句振起,紧接着是一个美人遥忆的清丽意象,化用了张衡《四愁诗》"……侧身东望涕沾翰。美人赠我金错刀,何以报之英琼瑶"之句,以美人赠我金错刀来比喻谢氏以诗相赠,自己答诗以报,不仅切题,且十分浑成

【鉴赏】

雅致，不落窠臼。

颔联也是分写两人，诗人自谦文才不如贾谊和司马相如，难以登堂入室，而谢氏却像求仲、羊仲看重隐居不仕的蒋诩一样看重自己。据《群辅录》："求仲、羊仲，不知何许人，皆治车为业，挫廉逃名。蒋元卿之去兖州，还杜陵，荆棘塞门。舍中有三径不出，惟二人从之游。时人谓之二仲。"这两句对仗十分工整，特别是"贾马"和"求羊"，二字同韵，音律协和，且以"马"对"羊"，细微处体现了诗人典故运用的纯熟与自然。

颈联更是化用前人诗句的浑成之作。池塘边的柳树让诗人感受到生机盎然，天上的繁云却遮住了谷中的松树。字面是写景，而细品则知此景并非自然之实景，而是诗人所造之虚景。"塘上柳"的意象化自谢灵运《登池上楼》"池塘生春草，园柳变鸣禽"，而"谷中松"则化自左思《咏史》"郁郁涧底松，离离山上苗"。两句虚景实情，蕴含着诗人的郁勃之气。谢灵运创作《登池上楼》时正值政敌排挤，退居永嘉，然而却能在逆境中自得其乐，"持操岂独古，无闷征在今"（《登池上楼》）正是汤显祖"塘上柳"所暗含之自身期许。而左思因出身寒微而不得志，正符合汤显祖当时的处境。是科权臣张居正的次子张嗣修考中榜眼，汤显祖的好友沈懋学因与张氏交好而高中状元，汤显祖却因为拒绝了张氏的拉拢而落第，这种"以彼径寸茎，荫此百尺条。世胄蹑高位，英俊沉下僚"（《咏史》）的真实情状，正是"谷中松"一句所蕴含的真实意义。尾联则用谢安来比喻同姓的谢廷谅，进一步表达了诗人对谢氏高远情怀的推崇之心，也反映了二人的交谊深厚。

汤显祖熟读《文选》，特别喜爱六朝诗赋，"才情偏爱六朝诗"（《初入秣陵不见帅生，有怀太学时作》），在修辞用典、格律对仗上下过极大功夫，诗歌往往兼具绮丽精工与古逸清新，这一特点在本诗的典故选用、对仗安排、意境塑造上都有着鲜明体现。

（孔燕妮）

送臧晋叔谪归湖上，时唐仁卿以谈道贬，同日出关，并寄屠长卿江外

君门如水亦如市，直为风烟能满纸。长卿曾误宋东邻，晋叔讵怜周小史。自古飞簪说俊游，一官难道减风流。深灯夜雨宜残局，浅草春风恣蹴球。杨柳花飞还顾渚，箬酒茗鱼须判汝。兴剧书成舞笑人，狂来画出挑心女。仍闻宾从日纷纭，会自离披一送君。却笑唐生同日贬，一时臧谷竟何云。

此诗写于万历十三年(1585)，汤显祖其时三十六岁，在南京太常博士任上。是年臧懋循(字晋叔)因私行不检谪归故乡湖州长兴(即顾渚)，同年，南京户部署郎中事唐伯元(字仁卿)因上疏排诋王守仁心学而被贬海州，二人同日离京。汤显祖写了这首诗送臧懋循，同时寄给一年前因秽闻而被贬出京的屠隆(字长卿)。

此诗四句一换韵，对仗工整，平仄协和，属律化的七言古风。一二句说臧懋循门庭喧闹，艳闻不断。“如水”出《诗·齐风·敝笱》“齐子归止，其从如水”，“如市”出《战国策·齐策》“群臣进谏，门庭若市”，均有宾主相从之意。“风烟”本指风光景象，在这里有风尘艳闻之意。三四句分说屠隆与西宁侯宋世恩的姬妾有染，和臧懋循沉迷男色这两件艳闻，以足一二句之“风烟满纸”。“宋东邻”典故出自宋玉《登徒子好色赋》，宋世恩恰好也姓宋；周小史是西晋时的美少年，张翰《周小史》诗“翩翩周生，婉娈幼童”，臧懋循字晋叔，“晋”恰符周小史之典，可见汤显祖典故运用之一丝不苟。

【鉴赏】

“误”字和“讵”字有否定之意，似乎诗人并不赞成屠隆和臧懋循的这种放荡行径；但五六句的“俊游”和“风流”二词又表明了诗人对这种行为并不厌恶，而“自古”和“难道”又加重了欣赏的意味。既然自古以来冠簪大夫都以俊游为尚，又岂能为了一个区区官位而自减风流？钱谦益《列朝诗集小传·丁集上》中言臧懋循“每出必以棋局、蹴毬系于车后”，本诗的七八句便是对此风流片段的再现，写得俊逸清新，风致翩然，“宜”字和“恣”字更是渲染了风流骀荡之意，把这种享乐纵情的生活描写得十分唯美而令人欣羡。钱谦益在《列朝诗集小传》中引此诗道：“艺林至今以为美谈”，信如是也。

第九句的“杨柳花飞”承接“浅草春风”而来，和接下来的三句一气呵成，虚写臧懋循还乡之后的生活，想象其人从此尽享家乡的“箬酒”“苕鱼”，每当意兴风发之际便以书画自娱，狂态不减，风流依旧。这四句不仅是写臧懋循，也暗写了屠隆。汤显祖在《怀戴四明先生并问屠长卿》诗中写到：“岂有妖姬解写姿？岂有狡童解咏诗？机边折齿宁妨秽，画里挑心是绝痴。”臧懋循“狂”，“狂”且“剧”；屠隆“痴”，“痴”且“绝”，在汤显祖看来，臧懋循的“狂”和屠隆的“痴”正是个性的体现，而非道德败坏。汤显祖写自己“一生痴绝处，无梦到徽州”（《游黄山白岳不果》），虽然所“痴”不同，但“痴”则同然。

第十三句从虚写回到现实，臧懋循虽然谪归，却仍然门庭若市，宾从纷纭，即使是送别，也必有一场盛大欢送。“会自”的意思是应当，“离披”在此指盛多貌。“纷纭”、“离披”皆是叠韵词，加重了语言的表达效果，使读者对臧懋循虽仕途失意却仍然风光无限的印象更加深刻。最后两句照应了题目中的“时唐仁卿以谈道贬”。“谈道”指谈论学术。“臧谷”出自《庄子·骈拇》：“臧与谷二人，相与牧羊而俱亡其羊，问臧奚事，则挟荚读书，问谷奚事，则博塞以游。二人者，事业不同，其于亡羊均也。”唐伯元是程朱理学的坚决拥护者，反对心学，因学术纠纷而被贬，和臧懋循、屠隆的行为不检而被贬，原因天差地别，结果却是一样，正是臧谷不同，亡羊一也。

此诗以臧懋循的被贬为主，以屠隆和唐伯元为辅，一正一反加以衬托，屠隆全篇出现，映带以成二，唐伯元末章卒出，简省而有力，在结构上十分精巧，且用典精当，词藻风韵，是汤显祖的用心之作。汤显祖是泰州学派罗汝芳的弟子，信奉心学，与固执理学，诋心学为邪说的唐伯元学术立场不同。他虽然敬佩唐伯元的清梗，同情他非罪而遭谪，诗赠之曰："风波一言去，严霜千古存"(《赠唐仁卿谪归海上》)，然而却并不以唐为是，以臧、屠为非，这和他深受晚明思想解放和享乐纵情主义的影响是有关的。

（孔燕妮）

新归

略约新梳洗，春衫小坐偏。画眉长自好，今日镜台前。

万历十九年(1591)，汤显祖因上《论辅臣科臣疏》被贬徐闻县典史，万历二十年(1592)春天暂归临川，次年移官遂昌知县，此诗作于初归临川之时。

诗名"新归"，写得自然流畅又清新俊逸，洋溢着一股潇洒自得之情。首二句是实写，诗人略作梳洗，换上轻薄的春衫小坐。第三句之"画眉"是虚写，取《楚辞·离骚》"众女嫉余之蛾眉兮，谣诼谓余以善淫"之喻，以女子蛾眉譬喻士人之才德。李商隐《无题》诗云："八岁偷照镜，长眉已能画。"进一步以女子画眉悦世来代指士人之修身立世，《新归》中的"画眉"便是此意。汤显祖作于同时的另一首《新归偶兴》中有"逍遥正自投穷发，混沌何须与画眉"之句，亦是以"画眉"代指修身进取。"画眉长自好"意喻诗人对自己的才能和修养非常自信，不仅"自好"，且是"长自好"，足可不愧于"镜

【原文】

台”。结合首二句，诗人“梳洗”是约略的，“小坐”是“偏”，即随随便便坐在那里的，“春衫”又是轻薄舒适的，可见诗人的情绪既随意自在又怡然自得，不须用力，自得风流。汤显祖对自己的才能一贯十分自信，“文家虽小技，目中谁大手？”（《答陆君启孝廉山阴》）正因为自信，他的性格中才别有一种风流自赏之态。

然而诗人虽然自信，却并不自满，虽然风流自赏，却更具矜持自重。“眉”虽自好，仍要坐在“镜台”前更作修饰。“美要眇兮宜修”（《楚辞·九歌·湘君》），“纷吾既有此内美兮，又重之以修能”（《楚辞·离骚》），无论内质再美好，仍须不断修饰才能达到合宜之美，“宜修”是《楚辞》的传统，亦是《新归》诗中的另一重意。“今日”二字更是说明了诗人修身进取的决心，和往日“混沌何须与画眉”的心态断然告别。此时汤显祖已离开贬所，期待着朝廷的重新任命，仕途的这一转机反映在了这首《新归》诗中。

此诗虚实相生，以画眉为喻，表达了诗人的自信、自重和对未来的希冀，语浅意深，矜持而不造作，简洁而不平淡，风流宛转而毫无轻浮之态，这不仅是汤显祖的诗艺所致，更是其立身所持、性情所臻。

（孔燕妮）

平昌得右武家绝决词示长卿，各哽泣不能读，起罢去，便寄张师相，感怀成韵

哀响秋江问雁声，雨霜红叶泪山城。年来汉网人难侠，老去商歌客易惊。贝锦动迎中使语，衣冠谁送御囚行。长平坂狱冲星起，可是张华气不平？

【鉴赏】

这首诗写于万历二十三年(1595)秋季,汤显祖正在遂昌知县任上。这年七月,汤显祖的好友丁此吕(字右武)在湖广右参政任上被逮,罪名是"贪纵殊甚,酷虐异常"(《万历邸抄》),而事实上丁此吕是因为党争而入狱。丁氏被逮后,汤显祖从丁家人手中得到了一份丁氏表示诀别的手书,他和屠隆(字长卿)读后声泪难禁,不忍卒读,遂相计多方设法,试图营救丁氏,但最终无果,屠隆也因家人惧祸而被其母召回。汤显祖作了此诗,寄给当时的内阁大学士张相。

首句从比兴入手,秋江哀雁,声声回响,凄耳酸心,似是无辜被逮的丁氏之化身,而此时的遂昌(即平昌)正值经雨经霜,红叶凄迷,恰似整个山城都在哭泣、都在悲悯丁氏的不幸。这里使用比兴的手法,达到了移情的效果。值得注意的是"雨霜红叶"一句化自《西厢记》的名句"晓来谁染霜林醉?总是离人泪",这显示了汤显祖作为一名出色的剧作家对曲辞的熟悉,乃至不经意入诗的地步。姚士粦《见只编》载:"汤海若先生妙于音律,酷嗜元人院本。自言箧中收藏,多世不常有,已至千种,有《太和正韵》所不载者。比问其各本佳处,一一能口诵之。"

颔联抒发了诗人的慷慨不平之气。"汉网"本意是指法律宽疏,"汉兴……网漏于吞舟之鱼"(《史记·酷吏列传序》),在这里反其意而用之,指法律苛酷,无辜之人亦被构陷,诗人想行侠仗义救助朋友而不可得,听到悲切的商歌(代指丁氏绝诀词),则不免像易水边送别荆轲的宾客一般易惊易痛,伤感难言。"年来"二字并非虚写。在此前一年的万历二十二年(1594),浙江巡抚王汝训因案治横行不法的前国子监祭酒范应期而被革职,同与此事的巡按御史彭应参、乌程知县张应望被逮诏狱,汤显祖深为痛惜,曾作诗抒愤。时隔一年,丁氏又被逮。王汝训与丁此吕皆与汤显祖友善,且是他在遂昌任上的保护人,这二人无辜被逮,使汤显祖连失两强援,回朝的希望更加渺茫。"老去"二字亦非虚写。这一年汤显祖已经四十六岁，被贬已历五年，沉沦下僚，蹉跎岁月，又眼见友朋接二连三遭难而无可奈何。"年来"的灾难加上"老去"的伤感，人因"汉网"而"难侠"，因"难侠"而"易惊"，此种情景下听闻丁氏"商歌"，其悲恸绝望可想而知。

颈联承颔联之意而更加尖锐。"贝锦"出自《诗·小雅·巷伯》，喻构陷无辜的谗言。小人逢迎中使(指宦官)之意，罗织罪名，构陷丁氏，而衣冠大人们明哲保身，无人敢送行。这里的"中使"一词出自《后汉书·宦者传·张让》，和颔联的"汉网"呼应，而"衣冠"一词和颔联的"商歌"、"客"同出自《史记·刺客列传》，亦是前后呼应。颔联颈联层层深入又互相照拂、浑然一体，足可见汤显祖选字用词之精细、格律对仗之工整和布局谋篇之严密。

尾联以张华代指张相，在"张"字和"狱"字上切得极紧，以狱中剑气冲星、震动张华作喻，暗指丁氏被逮，在狱中冤气冲天，张相岂能不为震动？末句是猜度之语，亦是希望之语，希望张相对此有所触动，出力营救丁氏。然而汤显祖的一切努力都无甚效用，丁此吕最终还是被流放边疆，而汤显祖本人在重重打击下亦大为灰心，终在三年后弃官而去，以此抗议朝廷对自己的一再忽视。

(孔燕妮)

雁山迷路

借问采茶女，烟霞路几重。屏山遮不断，前面剪刀峰。

万历二十五年(1597)，汤显祖在遂昌知县任上去往温州，顺道游览了

雁荡山,写下了一系列纪游诗,此诗便是其中之一。

诗句明白如话。如题目所示,诗人在雁荡山中迷了路,向一名采茶女询问,前面烟霞缭绕,他要去的地方究竟还有多远?采茶女回答:"山虽多,遮不住道路,转过前面剪刀峰就是了。"

"剪刀"只是山峰的名字,本无甚深意,但在诗人的笔下却被赋予了动态感,似乎能剪断重重屏山,破除迷障。此诗朴质而富含理趣。人生的目标总是远路遥途之后,烟笼霞绕之中,一不小心就会迷失,然而只要心志坚定,自有机缘能够"剪"断重重遮蔽,终归大道。

此诗第二句似从杜甫"烟霞嶂几重"(《谒真谛寺禅师》)一句化出,然而意义自别,并无杜诗"烟霞"出世之意。历来旨在摹山状水之诗多用"烟云",如"山水丹青杂,烟云紫翠浮"(陈子昂《江上暂别萧四刘三旋欣接遇》)、"烟云无远近,皆傍林岭生"(元结《登白云亭》)、"高高此山顶,四望唯烟云"(白居易《登商山最高顶》)等等;用"烟霞"则多有想象出世之意,或者林泉归隐,或者佛道仙幻,如"惟觉时之枕席,失向来之烟霞"(李白《梦游天姥吟留别》)、"晓服云英漱井华,寥然身若在烟霞"(白居易《早服云母散》)、"无多珪组累,终不负烟霞"(杜牧《题白蘋洲》)、"蓬岛烟霞阆苑钟,三官笺奏附金龙"(李商隐《郑州献从叔舍人褒》)等等。然而汤显祖此诗用"烟霞"不用"烟云",却全然是一片入世之心。诗人此时的兴趣不在出世,"烟霞"只渲染了他心中目的地的美好,即使重重阻隔,他依然心志坚定,向着既定的目标而去。作于同时的《雁山大龙湫》诗"坐看青华水,长飞白玉烟。洞箫吹不去,风雨落晴天"可为此诗之旁证。诗人将龙湫比作龙,然而这条龙并未随萧史的洞箫声而去,反是留在人间,兴风布雨,"长飞白玉烟"。苏轼词云"归去,也无风雨也无晴"(《定风波》),诗人却是不求归去,"风雨落晴天",即是风雨即是晴。此种意趣和苏轼看似相反,却是殊途同归,同表达了心志之安稳与信念之坚定。汤显祖气质深粹,个性强韧,无论贫贱坎坷、

【原文】

名利诱惑或者失志怅惘，都不能令其改变初衷，少年时宁愿失志考场而不愿阿附权贵，仕途中屡逢坎坷亦不改其清梗。真可禅师是他好友，数十年苦心孤诣欲度其出世，终未见效。与其说是汤显祖溺于"情"，不如说他心志坚定，持身不移。性情发为诗，诗人的性格气质在不经意的小诗之中亦自然而然体现出来。

（孔燕妮）

初　归

彭泽孤舟一赋归，高云无尽恰低飞。烧丹纵辱金还是，抵鹊徒夸玉已非。便觉风尘随老大，那堪烟景入清微？春深小院啼莺午，残梦香销半掩扉。

万历二十六年(1598)春，汤显祖第二次入京上计归来，眼见升迁无望，愤而弃官归家。首句的"赋"指的是陶渊明(即彭泽)的《归去来兮辞》，诗人如陶渊明挂冠而去，乘舟归家。仰望浮云无尽，就像无数小人高入青天(《文子・上德》："日月欲明，浮云盖之。"李白诗"总为浮云能蔽日"，以浮云喻小人)，而自己青云无路，只能低飞而过。"高云"与"低飞"对比强烈，一个"恰"字充满了亢直不平之意。古时方士炼丹，以金石为原料。第三句以金喻己，以烧丹喻做官，自己在洪炉般的仕途中辗转熬炼，最终却未超凡脱俗位列仙班(喻仕途腾达有所作为)，仍然是一块炼不成的金。第四句力翻前意，用玉璞抵鹊之典(桓宽《盐铁论・崇礼》："南越以孔雀珥门户，崐山之旁以玉璞抵乌鹊。")以玉喻己，以抵(抛掷)鹊喻做官，自己做官如同以玉抵

鹊，本是愚者所为，幸好觉今是而昨非，及时挂冠而去。两句意思看似相反，其实则一。烧丹未成是“纵辱”，抵鹊已非则是“徒夸”，空自为金为玉，只落得一无所用的下场，诗人的牢骚之气透纸而出。

颈联“便觉”二字承接前半诗意，转折如流，“随”字呼应了颔联“还”与“已”的时间感。“那堪”更添激切，可谓全诗情感的高潮。误堕尘网已多年，老大尚无成，本自哀痛，哪堪春风骀荡，正是满目烟花盛景？（清微犹言清风。《诗·大雅·烝民》：“穆如清风。”毛传：“清微之风，化养万物者也。”）诗人弃官归家正当春日，景乐情哀，最是难堪。然而难堪的绝不仅是春景，更囊括了前五句的“孤舟”、“低飞”、“纵辱”、“徒夸”、“老大”等等诸多人生坎坷，诗人的愤激、不平、牢骚、幽愤尽在“那堪”二字之中。

尾联“春深”呼应了“烟景’，“小院”又呼应了“孤舟”，依旧是乐景哀情。时正午，莺正啼，本是春意盎然、生机勃发之时，然而炉香已销尽，残梦无人知，“掩扉”二字结句，与孟浩然“当路谁相假，知音世所稀。只应守寂寞，还掩故园扉”（《留别王维》）之情景一般无二。以景结情本是诗歌的常见结法，用在此诗中则不仅是一种诗法，更有情感上的必然逻辑。情感激烈到了“那堪”的极处，本来就已经无法再进一步表达，只能如大梦醒残，炉香销尽，化作无言之悲痛。此诗纯以情感为脉络，抑郁顿挫，感染力极强。在写法上善于炼句，句式出奇，铿锵有力；又多用对照映衬之笔，高云对低飞，烧丹对抵鹊，风尘对烟景，更增强了抒情效果。

（孔燕妮）

答姜仲文

白日不可常，孤云亦何媚。萎芳淡游子，流泊世所弃。事去息

【原文】

交久，书来喜君至。爱日生寒姿，停云起高翅。经营二三月，飒遝岂遑避。惊看就长揖，道故如失志。相闻善为乐，相见乃憔悴。为文宁自伤，情多或为累。感君珍重意，承眶不能泪。在沼鱼何乐，先秋叶难翠。长歌聊复声，短袖时一戏。今日眼中人，何年心上事。

万历二十六年(1598)，汤显祖在遂昌知县任上弃官而归，回到家乡临川闲居。同年，汤显祖的故友姜士昌(字仲文)任江西参政，因其莅任乡邦，遂登门拜访。两人不免诗文酬唱，汤显祖由此写了这首《答姜仲文》以抒怀。

这是一首五古，写得情切悱恻，诚挚动人，真实地体现了汤显祖弃官归乡时的复杂心境。首四句便为全诗定下了怅惘的基调。白日难久长，终将西降而没，孤云更暗淡，无人喜爱欣赏。白日为兴，兴起惆怅，孤云为比，比出孤寂，比兴之间，诗人的形象已现。《楚辞·招隐士》云“王孙游兮不归，春草生兮萋萋”，而诗人在春天归来，萋萋芳草却并无欢迎之意，只有冷淡之态。诗人漂泊半生，回到家乡，寂寞更甚。四句之中充满了惆怅、孤寂、冷漠、疏离之意，活画出诗人困于僻地，自觉为世所弃的寂寥心境。春景本给人以喜悦繁华之意，在远离政治中心的伤心人眼中，却比秋景更酸心刺目，韩愈被贬官时写到“春气漫诞最可悲……自外天地弃不疑”(《感春四首》)，和汤显祖此时的心境约略无二。从中可知汤显祖虽然弃官而归，却并未完全断绝仕宦之念，因希冀才觉抑郁，因热望才生孤寂。第五句更作延伸，世事尽去，友朋断绝，一个“久”字透露出了诗人孤寂难耐的心情。第六句笔锋乍转，诗人接到了故人任职至此的书信，欣喜不已。七、八句从“喜”而来，因“爱日”而“寒姿”生，因“停云”而“高翅”起。

“爱日”指冬日之日，亦指恩德(《左传·文公七年》:“赵衰，冬日之日也。”杜预注:“冬日可爱。”故冬日称爱日。杜甫诗“爱日恩光蒙借贷”)，在此处指的是姜士昌的父亲姜宝。姜宝曾任南京礼部尚书，是汤显祖在南京太常博士任上时的上司。“停云”出自陶渊明的《停云》诗，后指亲友之思，在此指的是姜士昌。汤显祖感念姜宝的恩德和姜士昌的友情，使自己映日生姿，因云振翼。

第九句至第十二句描写了诗人与姜士昌见面时的情景。“经营”在此指周旋往来。诗人与姜士昌往来已有两三个月。姜氏登门造访，来势盛大，马蹄飒遝，诗人久已索居，愧避不遑，二人长揖相见，姜士昌惊见诗人的失志之态，抑郁之容，不觉出声询问。第十三句到第十六句便是姜士昌所说之话，“听说你善能自得其乐，每次见面，你却愈加憔悴，莫非是因为刻苦为文而损害了健康？用情太深，有时确实是累及自身啊!”是时汤显祖确实是在全力以赴创作《牡丹亭》，焦循《剧说》卷五中载:“相传临川作《还魂记》，运思独苦。一日，家中求之不可得。遍索，乃卧庭中薪上，掩袂痛哭。惊问之，曰:填词‘赏春香还是(你)旧罗裙’句也。”可见汤显祖创作之呕心沥血，姜士昌的为文自伤之言可谓一语中的，“情多”二字更是知音之言。汤显祖创作《牡丹亭》本就基于一个“情”字，“一时文字业，天下有心人”(《哭娄江女子二首》)，“情不知所起，一往而深，生者可以死，死可以生。生而不可与死，死而不可复生者，皆非情之至也”(《牡丹亭记题词》)。至性之人必然情多，郁达夫诗云:“曾因酒醉鞭名马，生怕情多累美人。”(《钓台题壁》)情多累美人不过是故作狂放，其实情多累及的只是自己。姜士昌能拈出“情多”二字，足见其对诗人的理解，而他指出诗人情多自累，更说明了他对诗人是真心关切，而非泛泛之调笑。

正是因为姜士昌的同情理解和真挚关怀，诗人才会深受感动，热泪盈眶，而不惜一吐衷肠。第十九、二十句倾诉了诗人的郁闷之情，真实地说出了自己之所以惆怅孤寂、抑郁难解的原因。辞官归去，诗人并未获得真正的解脱，如同鱼即使潜入了水中也难快乐(《诗·小雅·正月》:“鱼在于沼，亦匪克乐”)，被迫离开仕途，正如早凋的木叶，先天下而秋，何其失意(《世说新语·言语》“蒲柳之姿，望秋而落”，刘孝标注引晋顾恺之《家传》“蒲柳之质，望秋先零”)。仕途的失意令汤显祖并未获得弃官后的轻松自适，与世隔绝的生活状态更加深了他的苦闷，苦心创作《牡丹亭》虽是他一贯以来对戏曲的热爱所致，也是他排遣这种苦闷心情的一种手段。

李贺有诗“长歌破衣襟，短歌断白发”(《长歌续短歌》)，又有“今夕岁华落，令人惜平生。心事如波涛，中坐时时惊”(《申胡子觱篥歌》)，似是此诗末四句所本。上海博物馆藏汤显祖诗稿手卷，“何”作“弥”(据《汤显祖诗文集》徐朔方笺)，细玩诗意，“弥年”(即经年)似更佳。诗人寄情于《牡丹亭》，此即所谓“歌”与“戏”。诗人时而“长歌”，时而“一戏”，以遣愁怀。然而遣愁愁更愁，面对着殷勤造访的两世故交，听到热诚真挚的知音之言，诗人的感情无法再压抑，弥年心事尽上心头。此诗不以事件而以感情变化为线索，从闲居的苦闷压抑落笔，写到故人来访的且惊且喜，以故人的关怀安慰为契机，感情骤然爆发，以何乐之鱼和先秋之叶为比，透漏出了诗人难以向常人倾诉的痛苦和失意。眼中故人，心头万事，此时无声胜有声，诗人郁勃难舒的心境如在眼前。

(孔燕妮)

雨　蕉

东风吹展半廊青，数叶芭蕉未拟听。记得楚江残雨夜，背灯人语醉初醒。

此诗作于汤显祖弃官归家之后，属后期作品，风格自然深婉，饶有余意。首二句写东风吹展了半廊芭蕉，青色俨然，但是诗人却“未拟听”，并不打算细聆芭蕉声。语句似平淡，细品之下却有深意。芭蕉是诗歌中的常见关目，和忧愁孤寂常相关联，“一夜不眠孤客耳，主人窗外有芭蕉”（杜牧《雨》）。芭蕉叶卷，如人愁思不解，“芭蕉不展丁香结，同向春风各自愁”（李商隐《代赠》）。然而此诗中的芭蕉却被东风吹“展”了。秦观《减字木兰花》中写道：“黛眉长敛，任是春风吹不展。”春风吹不展黛眉，却吹展了芭蕉。既然吹展芭蕉，自然也吹展了愁思，那么为何诗人却“未拟听”呢？

三四句给出了答案：雨里芭蕉声，让诗人想起了当年在楚江残雨之中，在沉醉初醒之时所听到的背灯细语。雨里芭蕉最是愁，“隔窗知夜雨，芭蕉先有声”（白居易《夜雨》）、“觉后始知身是梦，更闻寒雨滴芭蕉”（徐凝《宿冽上人房》）、“更闻帘外雨潇潇。滴芭蕉”（顾夐《杨柳枝》）、“秋风多，雨相和，帘外芭蕉三两窠”（李煜《长相思》）。然而诗人听到的雨声并非秋雨，而是春雨。芭蕉初展，正是在春时，何况东风正劲，蕉叶正青。春雨细密柔和，滴在初展的芭蕉之上，和着风声，缠绵飘荡，恰如诗人沉醉初醒时所听到的模糊不清的温柔细语。

往事如梦，春风春雨，夜色朦胧，正宜于追怀，然而诗人却并不愿回首往事。细读第三句，看似从韦应物“楚江微雨里”（《赋得暮雨送李曹》）变化而来，然而结合第四句的“灯”和“语”，其实是从周邦彦《琐窗寒》中“洒空阶、夜阑未休，故人剪烛西窗语。似楚江暝宿，风灯零乱，少年羁旅”词句化出。词中化用诗句是常事，然而诗中化用词句却不多见，在当时笼罩着复古之风的诗坛中更显特别。汤显祖作诗善于化用诗词歌赋，不避今古雅俗，这是他与后七子诗风截然不同的特征之一。楚江、微雨、风灯、人语，皆与《琐窗寒》中的情景一般无二。结合《琐窗寒》原句，才能读懂诗人的言外

【鉴赏】

之意——西窗剪烛、少年羁旅。

“人语”中的人不是寻常之人，而是剪烛西窗的故人，曾和诗人有一段美好恋情，这一身份在“背灯”二字中亦有体现。“背灯隔帐不得语”（白居易《李夫人》）、“背灯独共余香语”（李商隐《正月崇让宅》）。“背灯”夜语，正是情人之间特有的情境。汤显祖踏入仕途之后，为官皆在南方，几经迁谪，路经“楚江”（泛指南方江河）不计其数，正是《琐窗寒》中所言的“楚江暝宿，少年羁旅”。至于羁旅中曾伴其醒醉、共其夜语的故人是妻妾还是歌姬舞女，以后者可能性为大。同是天涯沦落人，羁旅相伴，醉醒之间更觉难忘。汤显祖早年有诗曰：“青楼明烛夜欢残，醉吐春衫倚画阑。赖是美人能爱惜，双双红袖障轻寒。”（《病酒答梅禹金》）似是此诗之注脚。沉醉初醒，夜风拂面，美人以红袖为障，替诗人挡寒。灯烛已残，人语细微，半醉半醒的迷离之间，这种入微的体贴自当刻骨铭心。多年之后，诗人听到春雨滴芭蕉，不自觉重回到了少年羁旅之时迷离的梦境，而年华逝去的悲哀、仕途结束的失意、温柔夜语的不可追寻，足令诗人倍觉伤感，以至于不愿回首，不堪再忆。

（孔燕妮）

【词】

【原文】

好事近

帘外雨丝丝，浅恨轻愁碎滴。玉骨近来添瘦，趁相思无力。

小虫机杼隐秋窗，黯淡烟纱碧。落尽红灰池面，又西风吹急。

汤显祖酷爱花间词，有汤评《花间集》传世，故其所作深受花间派词风影响，以和婉清丽见长。《好事近》一阕尤具此种特色。此词写闺中女子的愁恨，却不说明愁恨的具体内容，也不描写女子的服饰姿态，只以景物映衬心情，因而更见深美流婉之致。

“帘外雨丝丝，浅恨轻愁碎滴”，开篇化用温庭筠《更漏子》“梧桐树，三更雨，不道离情正苦。一叶叶，一声声，空阶滴到明”语意，亦借雨景衬托愁情，但温词明说“离情正苦”，汤词则只说“浅恨轻愁”，意思更加含蓄。“碎滴”二字尤为警动，令人想到那细碎的雨声，点点滴滴都滴在愁人心上，仿佛把心都滴碎了。

“玉骨近来添瘦，趁相思无力”，次拍点出听雨之人。虽用“玉骨”一词暗示其人为年轻女子，但并不说她如何美艳，只说她“近来添瘦”和“趁相思无力”（意为力弱不胜相思之苦），以见其思念所欢的缠绵长久，出语甚淡而含意甚深。

“小虫机杼隐秋窗，黯淡烟纱碧”，换头复化用唐刘方平《夜月》诗“虫声新透绿窗纱”句意，转写窗外虫声。“小虫”指蟋蟀。蟋蟀别名促织，故云“机杼”。《诗经·豳风·七月》说蟋蟀“七月在野，八月在宇，九月在户”、故云“隐秋窗”。窗上碧纱如烟如雾，窗外虫声如怨如诉，闺中女子的悲愁心绪，就从如此凄黯的氛围中透露出来了。

“落尽红灰池面，又西风吹急”，结拍仍以衰飒之景寄寓凄苦之情。“红灰”指花的碎片。池苑秋深，浮花荡尽，故云“落尽红灰池面”。此时西风劲急，吹得池水剧烈动荡，愁人见之，自然也会心旌晃乱，更加迷惘。

统观全词，几乎句句都在写景，连那个“玉骨近来添瘦”的女子也成了景观的组成部分，但秋闺思妇的幽愁暗恨，却已涵蕴于所写景物之中，使人为之深深感动了。近代词论家况周颐说：“善言情者，但写景而情在其中。”（《蕙风词话》）词人虽生于况氏之前三百余年，在创作实践中却也已掌握了这样的艺术经验。

（罗忠族）

醉桃源

不经人事意相关，牡丹亭梦残。断肠春色在眉弯，倩谁临远山？

排恨叠，怯衣单，花枝红泪弹。蜀妆晴雨画来难，高唐云影间。

汤显祖既是戏曲大家，又是著名词人，有汤评《花间集》及《玉茗堂词》传世。清人沈雄《古今词话·词评下》说：“义仍（汤显祖字）精彩见于传奇，出其绪余以为填词，后人咏其回文，必指为义仍杰作也。”这首《醉桃源》（即《阮郎归》的别名）原见于作者所撰著名传奇《牡丹亭》第十四出《写真》第一曲《破齐阵》唱段后，为剧中女主角杜丽娘与其侍婢春香的韵白。词的内容是描写杜丽娘的美好姿质和为自己“写真”（即画像）时的凄凉心境。

【鉴赏】

"不经人事意相关，牡丹亭梦残"，二句原作杜丽娘的独白。"不经"是荒诞不经之意，"梦残"即梦断、梦回。《牡丹亭》传奇前有《惊梦》、《寻梦》诸出，写杜丽娘春日游园归来，困眠入梦，梦中与书生柳梦梅欢会于牡丹亭畔，醒后追思不已，因而积郁成病。由此可知，所谓"不经人事"，即指牡丹亭一梦而言。梦中人事虽非真有，但这位被封建礼教禁锢在深闺之中的少女却为之神魂颠倒，这便是"不经人事意相关"了。

"断肠春色在眉弯，倩谁临远山"二句原作春香的独白，上承"梦残"一语，渲染杜丽娘为梦伤情的神态。语本周邦彦《诉衷情》"一段伤春，都在眉间"，意谓杜丽娘那种带着哀伤的美艳都表现在动人的眉弯上，不知道要请哪位丹青妙手才能摹绘出她那远山一样的秀眉。汉刘歆《西京杂记》谓"(卓)文君姣好，眉色如远山"，后世遂以"远山"指代女子的眉色。又《汉书·张敞传》说张敞善为妻子画眉，人称"张京兆眉妩"。但杜丽娘却未及时嫁人，为此甚伤孤独。《写真》出第三曲《朱奴儿犯》唱段下写杜丽娘泣云："杜丽娘二八春容，怎生便是杜丽娘自手生描也呵！"又第八曲《山桃犯》唱段下写杜丽娘叹云："春香，也有古今美女，早嫁了丈夫相爱，替他描模画样；也有美人自家写照，寄与情人。似我杜丽娘寄谁呵！"可见"倩谁临远山"一语还有同情杜丽娘青春无偶之意。

"排恨叠，怯衣单，花枝红泪弹"三句原作杜丽娘再次独白。说她双眉紧锁，好像攒聚着重重叠叠的愁恨。她身材清瘦，弱不胜衣。她脸上滴落着沾染了胭脂的红泪，好像一枝滴着露水的鲜花。这三句具体描绘杜丽娘的"断肠春色"，写得非常生动，宛在眼前。

"蜀妆晴雨画来难，高唐云影间"二句原作杜丽娘与春香二人合白。进一步写杜丽娘的绰约风姿，将杜丽娘比作宋玉《高唐赋》中那位"旦为朝云，暮为行雨"的巫山神女，身着蜀女倩妆翱翔于高唐(楚台观名，在云梦泽中，楚襄王梦会神女处)云影之间，她的美纵是高明的画师也难以画出。

【鉴赏】

读此词,可知作者意在通过为杜丽娘画像,表现这位女性“为情而死,为情而生”的执着追求,以体现《牡丹亭》的思想精髓。从艺术上看,这首词辞意含蓄,绝议论,穷思维,自然神韵,微渺无垠,引人遐想,这里还寄寓着作者独特的艺术追求和美学理想。汤显祖认为天下之至文要做到神情合一,要富有“灵性”,要“以若有若无为美”等等,这些我们都不难从这首词的艺术氛围中感悟到。

(罗忠族)

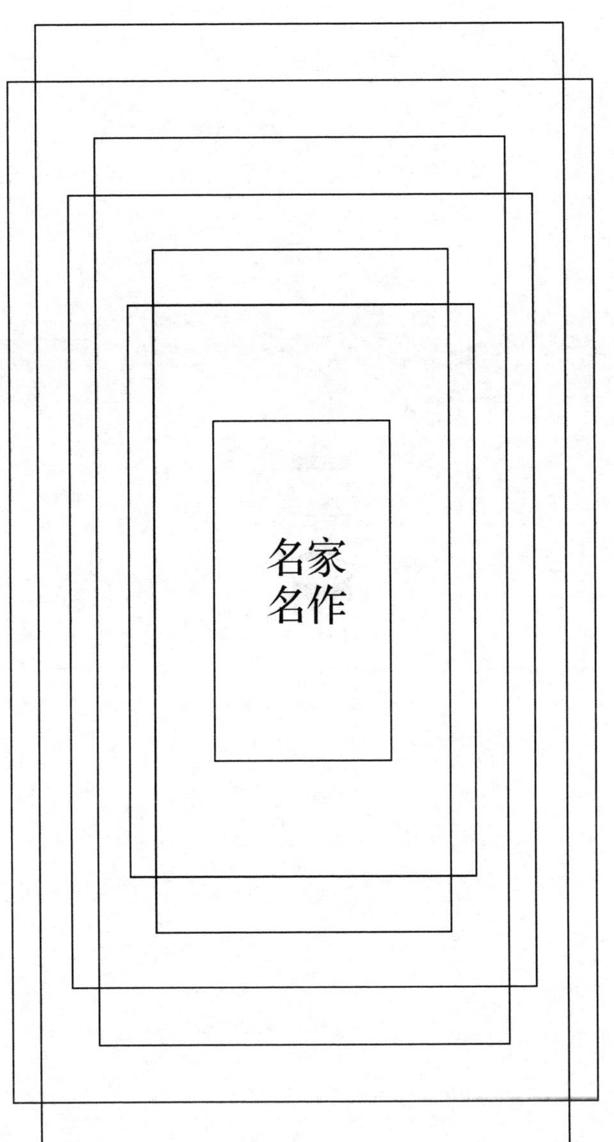

蒋星煜　吴新雷　李　晓　等撰写

【文】

《牡丹亭记》题词

天下女子有情宁有如杜丽娘者乎！梦其人即病，病即弥连，至手画形容传于世而后死。死三年矣，复能溟莫中求得其所梦者而生，如丽娘者，乃可谓之有情人耳。

情不知所起，一往而深，生者可以死，死可以生。生而不可与死，死而不可复生者，皆非情之至也。梦中之情，何必非真，天下岂少梦中之人耶？必因荐枕而成亲，待挂冠而为密者，皆形骸之论也。

传杜太守事者，仿佛晋武都守李仲文、广州守冯孝将儿女事，予稍为更而演之。至于杜守收拷柳生，亦如汉睢阳王收拷谈生也。

嗟夫！人世之事，非人世所可尽。自非通人，恒以理相格耳。第云理之所必无，安知情之所必有邪！

万历戊戌秋清远道人题。

——《汤显祖集》

汤显祖之所以被明末自命为卫道士的夫子们恨之入骨，视之为毒蛇猛兽者非它，端为《牡丹亭记》一剧耳。所以直到清代，还有些笔记，说亲眼看到汤显祖因《牡丹亭记》败坏礼教而在阴曹地府下油锅上刀山呢！

那些连篇鬼话，无非证明汤显祖罪该万死。在理论上驳他不倒，也无权下一道禁演停演的法令，“革命”的大字报此时尚未发明，就只好出此下策了。明知没有人置信,除此之外,再也想不出别的高明办法,就这样胡乱说一通。可恶固然可恶,却也可怜。

那么汤显祖为什么要写《牡丹亭记》呢?何必如此冒天下之大不韪呢?在此之前,他的诗文和奏疏已经捅了不少乱子了。现在居然仍旧不肯安分守已,在世俗的眼光中,原是无法理解的。

看来,汤显祖对这个题材,对这个主题,对这个"一生爱好是天然"的杜丽娘,在感情上已经爱之甚深,到了自己无法控制的程度了。一旦到了他在这篇题词中所说的"情不知所起,一往而深,生者可以死,死可以生"的程度,要他放下笔来,那是不可能的了。

汤显祖既写了《牡丹亭记》,深恐别人予以曲解,因此又写题词。题词公开宣称:"自非通人,恒以理相格耳。第云理之所必无,安知情之所必有邪!"这就不是为《牡丹亭记》一个剧本作辩护,矛头所指是为一切"恒以理相格"的"通人",所树的对立面是一大群人。

"梦中之情,何必非真"。这是汤显祖的快人快语。任何卫道君子,要在梦中绝对排除七情六欲的干扰也是困难的。曹操、秦桧之类也难免有冤魂向之索命的梦,这原不是以人的意志为转移的。古人对心理学虽缺乏研究,"日有所思,夜有所梦"还是说出了一些道理的。

作者在剧本中,也写了一个"以理相格"的通人,名叫陈最良,是杜丽娘的塾师。所不同者,这是一个可怜的小人物,道貌岸然的伪装还有一定的限度,不像汤显祖在政治生涯、文艺生涯所遇到的那些通人那样面目狰狞罢了。

《〈牡丹亭记〉题词》和《牡丹亭记》都是中国古代文化遗产中的瑰宝,都闪耀着"资本主义萌芽时代"的对于人的价值重新认识的思想光辉,和西方的莎士比亚的剧作的人文主义思想东西互为映衬,不约而同,堪称奇迹。

可悲的是,所谓"资本主义萌芽时代"随着明末阶级矛盾、民族矛盾的尖锐化所导致的明代的灭亡而夭折了。人们所能做的,无非是围绕着“生者可以死,死可以生”作些文字游戏般的诠释而已。如此等等。

当然,也正因为如此,汤显祖也就显得格外伟大。

杜丽娘成了“有情人”的典型,也造就了无数扮杜丽娘的表演艺术家。个别的杜丽娘在“梦”中相会的也许是外国的柳梦梅,这不能要求汤显祖负责的。因为不演戏,不扮杜丽娘的女性,也会做这种梦的。

(蒋星煜)

答吕姜山

寄吴中曲论良是。唱曲当知,作曲不尽当知也,此语大可轩渠。凡文以意趣神色为主。四者到时,或有丽词俊音可用,尔时能一一顾九宫四声否?如必按字摸声,即有窒滞迸拽之苦,恐不能成句矣。弟虽郡住,一岁不再谒有司。异地同心,惟与儿辈时作皤溪之想。

——《汤显祖诗文集》

汤显祖的《牡丹亭记》问世以后,虽然被某些士大夫目为淫词艳曲,虽然没有得过什么创作奖,当然更没有被定为“样板”,但在剧坛确是广泛流行了。

由于汤显祖对于音律不像沈璟等人那么重视,而是把表达人物的思想感情放在第一位,然后才考虑曲词是否协律的问题,这就招致沈璟等人的非议。

沈璟对曲律音韵确有研究，他凭自己这方面的造诣，把《牡丹亭记》改成了《同梦记》。沈璟终究也是书生，所以他老老实实承认是改编，并没有篡夺原著的著作权，更没有把《牡丹亭记》说成是有毒的，而将汤显祖从政治上加以打击。但另一方面，他虽然声称仅仅改了个别不合韵律的字句，实际上却把人物的思想感情也作了较大的改动，汤显祖自然不可能不产生反感。

《答吕姜山》信文字不长，却是鲜明地表达了他的创作思想。他毫不含糊地指出创作应从内容出发，而不是从形式出发。

我们如果繁琐地论证汤显祖与沈璟之间的谁是谁非，意义不大，因为事实本身已经说明了问题：精通音律的沈璟也写了不少传奇剧本，演唱当然毫无困难，为什么反而极少人去唱呢？为什么演唱者偏偏喜欢不太协音律的汤显祖的原著呢？为什么听众观众也是如此呢？

吕玉绳将沈璟的《唱曲当知》和改本《同梦记》寄给了汤显祖，汤显祖不考虑得罪了沈璟等人会有什么严重的后果，毫不保留地坦率地提出了自己的看法。这也是一种"一生爱好是天然"的真实感情的流露，一种"童心"的流露。

如果汤显祖略有世故，他会将信收下而不复，或者声称他和沈璟其实毫无矛盾而精神是一致的。自然这样一个汤显祖也就没有什么可爱之处，根本不是伟大的戏剧家了。

古文古书原稿无精详标点符号，因此，"意趣神色"四字现在成了众说纷纭的一个没有定论的课题。作"意、趣、神、色"者有之，作"意趣、神色"者有之，认为"意趣神色"是浑然一个整体者有之，无不言之成理。我意不必求其统一，亦即不必要有一个定论。不求甚解，固有思想懒汉之嫌；过于求"甚解"，我认为恐怕也扭曲了汤显祖的原意。领会精神，原不一定要将原文作图解也。

（蒋星煜）

【原文】

《庭中有异竹赋》序

大学东厢向南，君子亭两偏皆竹。面阑干外小方池，池外砌植紫牡丹、白芍药数株。中有一竹，亭然砌上。旁无附枝。阑干之内，侧生一竹。诸生疑此竹且穿檐而出，当刮去。大宗师戴公不许。此竹竟从横阑稍曲而上，不碍也。公叹曰："谁谓子无知矣。"授笔汤生。立赋此两竹。

万历八年(1580)，汤显祖因拒绝了权臣张居正结纳，春试不第。失意中的他，游学南京国子监，却深为时任祭酒的戴洵所赏识。戴洵，字汝成，号愚斋，浙江奉化人，明嘉靖四十四年(1565)进士，有《戴司成集》。汤显祖《青雪楼赋》中，可见当时情景："公容情俊远，谈韵高奇。于诸生中最受风赏"，"虽纷吾之寡韵，获胜引于成均。坐东堂而赋竹，过西池而采蘋"。师生相处的种种场景中，最让他记忆深刻的，便是这篇《〈庭中有异竹赋〉序》所述之事。

序中说明了作赋缘起，以简洁清新的文字，给人阅读的愉悦。先是交代太学房舍与花草树木的和谐布局：高处有厢房，有亭子旁的茂密修竹，低处则有栏杆、小池和台阶随意散布的牡丹芍药，简笔勾勒出一个高低错落，青翠与紫白多种色彩相映衬的南方园林概貌。这时，突兀地出现一株竹子，打破了庭园中原有的寂静，也扰动了人与自然原先的界限与秩序，"中有一竹"非但"亭然砌上"又于"阑干之内，侧生一竹"。随之带来微小的冲突，"诸生疑此竹且穿檐而出"，使人在自然力量的前面，因其不可知又不可控，本能地采取了对立的方式，认为“当刮去”。至此，这是一个最普通不过的生活场景。作者以“诸生”作为参照，引出戴公出乎意外的态度，“不许”旁人的“刮去”。让读者站在“诸生”的视角，始而赞同他们伐竹之举，继而对戴公的“不许”大惑不解时，随后披露了“此竹竟从横阑稍曲而上，不碍也”的结局。在简洁平静的叙述中，制造一连串的悬念，给人一种一波三折，杯水之中波澜起伏的感觉，颇有戏剧性。

巧合的是，在戴洵老家，至今还流传着他为保护雪窦寺古松免于砍伐，写诗劝谏地方官的轶事。诗云：“八景销沉绝旧踪，百年只得一株松。也知不是无情物，翠色而今作意浓。”这与劝阻“诸生”伐竹，如出一辙。

陆云龙在翠娱阁选本中，评此赋是“思微而理，可嗣风雅”，又说“竹能自全，亦异也”。这种情景，江南时有所见，本无新奇。理学家素以不苟言笑，修身甚谨的面目示人，序言中却展示了他们性格与生活中灵活风趣的一面。他们从百姓日用中领悟到事物之理，主张顺其自然变化。儒家原有“游于艺”的传统，接近道家隐者的风度，如曾点理想所展示的“莫春者，春服既成，冠者五六人，童子六七人，浴乎沂，风乎舞雩，咏而归”的情景。到了《世说新语》中，像乐广那样的人，便与当时任情放旷的风气对立，主张“名教中自有乐地”，将外在的儒家名分等伦理道德准则内化为自己内心的要求，从而达到随心所欲不逾矩的状态。

显然戴洵是接近儒家这一风气的理学家。他于事后吩咐汤显祖以此事为赋，阐发他的理念，大致也是这个意思。因此汤显祖赋中说到，“鱼相忘于在沚，鸟载肃于高冥”，又说“故孤生者常直，近人者常曲；直有取于明心，曲亦时而卫足”，“自歌自舞，或屈或伸，君子仪之，素体圆神”。这正是理学家常常追求的境界，故宋人罗大经说：“古人观理，每于活处看。故《诗》曰：‘鸢飞戾天，鱼跃于渊。’……明道不除窗前草，欲观其意思与自家一般。又养小鱼，欲观其自得意，皆是于活处看。故曰：‘观我生，观其生。’

又曰:‘复其见天地之心。”(《鹤林玉露》乙编卷三)。

关于汤显祖的赋,徐朔方先生认为,“赋这种文学形式本身的局限性大,而它和科举的关系又很密切,汤显祖用力虽勤,却不像诗文那样有成就”(《汤显祖年谱·引论》)。明沈际飞《赋集题词》中则说:“《玉茗堂》赋有二体,一祖《骚》,如至方不能加矩,至圆不能加规,多僻字险句。一祖汉晋,感物造端,材智深美,洋洋洒洒,而浮曼浅俚处,亦不乏。大抵铺张扬厉,长于序述。”出于文章欣赏目的的现代读者,不妨采取买椟还珠的方式,先读其序而暂时搁置其赋可矣。此序叙事简洁,结构精巧,正体现了这样的特点。

(陈文辉)

《嗤彪赋》序

予巴丘南百折山中,有道士善槛虎。两函,桁之以铁,中不通也。左关羊,而开右以入虎,悬机下焉。饿之,抽其桁,出其爪牙,楔而锧之,缅其舌。已,重饿之,饲以十铢之肉而已。久则羸然弭然,始饲以饭一杯,菜一盂,未尝不食也,亦不复有一铢之肉矣,以至童子皆得饲之。已而出诸囚,都无雄心,道士时与扑跌为戏,因而卖与人守门,以为常。率虎千钱,大者千五百钱。初犹惊动马牛,后反见犬牛而惊矣。或时伸腰振首,辄受呵叱,已不复尔。常置庭中以娱宾客。月须请道士诊其口爪,镌剔抚洗各有期。道士死,其业废。

予独嗤夫虎雄虫也,贪羊而穷,以至于斯辱也。赋之。

【鉴赏】

这篇序，可以说是一篇关于虎的寓言故事。文章虽短，却贯穿着一明一暗两条线索，明处说虎的遭遇，即受诱捕、驯服、压抑和侮弄的过程，同时又无不透露出作者对虎处境的同情。虽然作者将“虎落平阳被犬欺”归咎于虎本身的原因，即“贪羊而穷”，然而客观上让读者在阅读时所产生的心理反应，却并不是对昔日伤人猛兽受到报应的快感，而是对老虎的同情与对施虐者的愤懑。其原因，就是作者在叙述时，有意无意地融入了当时晚明社会的个人生存体验。

由于晚明时代的个性解放思潮的激发，进步文人的自我意识空前高涨。这就“不仅促进了对自己的关怀，导致了许多前所未有的感受，也使以前已有的若干感受获得了不同程度的加强，而且更有力地推动了人对作为自己同类的别的个人的关心和依恋”（章培恒、骆玉明《中国文学史新著》）。汤显祖不仅将自己所在时代的精神苦闷投射到霍小玉（《紫钗记》）、杜丽娘（《牡丹亭》）等孤立无援、以死抗争的妇女形象之中，还进一步将这种感受投射到相同处境的事物上。即如鲁迅《摩罗诗力说》所说，“或心应虫鸟，情感林泉，发为韵语”。

这种个性解放的意识，在王阳明的手中，奠定了相当深厚的思想基础。这位明代心学的创始人，意识到礼教与社会环境对人性的戕害时，仍然抱着调整和谐的幻想：“若近世之训蒙稚者，日惟督以句读课仿，则其检束，而不知导之以礼；求其聪明，而不知养之以善；鞭挞绳缚，若待拘囚。”（《传习录·训蒙大意示教读》），以为原先的“礼”与“善”还可以疏导人性。到了此时的汤显祖，则清醒地意识到人与环境的对立冲突，不可逆转，无法调和。

如果说，汤显祖在本文中关注到了动物，在虎这种不可一世的猛兽身上看到了人在现实环境中所受到的严酷摧残和戕害，那么，在后来清代龚自珍散文《病梅馆记》，现代俞平伯的小说《花匠》中，则是在植物身上，这些作者以其为镜，照见了人自身的本性遭受压制与戕害的处境。可谓触目惊心。这一系列的文章，让读者清晰地看到中国近世文学到现代文学的发展脉络。

明人沈际飞曾说玉茗堂之赋“长于序述”，这种叙述的才能又最能体现在赋的序中，以至于他认为这篇序文“事奇，一序已足”。

序言的写作中，似受到《庄子·人间世》中蘧伯玉说辞中关于养虎一事的影响，“汝不知夫养虎者乎？不敢以生物与之，为其杀之之怒也；不敢以全物与之，为其决之之怒也。时其饥饱，达其怒心。虎之与人异类而媚养己者，顺也；故其杀者，逆也。……意有所至而爱有所亡，可不慎邪！”所不同者，此序叙事曲折奇劲，展示的场景使人触目惊心。全篇文笔灵动，翩若惊鸿，婉若游龙，于深刻犀利的思想中渗透感同身受的生存体验，有元末明初刘基寓言《郁离子》的风格。

（陈文辉）

合奇序

世间惟拘儒老生不可与言文。耳多未闻，目多未见，而出其鄙委牵拘之识相天下文章，宁复有文章乎？予谓文章之妙，不在步趋形似之间。自然灵气，恍忽而来，不思而至。怪怪奇奇，莫可名状，非物寻常得以合之。苏子瞻画枯株竹石，绝异古今画格，乃愈奇妙。若以画格程之，几不入格。米家山水人物，不多用意，略施数笔，形像宛然。正使有意为之，亦复不佳。故夫笔墨小技，可以入神而证圣，自非通人，谁与解此？

吾乡丘毛伯选《海内合奇》，文止百余篇，奇无所不合。或

【原文】

片纸短幅,寸人豆马;或长河巨浪,汹汹崩屋;或流水孤村,寒鸦古木;或岚烟草树,苍狗白衣;或彝鼎商周,丘索坟典。凡天地间奇伟灵异、高朗古宕之气,犹及见于斯编。神矣化矣。夫使笔墨不灵,圣贤减色,皆浮沉习气为之魔。十有志于千秋,宁为狂狷,毋为乡愿。试取毛伯是编读之。

此序当作于万历三十九年辛亥,家居,六十二岁。毛兆麟,字丘伯,临川人,编有《汤若士绝句》。他深得晚年汤显祖的青睐,不仅引以为同道,也视其为后继,寄有厚望。汤显祖为毛兆麟的《学馀园初集》作序云:“予将老而为客。遂有毛伯丘者,顿致此道。盖其去诸生成进士也,才一期以余。有慈氏之丧,归而除一园以居也,殆半期耳。而总其长赋,已成四五,诗凡百篇”,又称许“丘君乃能出其数千万言,纵横流离,磊砢层集,无不如志”,“毛伯君独能为之”,可谓一篇之中三致意焉。

文中所谓的“灵气”主要是指趣味和性灵。汤显祖主张发扬作家的自然灵性来驾驭文学创作,“观物之动者,自龙至极微,莫不有体。文之人小类是。独有灵性者自为龙耳。”在他看来,灵性虽非人人所具,却也不少,“天下大致,十人中二四有灵性”。然而“能为伎巧文章,竞伯什人乃至千人无名能为者”,原因在于“今之为士者,习为试墨之文,久之,无往而非墨也。犹为词臣者习为试程,久之,无往而非程也”,因而“性近而习远”,个性被时文所磨灭,灵性得不到发扬,不能写出好的文章,所谓“离其习而不能言也”(《张元长嘘云轩文字序》)。

汤显祖的这种看法,实源于晚明个性解放思潮的代表人物李贽。李贽在《童心说》中,指出文学创作来自于“童心”:“天下之至文,未有不出于童心焉者也。”但是“童心”往往遭受礼教与习俗的遮蔽,“有道理从闻见而入,而

【鉴赏】

以为主于其内而童心失”，“以童心既障，而以从外入者闻见道理为之心也”，于是“发而为言语，则言语不由衷；见而为政事，则政事无根柢；著而为文辞，则文辞不能达”。解决办法只有发掘和激扬“童心”，祛除闻见道理。李贽指斥“六经、《语》、《孟》，乃道学之口实”，主张去掉积习格套，“诗何必古《选》，文何必先秦”，才能达到文学创作的自由境界，“苟童心常存，则道理不行，闻见不立，无时不文’，无人不文，无一样创制体格文字而非文者”。

汤显祖曾受到李贽的直接影响，曾有“见以可上人之雄，听以李百泉之杰，寻其吐属，如获美剑”之语。他的“灵性”与“童心”大致接近，“夫童心者，绝假纯真，最初一念之本心也”，但也存在着细微差异。李贽着眼于自然天性没有本质的不同，凡金矿都含有金子；汤显祖则承认自然天性的高下之别，认为金矿中含金量有多有少。与李贽的去蔽存明主张相似，汤显祖在序中也主张摆脱拘腐之理的限制，将此视为文学创作的先决条件，“世间惟拘儒老生不可与言文。耳多未闻，目多未见。而出其鄙委牵拘之识相天下文章，宁复有文章乎”。破除流俗的迂腐狭隘之见，其动力源于觉悟者追求特立独行的人格，张扬个性。在儒家礼教与社会流俗势力占据绝大优势的情况下，汤显祖推崇儒家的狂狷者的处世态度，“夫使笔墨不灵，圣贤减色，皆浮沉习气为之魔。士有志于千秋，宁为狂狷，毋为乡愿”。此即《论语·子路》所说：“不得中行而与之，必也狂狷乎。狂者进取，狷者有所不为也。”孔子所谓的狂者狷者，又与庄子的“畸人”接近。《庄子·大宗师》说：“畸人者，畸于人而侔于天。”成玄英疏云：“畸者，不耦之名也。修行无有，而疏外形体，乖异人伦，不耦于俗。”对此，流俗常人固然视其为怪异乖戾，避之唯恐不及，甚至常常去之而后快，然而在赞赏者或者同道的眼中，无论狂人畸人，都可以称之为“奇人”。

先有“奇人”，然后才能有“奇文”。汤显祖《序毛丘伯稿》说：“天下文章所以有生气者，全在奇士”，还赞同唐人“不颠不狂，其名不彰”之语，以为

"必若所云,张旭之颠,李白之狂,亦谓不如此名不可猝成耶。……夫不苟为名而又可以时施,此亦天下之至文也"(《萧伯玉制义题词》)。因此之故,汤显祖称许乡里后学的毛兆麟,"如毛伯者,世之奇异人也。"(《序毛丘伯稿》),后者所编《合奇序》,也深契他的心意,"吾乡丘毛伯选《海内合奇》,文止百余篇,奇无所不合。"这就不难理解,汤显祖对奇人奇事,何以那么津津乐道了。他赞赏幼时所处的好友,"钟陵饶伯宗仑,临川周无怀宗镐,皆奇士也","三人嵯峨蹒跚而行乎道中,旁无人也"(《哀伟朋赋序》),他所不期而遇的友生李超然,亦僧亦侠,颇有战国游士之风。"初弟以僧来见,大似可人。长发章门,便作残僧矣。学书学剑,拓落无成,重以交匪之嫌"(《与门人李超无》),"岁往浴佛,有驱乌漫刺,坐我堂东。揖之,知其奇,留之斋。云不能断酒也,信宿而都无所断。偶尔破口,公案二三则耳,居常率尔成诗。心有目而目有睛,眉毫鼻吻间尽奇侠之气"(《李超无问剑集序》)。其言行怪异,匪夷所思,以至于被诬为盗贼,系狱而死。汤显祖还感慨世之男子不如奇妇人者,"予读小史氏宋靖康间董元卿事","伉俪之义甚奇","最所奇者……立侠节于闺阁嫌疑之间,完大义于山河乱绝之际"(《旗亭记题词》)。

明人陆云龙在翠娱阁选本中曾评点此文说:"序中是为奇劲,奇横。奇清。奇幻,奇古。"文章之奇的造就,源于汤显祖在思想和个性上的崇尚超俗好奇,其高超清逸,洋溢于文字。

汤显祖深受六朝文风之影响,自叙"十七八岁时,喜为韵语,已熟骚赋六朝之文"(《答张梦泽》),"弱冠始读《文选》,辄以六朝情寄声色为好"。出仕后,又"因取六大家文更读之,宋文则汉文也。气骨代降,"而精气满劲。行其法而通其机,一也。则益好而规模步趋之,思路益有通焉"。早年的偏爱,使得他后来接受汉宋文章的气骨时,仍不忘对绮丽辞藻重视,"至于文之质,生而已成。虎豹之皮,虹霞之色,不借质于犬羊霾曀必矣"(《与陆景郲》)。两方面的兼收并蓄,使得序文既有唐宋古文的清劲简洁,兼具六朝文章的绮丽精美,总体上呈现出一种刚健又婀娜的风格。《史记》《汉书》的"雄高"和《世说》的"简澹",原本为汤显祖所喜,本文中对四六对偶的句式的灵活运用,气势畅达,文词奇隽,魏晋六朝骄文的"婉嫟流丽"更其明显。

汤显祖同时代的文学大家中,屠隆这样评价汤显祖,"极才情之滔荡,而禀于鸿裁;收古今之精英,而熔以独至。其格有似凡而实奇,调有甚新而不诡。语有老苍而不乏于姿,态有纤秾而不伤其骨。为汉魏则汉魏,为骚选,则骚选,为六朝则六朝,为三唐则三唐"(《玉茗堂文集序》);钱谦益则强调了汤氏六朝与宋代文章的两者糅合的特点,"义仍少刻画为六朝,长而湛思道术,熟于人世情伪,与夫文章之留别。凡序记志传之文,出于曾主者为多。"(《文集原序》)。

(陈文辉)

溪上落花诗题词

长孺、僧孺兄弟,以无着天亲,不绮语人也:一夕作《花溪》诸诗百余首,刻烛而就。予经时闭门致思,不能如其绮也。长孺故美容仪少年,几为道傍人看煞。妙于才情,万卷目数行下。加以精心海藏,世所云千偈澜番者,其无足异。独僧孺如愚,未尝读书。忽忽狂走,已而若有所会,洛诵成河,子墨成雾,横口横笔,无所留难。此独未宜异也。僧孺故拙于姿,然非根力不具者。以学佛故,早断婚触,殆欲不知天壤间乃有妇人矣。而诸诗长短中所为形写幽微,更极其致。如《溪上落花诗》:"芳心都欲尽,微波更不通。""有艳都成错,无情乍可依。"

【原文】

不妨作道人语。至如《春日独当垆》:"卓女盈盈亦酒家,数钱未惯半羞花。"僧孺不近垆头,何知羞态?《七宝避风台》:"翠缨裙带愁牵断,锁得斜风燕子来。"僧孺未亲裙带,何知可以锁燕?《燕姬堕马》:"一道香尘出马头,金莲银凳紧相钩。"僧孺未曾秣马,何识香尖?《春闺怨》:"乳燕春归玳瑁梁,无心颠倒绣鸳鸯。"僧孺未经催绣,安识倒针?当是从声闻中闻,缘觉中觉耶?无亦定中慧耳。然予览二音,有私喜焉。世云学佛人作绮语业,当入无间狱。如此,喜二虞入地当在我先。又云,慧业文人,应生天上。则我生天亦在二虞之后矣。

虞长孺,名淳熙,钱塘人。万历十一年(1583)进士。授兵部职方主事,累迁稽勋郎。二十一年削籍归。弟淳贞,字僧孺。幼时他们家贫无书,"搜奇猎秘,闭门抄写,方术阴符,靡不通晓。十七丧母,相依习天台止观,夜则谈鬼神变化狡狯之事,至漏尽不寐。长孺好仙,僧孺亦好仙。已而长孺好佛,僧孺亦好佛。兄弟偕隐南山回峰下,相与栖寂课玄,采莼行药,以终老焉。"虞长孺晚年"皈依云栖,复三潭放生池,赋诗赞佛,专修净业。湖上钟鼓花鸟,于焉一新",又曾"见知于李于麟、王元美,赋才奇谲,搜抉奇字僻字,务不经人弋获,以为绝出。于时贤,颇折服汤显祖、屠长卿,自诡以傲兀胜之。虽未免牛鬼蛇神之诮,可谓经奇者也。尝曰:我文似古而不似古者,皆我胸中语耳"(《列朝诗集小传》丁集下)。虞僧孺名气稍逊,却因《溪上落花诗》名动一时。袁宏道《孤山小记》曾说:"近日雷峰下有虞僧儒,亦无妻室,殆是孤山后身。所著《溪上落花诗》,虽不知于和靖如何,然一夜得百五十首,可谓迅捷之极。至于食淡参禅,则又加孤山一等矣,何代无奇人哉!"

汤显祖在序文中,赞赏虞氏兄弟,在于为人、为文的投缘,皆属于"学佛

【鉴赏】

人作绮语业”。汤氏“弱冠始读《文选》,辄以六朝情寄声色为好”(《与陆景邺》),“谓弟著作过耽绮语。但欲弟息念听于声元,倘有所遇,如秋波一转者”(《答罗匡湖》),因而每每“意有所荡激,语有所托归,律之‘风流之罪人’,彼固歉然不辞矣”(《校〈虞初志〉序》)。

汤显祖主张“凡文以意趣神色为主”(《答吕姜山》)。这可以分为两个层面。在语言表达层面上,“意趣神色”指的是洗尽凡俗,用最能体现作者个性风格的文字表达真实性情。如评《焚香记》“填词皆尚真色,所以入人最深”(《焚香记总评》),谈《牡丹亭记》改编时,“要依我原本,其吕家改的,切不可从。虽是增减一二字便俗唱,却与我原做的意趣大不同了”(《与宜伶人罗章二》)。坚持个性,汤显祖也不排斥对前人的学习,“稗官小说,奚害于经传子史?游戏墨花,又奚害于涵养性情耶?”(《校〈虞初志〉序》)但是师法古人时,他主张务去陈言,师其意,不师其辞,“盖博故能精,渊故瓷挹。于尘无不有,乃能吐陈宿而为鲜新”(《玉茗堂文集序》),因此他将模拟古人,将以秦汉文、盛唐诗为圭臬的明代复古派作品,自李梦阳而下,视为赝文,矢志“复自循省,必参极天人微窈,世故物情,变化无余,乃可精洞弘丽,成一家言”(《答张梦泽》),从而做到“言一事,极一事之意趣神色而止;言一人,极一人之意趣神色而止”(沈际飞《玉茗堂文集题词》)。

在第二个层面,“意趣神色”,指的是言意之辨。汤显祖认同言有尽而意无穷之说,追求“能悟发于音外之音,致中之致”的境界(《义墨斋近稿序》)。如《庄子·外物》所说:“荃者所以在鱼,得鱼而忘筌;蹄者所以在兔,得兔而忘蹄;言者所以在意,得意而忘言”,显然汤显祖明确意识到言语的局限,从而致力于将读者的注意引导言语符号所指向的作家所创造的艺术世界。他喜用王维画作《雪中芭蕉》来说明,“昔有人嫌摩诘之冬景芭蕉,割蕉加梅,冬则冬矣,然非王摩诘冬景也。其中骀荡淫夷,转在笔墨之外耳”(《答凌初成》),又在《见改窜牡丹词者,失笑》诗中说:“纵饶割就时人景,却愧王维旧雪图。"俗论讥讽王维不知寒暑,实际不理解王维以"法眼观之,知其神情寄寓于物"(宋惠洪《冷斋夜话》)。在汤显祖看来,"文亦宜然。位局有所,不可以反置;脉理有隧,不可以臆属。藉其神明,有至不至。其于貌也,无不可望而知焉。"(《孙鹏初遂初堂集序》)这就需要读者在欣赏时,有一个披文见义的过程。

在文学创作中,为了驱除世俗观念的束缚,达到个性自由和思想解放,汤显祖常常借助于老庄思想与禅宗观念。"列子庄生,最喜天机"(《寄王弘阳冏卿》),"幸无更作时义,冥思《老》《易》《太玄》,著书可也"(《与张大复》)。他说:"诗乎,机与禅言同,趣与游道合。禅在根尘之外,游在伶党之中。要皆以若有若无为美。通乎此者,风雅之事可得而言。"(《如兰一集序》)又说:"情致所极,可以事道,可以忘言,而结有所不可忘者,存乎诗歌序记词辨之间。"(《调象庵集序》)

由此可见,汤显祖的"意趣神色",实是以自然天性为出发点,以任情为原动力,以糅合释道的禅理为前驱,祛除那些与儒家礼教观念与社会风俗结合在一起的常识与情理,从而创造感于时事、超越生活的艺术世界,实现他的审美理想。

在艺术表现上,这篇序言常为古往今来的文人学者所称道。袁宏道致信江盈科时说:"前见汤海若作二虞《溪上落花诗》引子,妙甚,脱尽今日文人蹊径。"文章的妙处,首先体现在结构的精巧。序言先以"长孺、僧孺兄弟,似无着天亲,不绮语人也"一语蓄势待发,然后介绍虞长孺、僧孺兄弟。本来《落花诗》作者是其弟,却先从其兄说起,营造了云隐月潜的效果,目的是让读者明白他们难兄难弟,实为合璧。介绍兄长正面着墨,让弟弟上场,却全以奇兵出之,制造悬念,再加以反衬,揭示两人的异中有同,貌离神合。虞长孺"美容仪少年,几为道傍人看煞。妙于才情,万卷目数行下",而虞僧孺"故拙于姿",又"如愚,未尝读书"。然而更奇者,看似愚钝未尝读书的

【鉴赏】

人，却能“洛诵成河，子墨成雾，横口横笔，无所留难”，而且又是“学佛人作绮语”。如此穿插介绍，显得错落有致，有风樯阵马之痛快，插花舞女之姿媚。

明人沈际飞曾评这篇序文，“前半人奇，后半文奇”。作者以四字句为主的句式，短兵相接式地交代了“奇人”之后，随即以一组由诗题、诗句、诗评三部分内容组成的固定排列，极力铺陈，告以“奇文”。颇有一泻千里、穿云钻雾之妙。形似整齐划一，却又于结构相同的每一单位中，抉发反差，出人意表。好比从长江顺流而下，既有杜甫喜极而泣之后，“即从巴峡穿巫峡”穿越障碍，如同现代人们坐过山车的刺激惊险，又有像李白朝辞白帝城的彩云，一日千里中，自有一番从容，不忘记观赏两岸的猿声和重重的万山。行文至此，似已达到极致，作者却又以“然予览二音，有私喜焉”，逗弄迤逦，向极忙处偷闲，笔头再著一花。“学佛人作绮语业，当入无间狱”，为友人在我之先下地狱而窃喜；“慧业文人，应生天上”，为我“生天亦在二虞之后”，若有所失，却又不肯明白说出。以这样充满儿童式的狡黠作结，更觉诙谐，使人神旺，结尾上再得波澜不绝，余音缭绕之妙。

徐朔方先生曾对此文赞赏有加，在《汤显祖年谱·引论》中曾说，汤显祖的古文“因为和当时的科举有关，特别长于议论，精于章法”，一些文章虽然篇幅短小，却能够“纵横开阖，笔酣墨饱，在小文字中作大波浪，丝毫没有局促之感”。而像《合奇序》、《溪水落花诗题词》等文，则被他称为“空灵小巧的晚明小品的先声”。这类作品，不仅显示了魏晋六朝文学旖旎隽永的文风对汤显祖的影响，还可以看到他从唐宋古文佳作中所吸收的重视结构与个性流露的优点，初步具备了晚明小品的艺术特征。

（陈文辉）

与司吏部

仆宵貌绰约，秉意疏质，得幸门下最久，徽荣至深。去八月中秩奏下覆，更与举奉陵祠，甚幸惠也。都下获夕，以旁避客，有所留言。喜兹岁天下复得明选君。窃不自疏外，宿意得陈。

仕宦固争浓淡之路矣，置之淡则无色，与贵人亲易媒，远则难致。故南郎者，仕人所谓迟回厌怠之者也。凤乘于风，龙乘于云，仕宦乘于时。圣贤亦若而人耳。向长安而笑，仆岂恶风云之壮捷哉？知门下有意留仆内征也，虽然，仆有私愿，而特不去南。仆之有南，如鱼之有水，精气之有垠宅也。断不可北者有五。父母与子，异息分身，丝忽悬虑。纵以受事乏其温凊，何得更忍阔离踈隔闻问乎？南都去家，水行风利，可五日所。家大人不远一来至，月一相闻也。北则违绝常百余日，子不知父母。一也。仆亡妇二年矣。遗息阿蘧八龄，阿耆六周耳。推燥分甘，用父代母，至今两儿尚枕藉怀腕，行则牵人衣带，引凉避风，衣食加损，视病汗下，非仆不可。在北鞅掌，何能视儿。二也。仆纵北徙，止可得六品郎。岁食钱可四万，而所憱门室两进，杂糴疏精，买水上而食，一马二隶，费已不下七万钱。人客过饷，十三酬折，裁足家累衣物，岁时伏腊耳。其余经纪，不能无求。南郎多宫舍，人从酒米家来。三也。仆素羸，才裁过时不得食卧，辄病惙数日。每自亲择药。常叹曰，

【原文】

神农于人有功，一得其食，二得其药。徙北则朝请谢谒，常尽辰午，失食。道地精药，多不至北。取假频数，大吏所恶。且曹事沓迫，宁当舒枕卧邪？四也。又南北地性，暑雨寒风，清污既别；飞虫之属，各有所多。南暑可就阴息，雨适断客为趣耳。吏于北者，虽有盲风灰人之面，粪人之齿，犹将扶马扬呼而造也。乃至寒时，冰厚六尺，雪高三丈。明星以朝，鼓绝而进，折风洞门，噫呜却立。况阴凌兢，瘁洒中骨，餐煤食坑，烁经销液。又弱不受秽，行见通都道头不清，每为眩顿。春深沟发尤甚，遂有游光赤疫，流行熏首，不避顽俊。是生青蝇，常白日万口，横飞集前，意不可忍。旧都清丽娱人，独夜苦蚊音，妨人眠卧。至于垂玄幕，燧青烟，未尝不沓然而去也。土风有宜，五也。凡此五者，初非迂远奇怪，强有推持。凡在通怀，所宜并了。况夫迩中轴者，不必尽人之才；游闲外者，未足定人之短。长安道上，大有其人，无假于仆。此直可为知者道也。夫铨人者，上体其性，下刌其情。恐门下牵于眷故，未果前诺，故复有所云。倘得泛散南郎，依秣陵佳气，与通人秀生，相与征酒课诗，满俸而出，岂失坐啸画诺耶。语不云乎？“斐然成章。”人各有章，偃仰澹淡历落隐映者，此亦鄙人之章也。惟明公哀怜，成其狂斐。

此书作于万历十三年(1585)，汤显祖时年三十六岁，在南京太常博士任上。这一年，司汝霖来信劝汤与执政(政府)通好，并为其活动，荐他去北地做官云云。汤显祖遂写此书婉言拒绝。司汝霖后复本姓张，改名汝济，江陵人，隆庆二年进士，以临川知县迁吏部郎，官至福建巡抚。此事据邹迪

光《汤若士传》说:"时典选某者,起家临川令。公其所取士也。以书相贻,曰:第一通政府,而吾为之怂恿,则北铨省可望。而公亦不应,亦如其所以拒馆选者。"

徐朔方先生曾点评这封书信,"有似嵇康《绝交书》"(《汤显祖年谱》)。汤显祖在信中主要罗列了"断不可北者有五",希望"铨人者,上体其性,下扚其情",而"成其狂斐"。"狂斐"语出《论语·公冶长》:"吾党之小子狂简,斐然成章,不知所以裁之。"这里自指狂妄,肆言无忌。

在《与山巨源绝交书》中,嵇康自述其推辞征辟的理由,"有必不堪者七,甚不可者二",可谓异曲同工。无论在书信的行文章法,还是借此所展示出的傲岸的精神世界,两者极其相似,也存在着明显的差异。

两书都不失亲切,从容不迫又饱含调侃诙谐的语气中,写尽了作者个性与环境的冲突。但是,嵇康的个性锋芒更为直露,"每非汤武而薄周孔,在人间不止",也深知自己"肝肠嫉恶,轻肆直言,遇事便发"的言行所带来的严重后果,"此事会显,世教所不容"。汤显祖此信所列举的"特不去南"的"私愿",只不过分别是父母、子女、家庭经济、食药,土风等五项原因,均是基于个人生活与家庭的便利起见,更多地体现了对个人庸常生活的合法性的强调与坚持,远非嵇康的"所不堪",而与"人间"发生的对抗。嵇康这种狂放不羁,除了本性如此,也是由于魏晋以来高涨的个人主义思潮,遭受政治重压之后,面临现实险恶处境的应激反应。汤显祖的态度,没有那么慷慨激昂,除了性格上明哲保身,客观上由于他所处的时代,正逢市民社会的蓬勃发展与统治者的荒怠带来的宽松氛围。所以他坚持自己的人格独立时,更多体现于内心的坚持,而非与外界的抗争。

在汤显祖的身上,一直存在着深刻的矛盾,即一方面试图顺应儒家礼教与世俗观念,一方面坚持个人本性与兴趣。两者的平衡点在于身家安危之考虑。在他十五岁时所作的《分宜道中》一诗中曾云:"天道有倾移,况此

【鉴赏】

浮人寿……此道不坐进，满堂为谁守。”不论及严嵩父子的奸佞误国，“但以老氏之旨，抒其感慨。若士少年受道家思想沾染之深，于斯概见”。他热衷功名，以制艺名擅一时，然而却不肯以依附权势达到目的。在张居正殁后遭受抄家之祸时，他不仅感慨而且不无庆幸：“假令予以依附起，不以依附败乎！”在他成进士之后，一如过去拒绝张居正的拉拢，没有依附当政者，也因此不能得到馆选为翰林的机会，使他终身为不能典章国家高文大册而抱憾。正是看到这种进退的矛盾，其房师秀水沈自邠评之为“骨相凉薄”，“若进若退”。汤显祖叹服这种洞察，承认“分以一县自隐，得少进为郎便足”的心愿(《酬心赋序》)。后来“掩门自贞。得奉陵祠，多暇豫”(《答管东溟》)的生活，也基本合乎他的心意。而此信中所谓，“倘得泛散南郎，依秣陵佳气，与通人秀生，相与征酒课诗，满俸而出，岂失坐啸画诺耶”，实即汤显祖的生活理想境界了。

在汤显祖一生中言行最为激烈的事件即是万历十九年所上的《论辅臣科臣疏》，虽然“以南部为散局，不遂已志，敢借国事攻击元辅”，仍然能够得到万历皇帝本人的“姑从轻处了”，只不过得到降职的处分。就在此前不久的万历十七年十二月甲午，大理寺左评事雒于仁上酒、色、财、气四箴，指出万历皇帝本人纵情于“酒、色、财、气”，劝其“戒酒、戒色、戒财、戒气”。可见过去在民众心目中神圣不可侵犯的皇权本身，也受到市民世俗生活的浸染，因而一定程度上消解了统治者与被统治者的尖锐对立。这种情况下，以生活的庸常性来捍卫个人的人格独立，更有一种现实可行性，明显地展示了从基于权贵阶层势力到基于市民世俗社会的个性解放思想的历史进展。对庸常生活的合法性认同，正是从古代社会向近现代社会变迁的基本特征。美国新史学派的鲁滨孙在他出版于 1911 年的《新史学》中说：“近世最新奇的，具有最大发现的就是我们对于普通人和普通事物的重要性有了认识和兴趣。我们的民主精神和它所有的希望和志愿，就是以尊重普通人为根据；我们的科学和它所有的成就和志愿，就是以尊重普通事物为根据。因为我们都承认这个真理了。”

作品的艺术特色上，正如沈际飞《尺犊题词》所说：“汤临川才无不可，尺牍数卷尤压倒流辈。盖其随人酬答，独摅素心，……又若隽泠欲绝，方驾晋魏，然无其简率。而六朝以还议论滋多，不复明短长之致，则又临川氏之所与也。”

（陈文辉）

《论辅臣科臣疏》（节选）

臣谓皇上可惜者有四。爵禄者，皇上之雨露也。今乃为私门蔓桃李耳，其实公家之荆棘也。皇上之爵禄可惜也。一也。若群臣风靡，皆知受辅臣之恩，不知受皇上恩。岂复有人品在其中乎？皇上之人才可惜也。二也。辅臣破法与人富贵，不见为恩，皇上之法度可惜。三也。陛下经营天下二十年于兹矣。前十年之政，张居正刚而有欲，以群私人嚣然坏之；后十年之政，时行柔而多欲，又以群私人靡然坏之。皇上大有为之时可惜也。四也。臣为四可惜，钦承圣谕，少效愚忱，伏惟皇上特谕时行，急因星警，痛加省悔，以功相补，无致他日有负恩眷。

史家之所以在《明史》中为汤显祖立传，这主要归功于他有“立言”的不朽之举，即就他在万历十九年(1591)所上的《论辅臣科臣疏》而言。此疏引

【鉴赏】

起一时轰动，“顷者汤义仍复有大举。义仍慷慨之声，亦尝闻于先生矣。封事一出，传诵称快，庶凡见奇露颖。”（刘应秋《与张洪阳先生》）。本书所节选的一段，历来广被征引，论者以为“他才给万历朝的统治作了一个清算”（徐朔方《汤显祖年谱》，下同）。因此，在《明史》本传中，这一奏疏的内容便整整占据一半的篇幅，其摘要可见此疏全貌：“显祖上言曰：‘言官岂尽不肖，盖陛下威福之柄潜为辅臣所窃，故言官向背之情，亦为默移。御史丁此吕首发科场欺蔽，申时行属杨巍劾去之。御史万国钦极论封疆欺蔽，时行讽同官许国远谪之。一言相侵，无不出之于外。于是无耻之徒，但知自结于执政。所得爵禄，直以为执政与之。纵他日不保身名，而今日固已富贵矣。给事中杨文举奉诏理荒政，征贿巨万。抵杭，日宴西湖，鬻狱市荐以渔厚利。辅臣乃及其报命，擢首谏垣。给事中胡汝宁攻击饶伸，不过权门鹰犬，以其私人，猥见任用。夫陛下方责言官欺蔽，而辅臣欺蔽自如。失今不治，臣谓陛下可惜者四：朝廷以爵禄植善类，今直为私门蔓桃李，是爵禄可惜也。群臣风靡，罔识廉耻，是人才可惜也。辅臣不越例予人富贵，不见为恩，是成宪可惜也。陛下御天下二十年，前十年之政，张居正刚而多欲，以群私人，嚣然坏之；后十年之政，时行柔而多欲，以群私人，靡然坏之。此圣政可惜也。乞立斥文举、汝宁，诫谕辅臣，省想悔过。’”疏中所涉的人和事，徐朔方先生在《汤显祖全集》笺注中曾做过大致梳理：

“丁此吕首发科场欺蔽”，指的是张居正当权时，兵部员外郎嵇应科、山西提学使陆檄、河南参政戴光启为乡会试考官，私庇居正子嗣修、懋修，敬修。张居正败后，丁此吕在万历十二年上疏揭发其事，事见《明史·李植传》。当时大学士申时行、余有丁、许国皆张嗣修等人的座主，随后贬谪丁此吕为潞安推官。丁此吕，字右武，新建人。万历五年进士，曾由漳州推官征授御史。

“万国钦极论封疆欺蔽”，指的是万历十九年九月，山西道御史万国钦劾首相申时行对敌主和，接受边将贿赂，欺君误国之罪，随后遭贬为剑州判官一事。

“给事中杨文举奉诏理荒政，征贿巨万”。据《明实录》，万历十七年六月末，因吴地大旱，敕命户科给事中杨文举督理荒政，先后赉银五十万两，前往查理钱粮，抚恤饥贫。次年二月杨氏升为吏科左给事中，六月以赈荒事竣，荐举效劳官员。《国榷》卷七十五云，杨文举出申时行之门。至南京，应天巡抚周继郊迎。馈食三百金，币四十。他郡仿效。迨复命举劾，以赂为高下。由此引起朝野公愤。据《万历野获编》卷十九记载，文举因声名狼藉，号为八狗三羊之一。

“给事中胡汝宁攻击饶伸”，指的是万历十七年正、二月，辅相王锡爵之子王衡中举，被礼部主客司郎中高桂所劾，王锡爵乞退避。刑部云南司主事饶伸复上疏论之，并请罢王锡爵。随后饶伸被送镇抚司问罪。兵科给事中胡汝宁于是上章弹劾高桂、饶伸，结果饶伸革职为民，高桂降二级调边方用。次年二月，胡汝宁升礼科都给事。据《万历野获编》，胡汝宁向来声名不佳，曾受“虾蟆给事”之讥

上疏时，汤显祖正在南京礼部祠祭司主事的任上，四十二岁。据本传，该年万历十八年，“帝以星变严责言官欺蔽，并停俸一年。显祖上言”，“帝怒，谪徐闻典史。稍迁遂昌知县。二十六年，上计京师，投劾归。又明年大计，主者议黜之。李维祯为监司，力争不得，竟夺官。家居二十年卒”。此举让他在政坛上声名大振，也让他从此接连经受仕途的挫折和人生磨难，“显祖意气慷慨，善李化龙、李三才、梅国桢。后皆通显有建竖，而显祖蹭蹬穷老。”

汤显祖虽然为此付出极大代价，但是从结果看来，并非徒劳的抗争。在他贬官后，同年六月武英殿大学士王锡爵归省，九月建极殿大学士许国致仕，同月首相申时行再受弹劾，请致仕。同年六月杨文举告病回籍，即以

【鉴赏】

汤显祖、李用中、张守臣先后之劾，命降极边杂职。二十一年二月，杨文举、胡汝宁以不谨罢职。

钱谦益曾推想汤显祖之志，“终不愿与当世作者掉鞅于词场”，清人陈石麟则称其在“当时称为今日晁贾，非虚誉也。”（《玉茗堂全集序》）

因此，在《四库提要》中，纪昀等人即着眼于其政论文章之特出，以为“显祖则才与学皆不逮，而议论识见，则较世贞为笃实”。无独有偶，汤显祖第三子汤开远，字伯开，“早负器识，经济自许。崇祯五年，由举人为河南府推官”。同样也是“以疏远处僚，侃侃论事，愤惋溢于辞表”，痛陈国事之弊，为世所重。事见《明史》本传。此可谓家学渊源。

（陈文辉）

【附录】

汤显祖生平与文学创作年表

纪　年	年岁	生 平 经 历	主 要 作 品	相 关 大 事
明世宗 嘉靖二十九年 (1550) 庚戌	1	八月十四(公历九月二十四)生于江西抚州府临川县城东文昌里。		高祖峻明,邑庠生,富而尚义,喜藏书;曾祖廷用,名诸生;祖懋昭望重士林,中年隐居;父尚贤嗜古耽奇,家藏杂剧上千种;母吴氏,少读书而习故。罗汝芳36岁;帅机14岁;梅鼎祚2岁。“后七子”同举进士,再倡复古拟古。次年,戏曲家王九思卒。
嘉靖三十三年 (1554) 甲寅	5	入家塾,熟读四书五经及天文、地理、神怪之书。能吟诵杂剧。		次年,倭掠苏州、南京。兵部员外郎杨继盛因劾严嵩被杀。
嘉靖三十八年 (1559) 己未	10	多病。		同母弟儒祖生。王世贞父王杼总督蓟辽右都御史,下狱论斩,次年卒。王慎中、文征明、杨慎卒。
嘉靖四十年 (1561) 辛酉	12		诗《乱后》	海盐腔由谭纶传入宜黄。罗汝芳自刑部郎中任归省。王骥德改其祖《红叶记》为《题红记》传奇。前一年,唐顺之卒;袁宗道生。
嘉靖四十一年 (1562) 壬戌	13	从王学左派代表人物之一罗汝芳游。师从理学名臣徐纪之子徐良傅习古文辞。		严嵩罢。徐阶秉政。
嘉靖四十二年 (1563) 癸亥	14	补诸生。读《文选》及辞赋等书。	诗《入学示同舍生》、《射鸟者呈游明府》	

续表

纪 年	年岁	生平经历	主要作品	相关大事
嘉靖四十二年 (1563) 癸亥	14	补诸生。读《文选》及辞赋等书。	诗《入学示同舍生》、《射鸟者呈游明府》	
嘉靖四十三年 (1564) 甲子	15		诗《分宜道中》	
嘉靖四十五年 (1566) 丙寅	17	入前峰书屋,正式拜罗汝芳为师,习王学。		世宗卒,穆宗即位。徐渭病狂,杀妻下狱。
穆宗 隆庆元年 (1567) 丁卯	18	因病未赴乡试。		次年,罗汝芳赴南京救其师严钧出狱;戏曲家李开先卒;徐阶致仕,张居止等秉政;帅机举进士;袁宏道生。
隆庆三年 (1569) 己巳	20	始读《文选》。娶妻吴氏。		
隆庆四年 (1570) 庚午	21	中举。夜宿西山云峰寺,作《莲池坠簪题壁二首》,后为达观禅师所见。与同里帅机游。		“后七子”领袖李攀龙卒。高濂作《玉簪记》传奇。
隆庆五年 (1571) 辛未	22	春试不第。在京与姜奇方游。		归有光卒。
隆庆六年 (1572) 壬申	23	谭纶行边,作诗以送。除夕,因邻家失火,住宅被毁。	诗《送谭尚书行边》、《重酬谭尚书》	罗汝芳起复。徐渭获释。次年,张居正加少师兼太子太师。穆宗崩,神宗即位,张为首辅。
神宗 万历二年 (1574) 甲戌	25	春试不第。谒兵部尚书谭纶。	诗《留别大司马谭公》	钟惺、冯梦龙生。

续表

纪　年	年岁	生平经历	主要作品	相关大事
万历三年(1575)乙亥	26	刊印其首部诗集《红泉逸草》。		谢榛卒。
万历四年(1576)丙子	27	游宣城,客居开元寺。与宣城知县姜奇方及沈懋学、梅鼎祚等交游。游南京,晤南膳部郎帅机。二女早殇,娶妾赵氏。		罗汝芳署提学事。
万历五年(1577)丁丑	28	首辅张居正闻其名,欲其提携张氏诸子,谢弗就。春试不第。回临川,自号"海若"。始与友人合作传奇《紫箫记》。	传奇《紫箫记》;诗《芳树》、《谢廷谅见慰三首,各用来韵答之》	沈懋学同为张居正诸子延致,春试以一甲一名赐进士及第,居正子嗣修以第二名及第。谭纶卒。罗汝芳致仕归里讲学。
万历六年(1578)戊寅	29	友人谢廷谅为其《问棘邮草》作序。		长子士蘧生于临川。
万历七年(1579)己卯	30	作《紫箫记》未完而止。此剧艰涩,被帅机指为"案头之书,非台上之曲",兼含托讽,为当权者抑止不行。因《问棘邮草》而为徐渭叹赏为"真奇才、生平不多见"。		祖母魏夫人去世。
万历八年(1580)庚辰	31	辞交张居正子懋修。春试不第。游南京国子监,拜因忤张居正被谪的张位为师。秋,返临川。		次子生。张居正子懋修以一甲一名赐进士及第,敬修赐进士出身。冯惟敏卒。凌濛初生。
万历十年(1582)壬午	33	取道杭州赴京春试,于友杭州同知姜奇方处留月余。		张居正去世,张四维继任首辅。钱谦益生。

续表

纪 年	年岁	生平经历	主要作品	相关大事
万历十一年(1583)癸未	34	赐同进士出身,留北京礼部观政。元配吴氏卒,续娶傅淳女。		张居正被追夺官阶。张四维丁忧,申时行任首辅。
万历十二年(1584)甲申	35	拒辅臣申时行、张四维招致,自请为正七品南京太常寺博士。	诗《甲申见递北驿寺诗,多为故刘侍御台发愤者,附题其后》	
万历十三年(1585)乙酉	36	作《与司吏部》书婉拒吏部验封郎中司汝霖结交权贵以谋升迁之劝。	诗《送臧晋叔谪归湖上,时唐仁卿以谈道贬,同日出关,并寄屠长卿江外》;文《与司吏部》(仆宵貌绰约)	
万历十四年(1586)丙戌	37	起归隐之意。夏,与已罢官来南京讲学的罗汝芳会于永庆禅寺,镇日长谈。	诗《送李于田吏部北上》;文《玉合记题词》	异母弟寅祖生于临川。王世贞、王世懋官于南京。
万历十五年(1587)丁亥	38	作《紫钗记》,与《紫箫记》同取材于李益故事,但比《紫箫记》脉络清晰,贴近现实。	传奇《紫钗记》	海瑞卒。
万历十六年(1588)戊子	39	官从六品南京詹事府主簿	诗《丁亥戊子大饥疫》、《疫》	三子开远、女詹秀生于南京。罗汝芳卒。晋、陕、豫及南京、浙江大饥疫。
万历十七年(1589)己丑	40	迁正六品南京礼部祠祭司主事。	诗《己丑立秋作》、《六月苦旱渴,偶就弘济寺得江水饮》	南京、浙江大旱。天都外臣(汪道昆)序本《忠义水浒传》刊行。

续表

纪　年	年岁	生平经历	主要作品	相关大事
万历十八年(1590)庚寅	41	于邹元标家初会紫柏(达观)禅师,后于雨花台高座寺皈依禅宗,号"寸虚"。		"后七子"领袖王世贞卒。李贽结识"公安三袁",《焚书》刊行。"三袁"受李"童心说"影响,反对复古,倡"性灵"之说。
万历十九年(1591)辛卯	42	闰三月,借天象有异之机,上《论辅臣科臣疏》,劾首辅申时行等权贵,为神宗责贬广东徐闻县典史。归临川,别老父,赴徐闻。建"贵生书院",教化边民。会晤张居正次子嗣修。	诗《秋发庾岭》、《冯头滩》、《黎女歌》、《香岙逢贾胡》、《海上杂咏》、《广南闻雁》;文《论辅臣科臣疏》	四子西儿生。九月申时行受弹劾致仕。戏曲家梁辰鱼卒。
万历二十年(1592)壬辰	43	作《贵生书院说》。游五指山。取道肇庆,会晤利玛窦,识"西学",归临川。	诗《新归》	《西游记》最早刊本"世德堂本"梓行。
万历二十一年(1593)癸巳	44	调任遂昌知县,建该县首座书境"相圃书院",作《遂昌县相圃射堂记》。亲帅士卒入山捕虎,为民除害。		徐渭卒。顾宪成革职归无锡,与高攀龙等在东林书院讲学,被称为"东林党"。
万历二十二年(1594)甲午	45	建藏书阁"尊经阁"。纵囚观灯。	诗《迎春口占》	女詹秀、弟儒祖殁。
万历二十三年(1595)乙未	46	正月赴京,见袁宗道、宏道、中道兄弟。二月归遂昌。达观来晤。屠隆来访。	诗《平昌得右武家绝决词示长卿,各哽泣不能读,起罢去,便寄张师相,感怀成韵》	

续表

纪 年	年岁	生 平 经 历	主 要 作 品	相 关 大 事
万历二十五年(15 97)丁酉	48	朝廷遣使督催开矿,百姓不堪其扰,作《感事》诗以讽。赴京接受吏部考察,途经杭州,作《感宦籍赋》抨击官场时弊。	诗《石门泉》、《雁山迷路》	五子吕儿生。袁宏道辞官归。
万历二十六年(1598)戊戌	49	弃官归临川。过山东滕县作诗《寒食过薛》,至扬州,为闻讯赶来的遂昌吏民苦留,作《戊戌上巳扬州钞关别平昌吏民》。携眷返临川。移居玉茗堂、清远楼。自署“清远道人”。作诗《闻都城渴雨,时苦摊税》,刺朝政。达观来访,同吊罗汝芳。	诗《闻都城渴雨,时苦摊税》、《遣梦》、《七夕醉答君东二首》、《初归》、《答姜仲文》;传奇《牡丹亭》;文《牡丹亭题词》	五子西儿殇。朝廷征调地方军队援朝征倭。
万历二十七(1599)己亥	50	送达观至南昌始别。宜伶在玉茗堂演《牡丹亭》。李贽来访,晤于正觉寺。捐资修建文昌桥竣工。	诗《江馆》	
万历二十八年(1600)庚子	51	作数十首诗痛悼长子。达观来辞。	传奇《南柯梦》	长子士蘧病卒。袁宗道卒。
万历二十九年(1601)辛丑	52	被正式免职。	传奇《邯郸梦》	“唐宋派”茅坤卒。
万历二十年(1602)壬寅	53	为宜伶所建戏神庙作记,阐其戏剧表演导演理论。	文《宜黄县戏神清源师庙记》;诗《叹卓老》	李贽被诬入狱,自刎。胡应麟卒。

续表

纪　年	年岁	生平经历	主要作品	相关大事
万历三十一年 (1603) 癸卯	54	作诗痛悼达观。	诗《西哭三首》、《偶作》;文《旗亭记》题词	达观因“妖书案”下狱,绝食而逝。
万历三十三年 (1605) 乙巳	56	漕运总督李三才遣使来迎,不赴。		屠隆卒。
万历三十四年 (1606) 丙午	57	亲选《玉茗堂文集》,梓行于南京文棐堂。		
万历三十六 (1608) 戊申	59	遂昌百姓来贺寿,并派画师画相带回其遂昌生祠。赴皖南访汪廷讷,作《坐隐乩笔记》扬其事。		次年,吴伟业生。
万历四十一年 (1613) 癸丑	64	邹迪光寄《临川汤先生传》。		顾炎武生。
万历四十二年 (1614) 甲寅	65	欲与友人结社研讨禅学,隐居庐山,因母病未成行。		母病卒。“竟陵派”钟惺、谭元春编选《古诗归》、《唐诗归》。
万历四十三年 (1615) 乙卯	66	为所评《花间集》作序。托钱谦益为《玉茗堂文集》作序。闻娄江女子俞二娘因酷爱《牡丹亭》,“愤惋而终”,作诗哭之。	诗《哭娄江女子二首》	父卒。三子开远中举。梅鼎祚卒。臧懋循《元曲选》前集刊行。
万历四十四年 (1616) 丙辰	67	作绝笔诗,遗嘱。六月十六日(公历七月二十九日)逝世。	诗《负负吟》、《诀世语》	臧懋循《元曲选》后集刊行。努尔哈赤建后金。

(忆　慈)

图书在版编目(CIP)数据

汤显祖曲文鉴赏辞典 / 上海辞书出版社文学鉴赏辞典编纂中心编著. —上海：上海辞书出版社，2013.3(2023.2 重印)
(中国文学名家名作鉴赏辞典系列)
ISBN 978-7-5326-3839-0

Ⅰ.①汤… Ⅱ.①上… Ⅲ.①汤显祖(1550～1616)-文学欣赏-词典 Ⅳ.①I206.2-61

中国版本图书馆 CIP 数据核字(2012)第 307012 号

汤显祖曲文鉴赏辞典

上海辞书出版社文学鉴赏辞典编纂中心　编著

装帧设计　姜　明
技术编辑　顾　晴

出版发行　上海世纪出版集团
上海辞书出版社(www.cishu.com.cn)
地　　址　上海市闵行区号景路 159 弄 B 座(邮编 201101)
印　　刷　上海新艺印刷有限公司
开　　本　890 毫米×1240 毫米　1/32
印　　张　7.5　插页 5
字　　数　185 000
版　　次　2013 年 3 月第 1 版　2023 年 2 月第 2 次印刷
书　　号　ISBN 978-7-5326-3839-0/I·168
定　　价　98.00 元

本书如有质量问题，请与承印厂质量科联系。电话：021-56683339